어느 금융인의
뜨겁고 진솔한 이야기

내 마음의
은행나무

윤석구 지음

내 마음의 은행나무

초판 1쇄 발행 2023년 2월 3일

지 은 이   윤석구
발 행 인   권선복
편   집   이현정
디 자 인   서보미
전 자 책   권보송
발 행 처   도서출판 행복에너지
출판등록   제315-2011-000035호
주   소   (157-010) 서울특별시 강서구 화곡로 232
전   화   010-3993-6277
팩   스   0303-0799-1560
홈페이지   www.happybook.or.kr
이 메 일   ksbdata@daum.net

값 20,000원

ISBN 979-11-92486-53-6   03810

도서출판 행복에너지는 독자 여러분의 아이디어와 원고 투고를 기다립니다. 책으로 만들기를 원하는 콘텐츠가 있으신 분은 이메일이나 홈페이지를 통해 간단한 기획서와 기획 의도, 연락처 등을 보내주십시오. 행복에너지의 문은 언제나 활짝 열려 있습니다.

어느 금융인의
뜨겁고 진솔한 이야기

내 마음의
은행나무

윤석구 지음

도서
출판 행복에너지

김동근 | (前) 개성공단관리위원회 초대위원장, 산림청장, 농림부 차관

남측의 자본과 기술, 북측의 노동력이 만난 개성공단을 세계적인 공단으로 만들기 위해 금융인으로 선봉에 선 저자의 헌신이 《내 마음의 은행나무》에 배어 있어 감개무량하다. 2016년 개성공단 폐쇄 이후 남북관계 단절이 늘 아쉬웠던 마음을 저자의 글로 달랜다. 머잖은 날, 이 책이 남북통일의 작은 디딤돌이 될 것으로 확신한다.

이종휘 | 미소금융중앙재단 이사장, (前) 신용회복위원회 위원장, 우리은행 은행장

저자는 북한땅 개성공단에 우리은행 깃발을 심고 Bicycle Loan, 공단 내 전자 화폐 시스템 구축 등 다양한 업적을 남겼고, Blog 및 인터넷 Café를 이용한 SHIFT 금융지원 마케팅, 차차차 대출, Face book 환율우대쿠폰 마케팅 등 창의력이 남달랐으며, 인문학 소양으로 고객과 직원을 섬겼던 모범 간부였다. 경험과 근거에서 나온 《내 마음의 은행나무》는 모든 금융인들의 영업 참고서라 할 만하다. 우리가 모르는 뒷 이야기도 재미와 감동이 있다.

황 록 | (前) 신보 이사장, 우리파이낸셜 사장, 우리금융지주 부사장, 우리은행 부행장

《내 마음의 은행나무》는 삼성물산 우리은행 우리종합금융과 함께한 36년의 도전과 열정의 기록이다. 불가능과 가능의 사이에는 마음이 있다는 것을 실증적으로 보여주는 사례가 수두룩하다. 특히 우리나라 금융기관 최초로 북한에 진출한 우리은행 개성공단지점 개설 및 근무 경험담과 '나만의 영업비밀 노트'는 현장의 금융인에게 많은 도움이 되리라 믿는다.

최승남 | 태성자산운용 회장, (前) 호반건설 부회장, 우리금융지주 부사장, 우리은행 부행장

회현동 우리은행 은행나무 사계(四季)처럼 직장인의 희로애락이 고스란히 담긴 책이다. 열정과 창의성으로 가슴이 뜨거워지다가도 어느 대목에선 나 자신을 깊이 들여다보게 된다. 저자의 삶을 닮아 글들이 모두 싱싱하다. 도전과 좌절, 그 어느 것도 숨기지 않고 온전히 드러낸다. 참으로 자랑스러운 후배다.

문주현 | 엠디엠그룹 회장, (前) 한국부동산개발협회 회장

사람이 곧 우주입니다. 여기 한 금융인의 오랜 삶의 족적이 있습니다. 마치 우주를 관통하는 다채롭지만 일관된 복잡계처럼 정밀하게 기록되어 있습니다. 33여 년 동안 금융인으로서 우리의 산업발전에 기여한 온갖 발자취가 책의 제목처럼 장대하고 넉넉한 은행나무로 자라 우리들의 삶을 돌아보게 합니다. 특히 금융업에 종사하는 후배들에게는 정신적으로 많은 교훈을 줄 수 있어 값진 선물로 남을 것입니다.

윤창현 | 국회의원, (前) 한국금융연구원 원장, 서울시립대 교수

저자는 글로벌 초일류기업 삼성물산에서 근무한 후 금융계로 입문하여 33년의 경력을 쌓은 저력있는 금융인이다. 《내 마음의 은행나무》는 이러한 저자의 다양한 경험에 창의적 사고까지 곁들이면서 고객과 함께하는 동시에 직원들에게 다가서는 저자의 마음이 엿보이는 흥미로운 저서다. 금융인은 물론 리더가 되기를 꿈꾸는 많은 직장인들에게 일독을 권하고 싶다.

내 마음의 은행나무

양향자 | 국회의원, (前) 국가공무원인재개발원 원장, 삼성전자 상무

저자와는 "충남호남 지방출신, 삼성물산전자 근무, 명륜당 대성전에서 수학, 진취적이며 도전과 열정" 등 삶의 궤적이 비슷하여 늘 응원을 합니다. 과학기술패권국가를 위해 세계 최강 반도체 나무를 심을 때 저자는 금융인으로서 북한 개성공단에 선구자적 통일금융의 나무를 심었고 영업현장에서 창의성과 섬김으로 내 마음의 은행나무를 키웠습니다. 고군분투 현장의 진솔한 이야기는 제 마음의 은행나무입니다.

이대영 | 중앙대학교 예술대학원 원장(교수), (前) 한국문화예술교육진흥원 원장

한국문화예술교육진흥원장으로 재직 중이던 2009년 말 우리은행 상암동 지점장으로 부임한 저자와 인연을 맺었다. 진취적이고 열정적인 저자의 평소 모습이 글에 그대로 담겼다. 터벅터벅 뚜벅뚜벅 제주의 사연은 가슴이 시리다. 저자의 회복탄력성을 믿기에 마지막 장처럼 그의 꿈이 꼭 실현되리라 믿는다.

가재산 | 피플스 그룹 대표이사, (前) 삼성그룹 비서실, 삼성생명, 삼성물산 등

뿌리 깊은 나무는 바람에 흔들리지 않는다고 삼성의 저력을 바탕으로 저자의 열정은 삼성물산에 함께 근무하면서 익히 알고 있고 책 속에서 그 열정을 다시 느낄 수 있어 무척 좋았다. 특히 1장의 개성공단 내 '우리은행 설립의 도전정신'과 2장 '나만의 영업 비밀노트'는 역시 삼성 출신이다는 생각과 영업맨들에게 나침반이 되는 사례들이 많아 여타 자전적 책들과 차별 된다. 남이 살아온 이야기는 단순히 타인의 얘기가 아니다. 이 책은 저자의 이야기이면서 우리 모두의 이야기이다.

걸음마다
꽃이 피어나길

참 많이 망설였습니다. 메모장 수준의 제 글을 책으로 펴
낸다는 게 부끄러워 노트북 안에 오래 감춰 두었습니다. 가
끔 욕심이 나기도 했지만 그때마다 꾹꾹 누르며 세월을 보냈
습니다. 그러다 억누른 욕심을 그만 놓아 버리기로 했습니다.
부족해도 저의 삶이고 저의 기록이니 제 얘기를 세상에 내어
놓기로 용기를 냈습니다. 주변 지인들이 밀어주고 끌어 준 덕
에 만용을 부린 것이지요.

저는 인문적 식견은 얕지만 기록의 의미는 늘 새기고 있습
니다. 개인의 역사든 국가의 역사든 기록에 의해 평가되고 추
억되는 것이지요. 3년 전 예술의전당에서 개최된 명재 윤증
할아버지 서예전과 반호 윤광안 할아버지의 문집을 통해 기

내 마음의 은행나무

록의 의미를 재차 가슴에 새겼습니다. 어쩌면 그때 책의 씨앗이 제 마음 깊은 곳에 심어졌는지도 모릅니다. 3년간 웅크리고 기다리다 싹을 틔운 셈이지요.

제겐 남들보다 좀 특이한 경력이 있습니다. 북녘땅 개성공단에 우리은행 지점을 개설하고 3년간 근무했지요. 남북통일 선구자라는 마음으로 업무에 최선을 다하면서 틈틈이 메모한 경험들을 책으로 정리하고 싶었습니다. 개성공단 얘기는 제 개인의 기록이면서 먼 훗날 금융 부문에서 통일의 조그만 밑거름이 되지 않을까 하는 생각도 듭니다.

저의 삶에 곡절도 있었지만 살아온 절반은 우리은행과 함께했습니다. 우리은행은 저의 영원한 고향입니다. 늘 그립고 포근하고 지금도 제 마음은 '우리'뿐입니다. 특히 지점장 발령 이후 뜨거운 열정과 창의성으로 마케팅을 했던 경험 등을 후배들과 나누고 싶었으며 시간이 흘렀지만 영업의 나침반이 되기를 바라는 마음으로 '나만의 영업 비밀 노트'도 살짝 공개했습니다. 문학을 전공한 것도, 글쓰기를 배운 것도 아니지만 반호 할아버지께서 쓰신 문집처럼 저만의 영업 노트를 만들어 보고 싶었습니다.

삶의 성찰도 글에 담았습니다. 문화유산을 둘러보며 역사의 흔적과 조상님의 발자취를 따라가 보고 나만의 공간에서 나를 찾아도 봤습니다. '242km 제주 한 바퀴'는 저의 유배길이자 방랑길 이야기입니다. 성찰의 이야기이자 비움의 이야기입니다. 아픔을 씻고, 희망의 싹 하나를 들고 온 이야기입니다.

간절히 바라면 마침내 그 꿈을 닮아간다고 했지요. 제 꿈도 욕심을 부려 부록처럼 뒤에 붙여 봤습니다.

돌아보니 모든 게 덕분입니다. 초등학교 4학년 김윤희 담임 선생님은 고전 읽기로 인문의 싹을 틔워 주셨고, 회사원과 금융인으로 지낸 많은 선후배님들이 삼사십여 년간 저를 밀고 이끌어 주셨습니다. 그 덕에 부족한 글이 세상으로 나왔습니다. 감사한 마음뿐입니다.

책을 내려니 하늘에 계신 아버님 어머님이 더 그립습니다. 부족해도 잘 정리했다며 칭찬도 하시고 기뻐하실 것 같습니다. 아이들 엄마에게도, 내 분신 지애 지은 여민이에게도 고마움을 전합니다. 도서출판 행복에너지 권선복 대표님께도 진심으로 감사드립니다.

제 글을 읽는 모든 분들의 걸음마다 꽃이 피어나기를 소망합니다.

2023년 1월 (癸卯年 正月).

돌아올 봄을 기다리며.

1장 개성공단에 꽂은 깃발

2장 나만의 영업 비밀 노트

3장 나를 찾아서

4장 다시 꿈을 꾸며

북한 개성 성균관 은행나무

개성공단에 꽂은 깃발

1장

"도전은 용기가 필요하다"

살면서 새로운 환경에 도전하고 적응하며 주저하지 않고 최선을 다하면 어려운 순간도 유연하게 대처할 수 있을 것이다. 1장은 군사분계선 너머 북한 땅 고려의 수도 개성에 공단을 설립하면서 금융인 최초로 자랑스러운 우리은행 깃발을 꽂은 도전의 경험담이자 내 삶의 기록이다. 철조망으로 굳게 닫힌 개성공단에 언젠가 다시 봄이 오기를 손꼽아 기다리는 마음도 함께 담았다.

개성의 봄은
언제 오려나

날짜의 만남도 역사의 운명인가.

2004년 9월 9일. 공교롭게도 북한 정권 수립일인 9월 9일에 우리은행 개성공단지점이 기획재정부로부터 해외 점포 인가를 받았다. 나는 9월 23일 개성공단지점 개설준비위원으로 발령받아 10월 28일 처음으로 DMZ, 즉 군사분계선을 넘어 북한 땅을 밟았다. 나 개인으로도, 어쩌면 국가적으로도 역사적 순간이었다.

38선 철책을 넘어 반기는 것은 160여cm 언저리의 북한군 초병과 민둥산 그리고 시범단지 2만 8000평 공장을 짓기 위해 야산을 헐고 주민을 이전시킨 진흙 논밭의 공사장뿐이었다. 간간이 저 멀리 송악산 방향 들판 길로 한 손에는 아이의 손을 잡고 한 손은 머리에 짐을 지고 거니는 아낙네가 보이고 기정

자유로

동과 대성동 평화의 집 부근에는 태극기와 인공기가 가로 30m, 세로 15m 폭으로 자웅을 겨루고 있었다.

17

여기가 내 손으로 은행 지점을 세울 곳인가? 그래, 해 보자. 남들이 도전한 적 없는 북녘땅에 금융의 선구자로서 죽이 되든 밥이 되든 일단 씨앗을 심어 보자. 이왕 왔으니 죽더라도 여기서 죽자. 지점 개설은 속도를 냈고, 드디어 그해 12월 1일 개점했다. 내가 북녘땅에서 대한민국 최초 1호 영업권을 획득하다니…. 북측 법인 개성공단관리위원회 명의의 영업허가번호 1번이 자랑스럽고 감개무량했다.

초창기 컨테이너 박스에서 잠을 자고 함바집 비슷한 식당에서 삼시 세끼 숙식을 하는 등 열악한 환경이었지만 개점식 행사에 참석한 대한민국 최고의 금융 VIP님들을 개성 시내에

선죽교

있는 선죽교와 개성 성균관인 고려박물관 등으로 모셔 가며 혼신을 다했다. 선죽교에서는 600년 전 이방원의 부하였던 조영규가 정몽주를 철퇴로 내

려쳐 뿌려진 붉은 선혈 자욱이 아직도 남아 있다는 북한 관광 안내원의 설명에 이구동성으로 박장대소했다. 가이드의 신명난 안내는 남북이 이미 하나였다. 이러한 역사의 현장에 내가 서 있다니. 그 자체가 큰 영광이자 기쁨이었다.

2010년 언론사 잡지에 실린 인터뷰 기사는 내 삶의 흔적 중 하나다.

　　　　　　　　　　　　　　　내 마음의 은행나무

"처음 군사분계선을 통과하던 순간을 지금도 잊지 못한다
는 윤석구 지점장. 하지만 긴장과 동시에 공단 입주기업들이
성공적으로 정착할 수 있도록 최선을 다하겠다는 마음으로
정말 열심히 일했다고 당시를 회고한다. 이후 3년 3개월 동
안 그의 업무는 도전의 연속이었다. 공단 초기 인프라 구축이
채 이뤄지지 않아 어려움도 많이 겪었다. 전화도 없었고, 전
기도 은행 문을 연 지 100일 만에 공급됐다. 그전까지 발전
기를 사용했는데, 발전기 교체 때 컴퓨터가 받은 충격으로 자
료가 몽땅 날아가기도 했다. 숙소 역시 열악해서 자고 일어나
면 온몸이 오그라들곤 했다. 몰라보게 달라진 지금의 개성공
단의 모습과는 그야말로 '하늘과 땅' 차이였다."

은행 업무를 함께 맡았던
북측 직원들도 기억이 생생
하다. 특히 '김명숙(가명)'이라는
친구는 기억이 더 뚜렷하다.
그는 개성 출신으로 초등학
교부터 대학까지 일등을 놓

이명박 전 대통령님(당시 서울특별시장) 방문 시

친 적이 단 한 번도 없는 천재였다. 명불허전이라 했던가. 그
는 딱 한 번 찾아온 고객의 이름까지 줄줄이 외웠다. 이명박
전 대통령님께서 당시 서울시장으로 재직 중에 개성공단을
방문해 우리은행 개성공단지점을 찾았을 때 우렁차면서도 정

중했던 그의 브리핑은 아직도 귓가에 선하다.

"오늘 개성공업지구와 우리은행 개성공단지점을 방문하시는 남측의 리명박 서울시장 선생을 열렬히 환영합니다. 우리은행 개성공단지점은 개성공업지구 입주기업의 금융 편의성과 공업지구 발전을 위해 혼신을 다할 것입니다. 오늘의 환자시세(환율)는 1150원이고 방문 기념으로 돈 자리(A/C, 계좌)를 만들고 가시면 남측의 서울특별시가 더욱 발전하고 리명박 특별시장 선생의 앞날에 행운이 더욱 가득하실 것입니다."

물론 용어상의 차이로 생긴 실수들도 있었다. '카피(copy)'라는 단어를 몰라 복사할 문서를 분쇄기에 넣어 버린 적도 있었다. 당황스러운 순간조차 지금은 다 즐거운 추억이 되었다. 그립고 아련하다. 하지만 후회는 없다. 나는 모든 순간 최선을 다했다.

방문객에게 정성을 다해 우리은행을 홍보하고, 공단 내 전자 화폐 시스템을 구축하고, 개성공업지구 입주기업의 발전을 위해 열정을 쏟아가며 근무에 임했다. 고려박물관, 박연폭포 등 개성 시내 관광 및 영통사 복원 행사를 위해 찾아온 남측 방문객들을 위해 달러 돈 통을 들고 다니며 환전 서비스를 한 적도 있다. 평양과학기술대학에 금융 강좌를 개설하고 우리은행 외환 전문 직원들을 파견해 국제 금융 과정과 외환에 대해 강의하자는, 영선반보(領先半步)의 야심찬 계획을 수립하기도 했었다. 선도하려면 남보다 반걸음 앞서야 하지 않겠나. 돌이켜 보면 개성공단에서의 내 삶은 도전과 열정으로 참 뜨

내 마음의 은행나무

거뒀었다.

공단의 남북 가족들은 1000여 명에서 1만 명이 되고 125개 업체, 5만 5000여 명에까지 이르렀다. 공단은 '작은 통일 공간'이었다. 시련의 순간도 있었다. 북한은 미사일 발사와 핵실험을 했고, 그럴 때마다 부분적 철수라는 조치가 따랐다. 그러다 2016년 초 어느 날 결국 정들었던 개성공단지점 문은 굳게 봉인되었다. 후배들은 시재금과 장부만 들고 군사분계선을 넘어와야 했다. 잠깐일지, 긴 이별일지는 모르지만 떠나면서 이별의 악수도 나누지 못했다. 당시 뉴스를 보니 북한 근로자들은 아예 출근도 하지 않은 듯했다. 개성공단 입주기업 사장님들의 심정은 어땠을까. 아마 허망을 넘어 참담했을 것이다. 내 마음도 그러했으니.

나는 통일의 마중물이자 선구자라는 도전과 사명감으로 3년을 버텼고 후임자도 3년 또 그 후임자도 3년을 보내며 12년의 성상을 쌓았는데…. 개성의 성(城)은 언제 다시 열릴지, 가슴이 그저 먹먹할 따름이다. 개점 초기 개성 시내의 고풍스러운 한옥을 배경으로 그린 유화가 오늘따라 더 그립다. 미화 300달러를 주고 고려박물관에서 어렵게 구한 그 그림이 눈물을 머금은 듯하다. 그 눈물에 함께 근무했던 북측의 김명숙 행원, 임가경 행원이 비친다.

개성 민속마을 유화

개성공단 첫 깃발
우리은행

현대그룹 고(故) 정주영 회장님은 1998년 소 1001마리를 몰고 판문점을 거쳐 군사분계선을 넘어 평양에 들어가 '서해 안공단 건설에 관한 합의'를 이끌어 냈다. 또 2000년 8월 베이징에서 현대아산과 조선아시아태평양평화위원회 간 '개성 공업지구건설운영에 관한 합의서'를 체결하였다. 이를 바탕으로 한일 월드컵이 열린 해인 2002년 11월 북측은 개성을 중심으로 한 공업지구 건설운영에 관한 합의서, 즉 '개성공업지구법'을 공포했다. 그리고 1년 후인 2003년 초여름 날, 현대아산과 토지공사는 남측의 기술과 자본, 북측의 노동력이 결합한 2000만 평 개발 계획에 합의하고 우선 판문점 인근 100만 평

개성공단 개발조감도

을 개발하기로 대내외에 공포했다. 2004년 6월 시범단지 2만 8000평 부지 조성 완료와 함께 15개 입주기업을 선정하고 10월에 행정 기관 역할을 하는 개성공업지구관리위원회가 개소되었다. 송도 3절(황진이, 서경덕, 박연폭포)로 유명한 고려의 수도 개성(開城)이 분단 60년 만에 본격적으로 성문(城門)을 개방

하게 된 것이다. 남북통일의 작은 씨앗이 그렇게 북녘땅 개성에 심어졌다.

일찍 일어나는 새가 벌레를 잡아먹는다는 속담처럼 온화하고 부지런한 성품의 한국토지공사 담당 한종원 기업지점장이 개성공단 개발에 관한 금쪽같은 정보를 입수해 왔다. 입주기업에 여러 금융 서비스를 제공하기 위해서 은행이 반드시 필요할 거라는 정보였다. 이는 즉시 은행 본부 부서에 전달되었고 소수 직원을 통해 개성공단 입점은행 추진 작업을 극비리에 진행해 선정 제안서를 수립했다.

유엔에 가입한 독립 국가라는 측면에서 북한 내 은행 설치는 해외 지점 설치와 같은 인가 수리 절차가 이루어져야 한다는 의견이 우세했다. 당시 글로벌 사업단인 국제부가 TFT를 구성하고 설치 절차에 온 힘을 쏟았다.

남북 금융 협력사업의
굳건한 토대가 되어라
2004 12. 7
우리은행장 황영기

황영기 은행장님 방명록

큰일은 여러 마음이 하나로 모아져야 성사된다. "평양 진출 교두보 역할을 할 개성공단 내 우리은행을 이유 불문하고 반드시 설치하라"라는 당시 황영기 은행장님의 특명과 북한 개방 시 평양에 제일 먼저 우리은행 깃발을 꽂아야 한다는 신념으로 오래전부터 북한 진출에 큰 관심을 가진 당시 이종휘 수석부행장님의 진두지휘 아래 드디어 우리은행이 분단 후 최초로 7개 경쟁 은행을 당당히 물리치고 기획재정부, 통일부

우리은행 전신 한일은행 사은품 표지

등 당국으로부터 황해북도 개성시 봉동리 개성 땅에 은행 점포 설치를 승인받았다. 오랫동안 '통일로 미래로' 통장 판매 수익금의 일부를 통일 기금으로 조성해 기부하고 '경의선 침목 잇기 사업'에 참여하는 등 다양한 대북 사업을 펼쳐 온 공적과 더불어 기업 금융이 뛰어난 점, 분단 전 북녘땅에 우리은행 전신인 상업은행과 한일은행 지점이 60여 개에 이르렀던 점도 고려되어 관계 당국에서 압도적인 점수로 우리은행을 선정하지 않았을까 추측해 본다. 아무튼 '북한 내 첫 입점'이라는 쾌거는 '화폐유통(貨幣流通)은 상무흥왕(商務興旺)의 본(本)'이라는 취지하에 1899년 고종황제 황실 자금으로 설립된 우리은행 100년 역사상 가장 큰 뉴스였다.

당시 이라크에 파견된 국군 장병들의 급여 지급 등을 위해 국내 은행이 이라크에 진출해야 한다는 뉴스와 분석으로 이라크 진출도 선택지에 있었다. 하지만 황영기 은행장님은 이라크보다는 개성공단에 다수의 국내 기업이 공장을 설치한다는 점에서 개성공단지점의 대출이나 송금 환전 수요가 많을 것으로 예측했고 무엇보다도 북한 땅에 설치된 우리은행이라는 상징성은 민족 은행의 정통성과 돈으로 환산할 수 없는 무형의 자산이라는 소신에 따라 앞장서서 북한 진출을 이끌어 주셨다. 또한 개성공단에 우리은행이 입점은행으로 선정되기

내 마음의 은행나무

까지 손병룡 부행장님을 비롯한 임원진과 류동렬 부장님 및 누구보다도 앞장서서 큰 역할을 한 정준구 차장 등을 필두로 한 1만 5000여 우리은행 전 직원의 응원이 더 큰 힘이 되었다. 다른 경쟁 은행들은 우리은행을 엄청 시샘하고 부러워했다. 개성공단 입점은행 선정 소식은 지상파 3사 9시 메인 뉴스로 5분 이상 방영될 정도로 화제를 모았다.

집안잔치에 나 또한 어찌 기쁘지 않았겠는가. 기쁘고 또 기뻤다. 퇴근하자마자 아이들에게 우리은행이 북한에 설치되니 축배 한잔해야 한다며 참이슬 병뚜껑을 열었던 모습이 뇌리에 그대로 남아 있다.

우리은행 선정 소식은 곧 전 직원들의 궁금증으로 이어졌다. '누가 지점장으로, 누가 직원으로 파견될까?', '북한도 외국이라고 직원들 모두 선망하는 해외 지점이라던데…' 하루하루 더 치솟는 궁금증에 나도 올라탔다.

한번 도전해 볼까? 나도 지원해 볼까?

도쿄, 뉴욕, 런던, 싱가포르 등 그 많은 해외 점포에도 잘들 가는데 나한테는 자격 부족으로 그런 기회도 오지 않으니! 해외 점포라는 미지의 세계, 한번도 가보지 못한 북한 땅에 한번 도전해 볼까? 개척자 아니, 선구자가 되어 볼까? 개성에 자랑스러운 우리은행 깃발을 내 손으로 꽂고 평양에 진출해 볼까? 뒤척뒤척 잠이 오지 않았다.

설혹 발령이 난다면 아이들과 떨어져 지내야 하는데…. 아이 엄마는 또 뭐라고 할지. 가족들은 둘째 치고 무사히 임기를 마치고 살아서는 나올 수 있을지. 생각이 꼬리에 꼬리를 문다.

일제 강점기 시절 조부님께서는 심양에 가셔서 침술을 배워 고향에서 인술을 베푸셨고, 종조부님은 만주에서 전기 기술을 익혀 백마강의 물을 퍼 인근 농수로에 공급함으로써 농민들 벼 생산에 크게 기여하셨다. 가문의 DNA에 '도전'이 도도히 흐르고 있지 않은가. 내 안에서 꿈틀거리는 욕망의 DNA를 내가 어찌 제어하겠는가. 그래, 일단 북한 개성공단지점 초대 직원에 도전하자! 지원한다고 다 발령이 나는 것도 아닐 테고. 그래도 사나이가 이름 석 자는 남겨야 하지 않겠는가!

지원서를 제출하고 일주일 뒤, '위 사람을 개성공단지점 근무에 명함'이라고 적힌 인사 명령지가 도착했다. 변덕스러운 게 인간 마음이라 했던가. 갑자기 가슴이 옥죄어 왔다. 후회막심이었다. 무슨 부귀영화를 누리겠다고 다른 곳도 아닌 적지의 땅에, 그것도 살아서 돌아오지 못할 수도 있는 철책선 너머 북이라는 나라에 지원했을까. 가족들한테는 뭐라고 말을 해야 하나.

그러나 어쩌겠는가. 이미 엎질러진 물, 아니 내가 엎지른 물이다. 내 안에는 조상님이 물려주신 도전의 피가 강처럼 흐르고 있었다. 생각을 다시 고쳐먹으니 머릿속은 벌써 우리은행 개성공단지점 개점 행사 준비로 분주하다. 철조망 너머 허허벌판이면 어떠냐. 기다려라, 개성아. 내가 간다.

　　　　　　　　　　내 마음의 은행나무

군사분계선을 뚫고

개성공단 방문 시 자동차 붉은 깃발 부착

북한 방문은 절차가 너무도 많이 까다로웠다. 북한 당국으로부터 받은 초청장과 통일부에서 발급하는 북한 방문증이 있어야 하고 필수적으로 방북 교육도 이수해야 했다. 서울 수유리에 있는 통일부 교육관에서 4시간 정도 교육을 받았다. 북한에 대한 기초 상식과 행동상 주의할 점, 개성공단 현대아산 직원의 실무 소개 등이 주 내용이었다. 모든 것이 남측 상식과는 다른 사회인 만큼 특별히 언행에 주의하라는 뜻이 교육 곳곳에 스며 있었다.

특히 북한을 자극하는 말은 절대 해서는 안 된다고 수차 강조했다. 신문, 망원경, 휴대폰도 지닐 수 없다고 했다. 말이야 입을 다물면 되지만, 신문도 보지 않고 전화도 없이 어떻게 생활하라는 건지! 한마디로 입은 재갈을 물고 귀는 솜으로 막고 눈은 감으란 말 아닌가. 교육을 받을수록 두려움이 엄습했다. 그 두려움은 공포에 가까웠다. 내가 이겨낼 수 있을까?

현대아산 직원과 인사를 나눴다. 개성공업지구가 어떻게 태동해 여기까지 이르게 되었는지에 대해 가졌던 막연한 생각이 서서히 윤곽이 잡혀 갔다. ㈜현대아산은 고(故) 정주영 회장님께서 생전에 북으로부터 7대 사업을 허가받았다고 한다. 그중 하나가 '개성공업지구 2000만 평 개발 허가권'인데, 여러 사정을 고려해 토지공사와 공동 개발업자 협약을 맺고 우선 100만 평을 개발하고 있으며 모든 권리는 ㈜현대아산에 있다고 했다. 백 번 들어도 한 번 보는 것만 못하다고 했나. 직접 개성공단을 가 봐야만 쉽게 이해할 수 있을 것 같았다.

10월 말 내에 현지 방문 일정이 잡혀 있으니, 힘내자! 가보자! 가서 뚫어 보자! 마음을 거듭 다잡았다.

얼마 뒤 북한 땅을 밟아도 좋다고 평양에서 승인한 초청장과 통일부에서 발행한 북한 방문 증명서가 도착했다. 지금 생각하면 웃음만 나오지만 당시는 현대아산에서 초청장 발급을 대행했으니 그 힘이 얼마나 대단했던 걸까. 입점은행 선정 시 현대아산 측이 타 은행을 선호했음에도 우리은행이 선정되어 다소 앙금도 있었기에 정중히 고개 숙여 재차 잘 부탁한다고 했다. 다행히 은행이 입점해서 업무를 수행해야만 기업들도 빨리 공장 터 발파 작업을 할 수 있다는 데 공감했기에 예정된 날짜인 10월 28일에 들어갈 수 있도록 초청장을 대행 발급해 준 것이었다.

내 마음의 은행나무

마침내 북한 땅을 생전 처음으로 밟아 보는 날이 되었다.

아이 엄마는 사전에 자신과 상의도 하지 않은 게 서운했던 지 가서 죽든지 살든지 본인은 상관없다며 얼굴도 보여 주지 않 았다. 아침 6시, 광화문행 1000번 버스는 만원이었다. 마음은 급한데 수색 근처에서 버스가 고장 나 10여 분을 지체했다. 광화문 동화빌딩 앞에서 내려 곧바로 택시를 타고 현대아산 계동으로 향했다.

날씨가 제법 쌀쌀했다. "아무래도 개성이 위도상 북쪽이니 더 춥겠지!" 마음이 점점 굳어졌다. 몸이라도 따뜻해야겠다는 생각뿐이었다.

집결지는 현대 계동 건물. 노조원들이 입구에서 정문을 잠그고 데모를 하고 있어 아침 공기가 음산했다. 내 마음도 왠지 두렵고 편치 않았다. 7시 25분. 현대아산 직원들이 방 북 여부를 확인하고 방문증을 나눠 주는 동시에 대화관광 방 북 버스가 도착했다. 버스 외

대화관광 버스

면에는 정주영 회장님의 소떼몰이 사진이 붙어 있었다. 이미 지의 힘일까, 아니면 내가 평소에 회장님을 존경해서였을까. 그 사진에선 '성품 그대로 도전적이고 진취적이면서도 정겨

운 남북 평화공존의 선구자'라는 느낌이 확 다가왔다.

차는 북한 땅 개성으로 미끄러지기 시작했다. 눈에 익은 연세대, 성산대교, 상암동 올림픽 스타디움…. 저 멀리 그리도 예쁜 화정마을 우리 집도 보였다. 기분이 묘했다. 매일 일산 화정에서 은행 본점이 있는 남쪽으로 출근하다가 오늘은 북쪽으로 향하니, 머릿속에서 많은 생각이 엉켰다. 군에 입대하던 날도 떠올랐다. 1986년 3월 3일이었나? 입대 하루 전날에 삼성물산에 휴직계를 내고 아이 엄마 손으로 머리 짧게 깎고 영천 3사관학교로 향하던 날, 육군학사장교 소위에 임관하고 울산 진하해수욕장 근처로 자대 배치 받던 날이 파노라마처럼 머리를 스쳤다.

역사는 돌고 돈다고 했던가.

앞으로 몇 번이나 이 자유로를 거쳐 북한 땅을 밟을 수 있을지, 아무 일 없이 임기 잘 마치고 무사히 귀임하는 그날은 올지…. 한강변 철조망이 남북을 더 멀게 만든 듯해 초라하면서도 야속했다. 무심한 철새들은 머리 위를 맴돌았다. 한 시간여 달린 버스는 통일대교를 통과해 8시 50분 도라산 CIQ에 도착했다. 9시 10분, 핸드폰을 출입사무소 보관함에 반납했다. 점점 암흑의 세계로 빠져드는 기분이었다. 가지고 간 디지털카메라로 개성 가는 첫 모습을 찍었다. 사진이라도 예쁘게 나오라고 애써 웃음을 지었다. 삶의 흔적은 기억으로 남고 또 사진으로 남는다니까.

　　　　　　　　　　　　　　내 마음의 은행나무

10시 정각, 탑승한 버스는 남방 한계선 철책 문을 통과해 더 북으로 향했다. MDL, 즉 군사 분계선에 조금 못 미친 오른쪽 철로 변에는 6·25 전쟁의 상흔인 기차 머리가 남으로 향한 채

녹슨 열차 기관실

녹슬어 있었다. 교과서에서 본 그 모습 그대로였다.

MDL까지 우리를 에스코트한 국군 헌병은 콘보이 지프차를 돌려 남측 CIQ로 되돌아가고 저 멀리서 북측 지프차 두 대가 마중을 나왔다. 순간, 머리털이 곤두섰다. 아군에서 적군으로. 이게 내가 선 곳의 현실이었다. 북한 초병 지프차 또한 우리 헌병처럼 우리 버스 맨 앞에서 정중히 에스코트했다. 북측 군인의 안내를 받으며 북으로 들어가는 몸. 점점 미궁의 세계로 젖어 가는 기분이었다. 내 인생에 북으로 가라는 팔자가 있었단 말인가.

국군 콘보이 지프차

드디어 군사분계선을 넘어 북녘땅으로 들어섰다. 전신의 긴장도가 최고조다. 피가 위로 솟는 기분이었다. 북한 측 철책을 지나니 무섭고 깡마르게 생긴 북한 군인 두 명이 버스에 탑승했다. 나는 겁먹

은 눈동자를 슬쩍 상하좌우로 움직였다. 오른쪽 손은 권총을 잡았다 놓았다 한다. 애써 긴장을 풀고 여유 있는 웃음을 짓지만 군인들은 눈동자 하나 흐트러지지 않고 인원 체크를 한 뒤 하차한다. 말로만 듣던 북측 CIQ였다. 20여 분 후 버스는 다시 북쪽으로 향했다.

라이방을 낀 시커먼 안내관 한 명이 탑승하여 주의 사항을 서너 번 반복했다.

"사전에 현대아산과 약속이 없는 분은 현대아산 사무소에 들어올 수 없습니다!"

누구한테 하는 말이지. 혹시 우리한테? 주어가 모호하니 모두 헷갈려하는 눈치였다. 북한 측 세관원한테 몸과 가방을 샅샅이 검색당한 뒤 2km 정도 더 북으로 올라가 개성공업지구관리위원회 건물 앞에서 하차했다.

드디어 북녘의 땅을 밟았다. 꿈인가 생시인가?

분단 55년 동안 이산가족들은 보고 싶어도, 밟고 싶어도 오갈 수 없는 땅, 북녘땅! 그 땅을 밟은 건 혜택인가, 관운인가, 행운인가? 아니면 불행인가? 이도 저도 아니면 혹시 선구자인가?

지점 맞은편 조그만 야산에는 풀 한 포기, 나무 한 그루도 없었다. 나도 어려서 땔감을 구하러 산에 간 적이 있지만 어쩌면 저렇게 민둥산일 수 있는지. 야산 언덕 북측 주민의 집은 60년대 말 우리나라 시골집을 연상시켰다. 참으로 비참하다는 생각이 들었다. 말로만 듣던 북녘 하늘. 남과 북이 어찌

내 마음의 은행나무

이리 차이가 난다는 말인가. 마음이 허무하고 공허했다. 이곳에서 어떻게 생활해야 할지 두려웠다. 인사부 방침은 6개월 상주에 단 6일 휴가인데. 생각할수록 가슴이 답답했다.

숙소를 점검했다. 컨테이너 박스를 개조한 간이 숙소였다. 의자, 책상, 흔들거리는 침대 그런데 환풍기가 없어 냄새가 지독히 나는 화장실…. 한마디로 정나미가 뚝 떨어졌다. 현대아산 사무실을 방문했다. 키가 작은 깡마른 직원이 나오더니 사전에 예약이 되어 있지 않다며 문을 탁 잠가 버린다. 수시간 전 버스에서 아무나 현대 사무실을 올 수 없다는 라이방 낀 분의 말이 그제야 이해가 됐다. 그렇다. 현대아산은 개성공단 내 입점은행 선정 과정에서 소외된 앙금이 여전히 남아 있었다. 그러니 우리가 처음 방문한 날에 물 한 잔은 고사하고 문빗장을 잠가 버린 것이다. 참으로 고약한 인심이다. 우군이 홀대하니 더 막막했다. 그래도 만사 식후경인데, 현대아산 사무실 밑에 있는 컨테이너 식당에서 2시가 넘어서야 간단히 요기를 할수 있었다. 남측 주방장과 북측 근로자가 만든 음식인데 깔끔하면서 맛이 있었다. 어떻든 밥을 먹었으니 그나마 다행이었다. 준비할 사항을 메모하고 3시 30분 서울로 돌아오는 버스에 탑승, 4시 30분 MDL을 통과해 돌아왔다.

만감이 교차하며 잠이 오지 않았다. 잘 해낼 수 있을까, 잘 해내야 될 텐데, 북측 상황을 남측은 얼마나 이해할까…. 밤이 깊을수록 생각도 깊어졌다.

"개성
잘 다녀오겠습니다"

조조와 싸우러 나가는 제갈량의 심정이 이랬을까. 나는 그동안 개성공단 입점은행 선정부터 개점을 위해 노심초사 아낌없이 성원해 주시고 이끌어 주신 이종휘 수석부행장님께 개점식 행사를 최종 보고 드린 후 착잡하면서도 단호한 심정으로 출사표를 썼다. 북한 땅 개성에서 근무 잘하고 무사히 귀경하겠다고.

"북한 개성 잘 다녀오겠습니다.

다음 주 화요일 북한 땅으로 출발하기 앞서 메일로 인사를 올립니다. 비가 오면 그리운 님이 생각나고, 눈이 오면 약속을 한다고 합니다. 깊어 가는 가을날의 출근길 빗방울이 존경하는 선후배님들을 더욱 생각나게 합니다. 막상 북한 개성 땅으로 출발하려니 제2의 군대 가는 마음입니다.

개성공단지점은 2004년 12월 1일자로 자본금 500만 달러로 영업을 개시하고 12월 7일에 개점식 행사를 갖습니다. 은행장님과 정부 인사, 기자 등 하객 약

북측 당국 명의 세무등록증

내 마음의 은행나무

180여 분을 휴전선 철책 살짝 넘어 북한 땅 개성에서 뵙게 됩니다. 선후배님들 모두 초청해 행사에 모시고 싶은 마음이 간절합니다만, 추후 기회가 되는 대로 북측의 초청장을 발급받아 개성에서 뵙겠다는 약속을 드립니다. 일정에 따라 개점하고 업무를 시작하려 하나 당분간 통신이 연결되지 않아 상당히 고립된 생활이 예상됩니다. 또한 방북 교육, 승인, 심사, 출입 신고 및 인가 등 모든 업무 절차가 매우 복잡하고 쉽지 않을뿐더러 마음대로 행동할 수 있는 일이 전혀 없어 무척 안타까운 마음입니다.

지점 개설 준비를 한 지난 2개월은 16년 동안 근무한 기간보다 더 많은 일을 했다 해도 과언이 아닐 정도의 시간이었습니다. 개성에서도 남북경제 협력사업의 선구자라는 자부심을 갖고 현지 생활에 잘 적응하겠습니다. 통일의 기초를 닦는 하나의 밀알이 되겠다는 마음으로 부임해 신중하고 차분하게 근무하고 무사히 돌아와 귀임 신고를 하겠습니다. 언제 통신이 개통될지 모르겠지만 개통 즉시 개성의 소식을 올리겠습니다. 선후배님들, 사랑하고 존경합니다."

개성공단지점 개설위원 차장 윤석구 올림.

미국 뉴욕의 우리아메리카은행에서 근무하시던 황록 본부장님이 내 인사 메일을 읽고 답장 겸 응원 메시지를 보내 주셨다.

"윤 박사! 이게 얼마 만인가? 가끔 자금부 생각이 나고, 박사 생각도 간절했는데…. 어제는 Thanksgiving Day로 한국의 추석 같은 미국의 최대 명절이었네. 하루를 쉬고 출근하니 자네 메일이 기다리고 있더군. 가족들이 함께 가는지도 궁금하고. 우리가 어릴 때 교과서에서 배운 남북이 아닌 우리의 같은 민족으로 다가서는 최근의 움직임은 좋든 싫든 통일을 향해 작은 밑거름들로 쌓여 가고 있는 것 같네. 그중의 하나가 이번 개성공단지점 개점이 아닌가 생각되네. 열심히 하시고 그곳에서 만날 기회가 있길 기대하겠네. 멀리서나마 건투를 비네. 반갑고 또 연락하세."

2004.11.26. 뉴욕에서   황록

청량리 지점 김병효 지점장님도 발령을 격려하는 글을 주셨다.

"윤 차장, 개성공단지점 개설 준비위원 발령을 축하합니다!! 우리은행 행로에 큰 발자국을 남기는 길에 들어섰음을 거듭 축하하고 바라는 일들이 하나하나 순조롭게 잘 풀려 나가길 기원합니다. 한가위 보름달만큼이나 큰 희망을 품고 열심히 노력하시는 모습 고대합니다."   2004.09.24. 청량리에서   **김병효**

삶의 길목에선 떠나는 자와 보내는 자가 자주 만난다. 보내는 자가 어깨를 토닥여 주면 떠나는 발길에 힘이 생긴다. 앞길은 알 수 없지만 보내는 분들의 마음이 따뜻했다. 어쩌면 그 마음이 개성이란 적지에서 나를 견뎌 내는 힘이 될지도 모른다. 그 마음에 나도 보답을 하자.

우리은행
개성공단지점 오픈

준비하면 때는 온다. 드디어 개점식이다. 분단 이후 북한 땅에 국내 은행 최초로 우리은행이 개성공단지점을 오픈했다. 지난 9월 23일 발령 이후 그 짧은 두어 달간의 더구나 북한 땅에 개설 준비를 마치고 우리은행 개성공단지점 개점식 행사를 치렀다.

개점식은 출발부터 좀 삐걱댔다. 초겨울 어두컴컴한 새벽 6시에 아치형 대형 홍보간판에 '개성공단 우리은행 개점'이라고 적혀 있는 것을 본 북측 관리위원회 소속 협력부 윤 참사가 와서 이의 제기했다. 사유인즉 '개성공단'이라는 표현은 쓸 수 없다는 것이다. 북한의 법률인 개성공업지구법에 따라 모든 용어는 '개성공단'이 아니고 '개성공업지구'라고 해야 한다고 했다. 허허벌판 운동장에서 한 시간이나 실랑이를 벌였다. 이제 개소식도 얼마 남지 않았는데 같은 윤가(尹家)끼리 너무하지 않느냐, 살살 좀 하라는 애원 끝에 가까스로 그냥 진행하기로 했다.

37

그러나 나쁜 소식은 겹쳐 왔다. 갑자기 북측에서 테이프 커팅은 물론 축사도 못 한다고 했다. 현대아산 김윤규 사장도 참석이 불투명하단다. 뭐 한 가지 순조롭게 되는 일이 없으니 참으로 비참하다는 생각이 들었다.

다행히 날씨는 우리은행 개성공단 지점 오픈을 축하해 줬다. 전날 밤 그렇게 몰아치던 바람이 휴전선 너머 남쪽으로부터 찬란히 태양이 떠오르면서 잔잔해졌다. 8시 20분, 아침을 컵라면으로 대충 때우고 9시 10분까지 사무실 등을 다시 정리했다. 이제는 오픈 행사만 남은 것이다.

드디어 북측 CIQ쪽에서 버스 행렬이 보이기 시작했다. 10시 20분 황영기 은행장님이 도착했다. 북측에서 직책이 높다는 박철수 참사도 왔다. 그 누구보다도 아낌없이 성원을 해주신 통일부 개성공단사업지원단 조명균 단장님, 금융감독위원회 양천식 부위원장님을 비롯한 많은 인사가 참여했다. 참석하지 못한다고 통보한 김윤규 사장님도 행사장에 왔다. 뜻밖의 참가자가 더 환영받는 법. 김 사장님의 참석 덕인지 북측에서도 많은 인사가 나와 축하를 표했다. 사회를 맡은 국제부 김대식 수석부부장이 참석한 VIP들을 소개하고, 황영기 은행장님 축사와 김동근 개성공업지구관리위원회 위원장님의 축사가 이어졌다. 지점 앞으로 이동해 행사의 하이라이트인 테이프 커팅도 했다.

내 마음의 은행나무

우리은행 개성공단지점 개점식

은행장님이 커팅 후 지점 안으로 들어왔다. 너무 반가워 "오늘의 성대한 개점 행사는 모두 은행장님의 성원 덕분입니다. 진심으로 감사드립니다. 저는 20대 초반에 삼성물산에 근무한 적이 있습니다"라고 큰 목소리로 감사를 드리니 깜짝 놀란 표정을 지었다. 전혀 의외라는 말씀에 하객으로 오신 에스텍시스템 박철원 회장님이 반갑게 웃으며 "우리는 다 같은 삼성물산 출신입니다"라고 부연 설명을 했다. 뿌리가 같아서일까. 셋이 나눈 악수가 유달리 뜨겁게 느껴졌다.

은행장님과의 기념 촬영을 마치자 조그마한 지점이 환전하겠다는, 예금 계좌 개설하겠다는 사람들로 난리가 났다. 북한 땅에서 환전하고 북한 땅 소재 지점 명의로 기념 돈자리(통장)를 만드는 게 나름대로 의미가 있다고 생각하는 것 같았다. 카메라 기자들의 플래시가 축포처럼 터졌다. 이 순간을 위해, 한 송이 국화꽃을 피우기 위해 그리도 힘들어했나 보다. 북측 땅에 점포를 만들고 자랑스러운 우리은행 간판을 붙이고 개점 행사를 하기까지의 한 컷 한 컷이 파노라마처럼 빙글빙글 돌았다. 가슴속 눈물이 주르륵 흐르고 있었다. 눈물을 삼키며 오찬장인 개성 시내 자남산 여관으로 이동했다. 북측의 특별한 배려로 제공해 준 오찬 장소이기에 빡빡한 일정이지만 한 치의 소홀함 없이 진행시켜야 했다.

'오늘 오신 하객님들은 창가에 비친 북한의 모습을 어떻게 생각할까. 무엇 때문에 이곳까지 와서 근무하는지 물으면 나는 뭐라고 답해야 할까. 개점식이면 기뻐야 하는 날인데 왜 이리 마음이 착잡할까. 가족들과 떨어져 개성공단 현장에서 홀로 고독을 견디며 근무하는 것이 옳은 일인가….' 온갖 생각들이 얽히고설켰다.

고려 성균관 현 고려 박물관

생각에 잠기다 개성 시내 한복판 자남산 입구에 도착했다. 원래는 그곳에서 식사를 한 뒤 표충비와 선죽교 등을 보기로 했는데 북측이 또 일정을 바꿨다. 우리로선 속수무책이다. 이곳의 한마디가 그대로 곧 법이라는 생각이 들었다.

일정은 좀 꼬였지만 선죽교를 걸으며 만감이 교차하는 하객님들을 보니 그나마 오늘 행사가 여기까지 진행된 것만도 다행이라는 생각이 들었다. 자남산 여관의 음식이 제대로 넘어가지 않았지만 그래도 그냥 먹어야만 했다. 여기저기에서 "위하여 위하여 우리은행 개성공단지점을 위하여!"라는 건배

내 마음의 은행나무

목소리가 들려왔다. '뭘 위한다
는 것인가, 왜 위하여 축하하
는 것인가.' 지점 오픈 준비로
지친 탓일까, 아니면 개성 근
무를 지원한 초심이 변해서일

북측 박철수 부총국장

까. 나는 그들의 건배를 회의적으로 마음에 되새겼다.

SBS 강선우 기자, 경향신문 정흥민 기자, MBC 김수영 기
자 등이 들쭉술을 내게 권하기도 했다. "근무 규정이 어떻게
되는가" 묻기에 "6개월에 한 번 서울 집에 가도록 되어 있다"
라고 하니 놀란 표정이다. "말도 안 된다. 사방으로 펜스가
쳐 있는 오갈 곳 없는 이곳에서 어떻게 6개월을 버티겠는가,
6개월의 근거가 무엇이냐?" 등의 추가 질문이 쏟아졌다. 이
곳 생활과 의식주 등을 궁금해해 나름 설명했지만 그들이 현
실을 얼마나 이해했는지는 나도 모른다. 이후에 정흥민 기자
가 연말연시 기획기사를 취재하고 싶다고 해 집 전화번호를
알려 주었다. 이곳에 온 지 일주일도 되지 않았는데 마음이
답답해서인지 개점식이 아니라 고통식을 치르는 느낌이다. 무심
한 시간은 물처럼 흐르니, 작별의 시간이 째깍째깍 다가온다.

개성 시내에서 공단으로 오는 도중 공단 동쪽 토지공사 전
망대에 들러 사방을 관망한 뒤 북측 CIQ로 이동해 송별 인사
를 하고 사무실로 돌아왔다. 관리위원회, 토지공사, 북측 안
효식 참사 등에게 감사의 들쭉주를 두 병씩 전달했다. 몸은

피곤하고 이 시간까지 우여곡절도 많았지만 인사를 하는 게 도리라 생각했다.

저녁 숟가락을 들었지만 입맛이 없는 데다 그날따라 밥까지 죽이 되었다. 그래도 어쩌겠나. 살려면 먹어야지. 잔무를 마감하니 어느덧 8시. SBS 뉴스에 우리은행 개성공단지점 개점식 행사 장면이 멋지게 나왔다. 창구에서 손님을 맞는 내 옆얼굴이 매우 어색했다. 동료 안열 차장이 모처럼 웃었다. 그동안 비품 등 각종 물건이 올 때마다 포터로, 청소부로, 은행원으로, 때로는 기사로 일하며 이곳 생활에 하루하루 지쳐 간 안 차장이다. 몸이 힘드니 점점 말도 없어졌다. 처음 마음먹고 지원했던 의지와 열정, 도전력은 앙상하게 말라 갔다. 그의 가슴은 빨리 가족의 품으로 돌아갔으면 하는 생각으로 가득했다. 그런 안 차장이 간만에 웃었다. 그 웃음의 의미를 내가 온전히 헤아릴 순 없지만, 암튼 크게 웃었다.

MBC 9시 뉴스에서도 지점 오픈 행사를 7분 정도 매우 상세하게 방영해 주었다. KBS도 비슷했다. 하지만 하나도 기쁘지 않았다. 아니, 되레 창피했다. 화면 때문에 어쩔 수 없이 웃었지만, 그런 가식적인 표정이 가증스럽다는 생각까지 들었다.

그래도 큰 미션 하나는 완수했다. 빼곡한 하루 일정을 정리하니 마음도 후련하다. 이제 밀린 잠 좀 자야겠다. 흔들려도 다시 서자. 내일을 위해 참고 견디자. 아자 아자 아자….

첫 생산 첫 출하
개성냄비

　나중에 소노코쿠진웨어로 상호를 바꾼 리빙아트가 우리 개성공단지점 개점 보름 후인 12월 15일, 공장 준공 직후 첫 제품을 출하하여 명동의 한 백화점에서 '개성공단 통일냄비'라는 이름으로 즉시 완판시키는 기염을 토했다. 또 반도체 캐리어와 중장비 실린더에 들어가는 유공압 씰을 생산하는, 그 누구보다도 공단에 애정이 많은 유창근 회장님의 에스제이테크도 해를 넘기기 전인 12월 말일에 첫 제품 출하 테이프를 끊으며 개성공단 첫해 기분 좋은 출발, 기분 좋은 연말을 맞이하게 되었다.

　을유년 닭띠 새해에는 신원에벤에셀이 우여곡절 끝에 전속모델 김태희 씨와 모델 25명을 섭외해 말도 생소한 피복전시회, 즉 패션쇼를 개최하였다. 우리는 족발이라고 하고 북한은 발족이라고 하니 피복전시회라는 단어가 개성공단 내에서는 낯설지 않았지만 아름답고 늘씬한 우리 모델들이 사회주의 땅 개성에서 패션쇼를 연다는 그 자체만으로도 신기했고 재미있었다.

　개성공단 기업협회 김기문 회장님의 로만손 시계 회사는 9

로만손 협동화 공장

개 부품 회사가 연합하여 협동화 공장을 오픈하였고, 화장품 용기를 만드는 한일 합작 기업 태성하타도 외국 기업 투자라는 상징성 측면에서 투자 환경 개선에 큰 역할을 했다. K2 등산화를 만드는 OEM 방식의 신발 제조 기업 삼덕통상 문창섭 회장님은 북측 근로자를 2800명이나 고용한 최고의 등산화 회사가 되어 1공장에 이어 2공장을 짓는 등 고속 성장이 이뤄졌다.

입주기업 사장님들은 서울에서 60km 정도의 근거리여서 2시간 이내에 개성공단 완제품이 서울에 뿌려질 정도로 접근성이 좋은 물류 시스템과 동일민족이 동일언어를 사용하는 장점이 있고 근로자 한 사람당 인건비가 이것저것 다 합쳐도 월 100달러, 우리 돈으로 10만 원 내외(당시 환율 적용)이고 북측 군인들이 24시간 지켜주는 지구상 가장 안전한 곳이니 이보다 사업하기 나은 환경이 또 어디 있겠냐고 이구동성이다.

그보다 더 의미 있는 것은 이곳이 남북 대치 상황에서 돈으로 환산할 수 없는 남북경제협력과 평화의 상징이라는 점이다. 입주기업 대표들은 연천, 철원 등으로 제2의 개성공단이 확대되어야 한다고 입을 모으곤 했다. 개성공단의 꿈은 해가 바뀌면서 그만큼 커져 갔다.

내 마음의 은행나무

Bicycle Loan:
자전거를 빌려드립니다

　입주기업이 늘어나면서 북한 근로자들이 개성공단으로 출퇴근하는 버스는 말 그대로 '콩나물시루'였다. 한 버스에 100명 이상이 탔다. 개성공단에서 개성 시내까지는 15~20km로, 출퇴근하는 북한 근로자는 2만 5000여 명인데 버스는 75대에 불과했다. 운행 횟수도 하루 다섯 번이 고작이었고 도로 사정이 좋지 않은 곳에 사는 근로자들은 정류장에서 집까지 한참 걸어야 했다.

　'버스 대신 자전거로 출퇴근할 수 있게 하면 어떨까.'

　출퇴근 해소책을 고민하다 문득 이런 아이디어가 떠올랐다. 북한에서 자전거는 가보 중의 가보라지만 남측에서는 자전거를 필요한 곳에 기증도 하지 않는가. 그러니 자전거가 콩나물보다도 빽빽하게 숨 막히며 출퇴근하는 북한 근로자들에게 큰 선물이 될 것이다. 생각이 여기에 미치니 구체적 방안이 머리를 스쳤다.

"자전거 살 돈 빌려드립니다"

입력 2008.04.14. 오전 3:10 수정 2008.04.14. 오전 10:35

그래, 공단에 입주하고 있는 기업은 개성공단관리위원회가 운행하는 버스 탑승 인원에 대해 매월 출퇴근 버스 승차비로 5달러를 지원하고 있다. 입주기업이 버스비 대신 자전거를 구매해 북측 근로자에게 나누어 준다면? 자전거 한 대당 100달러 정도. 그러면 2년이면 버스 지원금을 자전거 구입비로 충분히 충당하고도 남는다. 승차 인원 초과로 수시로 버스가 고장 나 수리비도 만만찮은데, 누구보다 북측 근로자들이 좋아하지 않겠는가.

신원에벤에셀 황우승 법인장님과 이 문제를 상의했다. 황 법인장도 내 아이디어에 매우 좋다고 박수를 친다.

"아, 그것 매우 좋은 아이디어입니다. 우선 자전거 110대를 구매해 제공할 테니 즉시 대출 계약서를 만듭시다."

당시 글로벌 사업단 황록 단장님께 보고를 드리고 조병산 과장이 관련 부서와 협의해 우리은행, 아니 대한민국 금융권 최초로 아주 특별한 'Bicycle Loan, 자전거 대출' 상품을 만들었다. 삼천리자전거가 공단 내 삼봉천을 가로지르며 신나게 달릴 수 있게 된 것이다.

동아일보는 당시 자전거 대출 기사를 이렇게 실었다.

'우리은행은 자전거 110대를 살 수 있도록 약 1만 달러(약 980만 원)를 빌려주는 대출계약을 체결 중이며 사회 공헌 차원에서 마진을 남기지 않고 낮은 금리로 돈을 빌려줄 계획이다. 구매자 신원에벤에셀 황우승 법인장은 "공단에서 가까운 곳에 살거나 버스 노선이 없는 곳에 사는 북한 근로자들에게 자전거를 나눠줄 방침"이라며 "이자가 연 4~5% 선이라 2년 후면 원리금을 모두 갚을 수 있는데 자전거는 한 번 사면 3, 4년은 타니 금전적으로도 이득"이라고 말했다.

얼마 후 대출이 진행되어 자전거가 트럭에 실려 공단에 도착했다. 희망자가 너무 많아 누구를 대상으로 배분해야 할지 고민이 되어 한동안 창고에 멈춰 있기도 했다. 그때 그 자전거들은 지금도 북한 땅 어딘가를 달리고 있을까. 아니면 자전거도 나이를 너무 먹어 옛 추억으로만 남아 있을까. 휘파람을 불며 자전거를 타던 북한 근로자들이 보고 싶다.

북녘땅
추억의 1년

　추억은 시간에 비례하지 않는다. 동일한 시간 안에 추억이 빼곡하기도 하고 헐렁하기도 하다. 북녘땅 개성공단에서의 1년은 사연도 많았다.

　먼저 떠오르는 건 개점식을 준비하면서 가슴 졸인 일이다. 개점식 일정을 잡고 은행 내외 주요 인사들에게 초청장을 발송하는 등 행사를 준비하는 과정에서 정작 제일 중요한 북측의 VISA에 해당하는 초청장이 행사 3일 전에서야 발급되어 발을 동동 구른 기억이 생생하다. 다행히 행사를 무사히 마쳤지만 지금 생각해도 아찔한 순간이었다. 영업을 시작한 지 1년이 다 되어 가도록 함께 근무하는 북측 직원과 단 한 번도 같이 식사를 못 한 것도 아쉽고 안타깝다.

　정의학 과장의 일도 아픈 기억이다. 지점 전입 3개월이 되던 6월 말, 몸이 좋지 않아 검사를 받았는데 전문의가 없는 열악한 환경에서 단순 장염으로 판정받고 해열제만 먹었다. 며칠 뒤 서울로 들어가 전문 병원에서 진료한 결과 이미 대장이 상하여 30cm 이상 절단하는 수술을 받아야만 했다. 참으로 마음이 아팠다. 이곳 식구들 모두 안타까워했고 한마음으

　　　　　　　　　　　　내 마음의 은행나무

로 쾌유를 빌었다.

군사분계선에서의 일도 기억이 어제 같다. MDL을 통과해 북측에 들어오면 제일 처음 만나는 사람이 북측 군인이다. 이 군인의 주 임무는 개성공단 출입자 인원 점검인데 너무도 매섭게 생겨 모두 주눅이 들었다. 다행히 10월 초순부터 인원 점검이 생략되고 북측 CIQ에서 세관 검사만 받음으로써 30분 정도 통과 시간이 단축됐다. 처음 마주한 북측 군인의 매서운 눈매는 아직도 잊지 못한다.

북측 임가경 행원

북측 직원 임가경(가명) 행원의 기억은 웃음을 자아낸다. '남측 늑대 3명을 어떻게 믿을 수 있냐'는 표현은 나중에야 알았지만 상호 견제 목적으로 추가 고용을 줄기차게 요청한 나운석 참사의 간곡한 의견을 받아 2005년 6월 말 북측 직원 한 명을 추가로 채용했다. 북측이 채용에 관한 자료를 제출하지 않아서 우리는 임 행원이 처녀인 줄 알았다. 어느 날 근무 중에 "탁아소에 두 살 난 아이를 맡기고 출근한다"라는 아줌마 임 행원의 말에 다들 "그럴 수 있느냐?" 라며 깜짝 놀랐다. 그는 북측의 관리자가 우리은행에 가서 근무하라고 지시해 얼떨결에 이곳으로 오게 됐다고 했다. 처음에는 '공업지구 내 우리은행'이 '북측 자기네 은행'인 줄 알았다는 말에는 모두 박장대소했다. "근무해 보니 우리은행이 최고로 자랑스럽고, 고의로 아줌마를 아가씨로 속이고 입행하지 않았다" 해명하며 얼굴 빨개진 모습이 아직도 선하다.

물론 고충의 기억도 있다. 우리은행뿐만 아니라 개성공단 기업체에는 직통 전화 및 전용선이 없었다. 최고의 금융 서비스를 하고 싶어도 통신망 미비, 서울에서 1시간 거리가 3시간 이상 걸리는 출입경 시스템, 삼시 세끼 한 곳에서만 먹어야 하는 식당, 족구장 달랑 한 개뿐인 체육 시설, 열악한 의료 시설 등 셀 수 없을 정도로 애로 사항이 많았다. 부지점장으로 승진했을 때 수십 번 걸어 연결되었다며 매우 흥분된 목소리의 선배 축하 전화를 받았는데 그 전화가 유일한 한 통의 축하 전화였다. 송악산의 매서운 찬바람은 생각만 해도 몸이 떨린다.

북측 직원의 진솔한 모습을 본 것은 흔치 않은 경험이지 않을까 싶다. 지점에서 2004년 12월 27일부터 함께 일하기 시작한 김명숙(가명) 동무(개성공단지점 근무 시 친밀감 표시로 가끔 불러 본 호칭을 한번 써 본다)는 천재답게 기억력이 뛰어났다. 약 3개월 전에 환전을 위해 온 고객이 재방문했을 때 이름을 정확히 기억하고 "KT 조현선 선생

북측 김명숙 행원

님, 오셨습네까"라고 반갑게 인사하자 그 고객 얼굴이 보름달 같이 환해졌다. 결혼을 앞두고 신나게 데이트하는 것은 남측 여느 소녀와 다를 바 없었다. 거침없는 언변으로 자기주장을

내 마음의 은행나무

펴면서도 정치적 말은 가급적 삼갔다. 정치적인 얘기는 해봤자 소용없겠다 싶어 기회가 된다면 식당에서 함께 따뜻한 밥이라도 먹으면 좋겠다고 제안하니 그의 대답이 엉뚱하다.

"일 없습네다."

"아니, 일이 없다니."

지난 기간 밥 한 번 함께하지 못해 따뜻한 국물이라도 먹여주고 싶은 마음이 단박에 거절당한 것 같아 황당하다는 표정을 지으니 그가 눈치를 채고 설명을 곁들인다.

"'일 없습네다'는 남측 말로 '괜찮습니다'란 뜻입니다. 밥 사주신다는 윤 선생님 마음은 제가 잘 알지요. 하지만 공업지구에서 남측 선생님들과 함께하지 못함을 잘 아시잖아요. 마음으로만 받겠습니다."

순간 내 미간은 풀렸지만 남북의 언어 차이가 분단의 아픔을 상기시키는 듯해 마음이 씁쓸했다.

그는 공업지구 내 최고의 직장인 우리은행에 근무한다는 자부심도 대단했다. "내가 있어야만 우리 지점이 돌아간다"라고 할 정도로 일 욕심도 넘쳐 났다.

한번은 북한 문화도 익힐 겸 찾은 북측이 운영하는 봉동관 식당에서 식사를 마칠 즈음 북측 봉사원이 '심장에 남는 사람'인지 하는 제목의 노래를 불렀는데 내가 그만 노래에 반하고 말았다. 다음날 업무를 마감한 뒤 김명숙 행원에게 가사를 부탁하며 노래까지 청하니 처음엔 손을 내젓다 아름답게 한 곡

조를 뽑았다.

"인생의 길에 상봉과 리별 그 얼마나 많으랴,

헤어진대도 헤어진대도 심장 속에 남는 이 있네.

아아 그런 사람 나는 못 잊어!

오랜 세월을 함께 있어도 기억 속에 남는 이 있고

잠깐 만나도 잠깐 만나도 심장 속에 남는 이 있네.

아아 그런 사람 나는 귀중해."

인생의 길에 얼마나 많은 상봉과 이별이 엇갈리겠는가. 수천만 이산가족의 한이 겹쳐 오면서 마음이 숙연해졌다. 최초로 북측 출신 현지 지점장이 되고 싶다던 김명숙 행원. 내가 3년 임기를 마치고 본사 글로벌사업단으로 귀임한 지 얼마 후 '자본주의 사상에 물들었다며 다른 직원으로 교체되었다는데' 그는 지금 어떻게 살고 있을까. 그의 꿈은 어디까지 커졌을까. 예쁘면서도 당찬 또 다른 이산 은행원이 된 지금 그의 모습이 새록새록 떠오른다.

누구나 나름의 추억이 있다. 나에게 북녘땅 개성공단에서의 1년은 무엇과도 바꿀 수 없는 소중한 시간이다. 인생에 다시없는 귀한 추억들이 그 안에 수북하다.

내 마음의 은행나무

북한의
관혼상제

개성공단에 근무하는 남측 주재원들은 제도적으로 공단 지역 100만 평을 벗어날 수 없다. 북측 CIQ에서 공업지구까지의 거리는 약 1km 내외다. 이 짧은 거리도 북측 안내 참사의 에스코트를 받아야만 이동이 가능했다.

함께 근무하는 북측 직원 김명숙은 인민학교에서 대학 졸업까지 단 한 번도 1등을 놓치지 않은 자칭 천재였고 임가경은 김명숙의 동문 2년 선배로 차분하고 해맑은 조선 여인의 표본이었다.

북측의 관혼상제는 우리와 많이 다르다. 남자는 평균 30세, 여자는 28세가 결혼 적령기라 한다. 결혼식은 본인들 집이나 공공장소 또는 직장 사무실을 주로 이용하고, 장례는 1~2일장이 권장되고 제사는 거의 지내지 않으며 봄철 한식과 추석 때 성묘가 보편화되어 있다. 또한 북한에도 60청춘이라는 개념이 있어서인지 회갑 잔치는 그다지 많지 않다고 한다. 부조 문화에 익숙한 우리 문화상 여건만 된다면 관혼상제 모습을 직접 보고 싶었다. 그래서 이중으로 설치되어 있는 공단 펜스를 벗어날 수 없음에도 불구하고 김명숙의 결혼을 식장에서 직접 축하해 주고 싶은 마음에 몇 번을 안내 참사에게 부탁했다.

"김 동무 결혼식장에 참석해 진심으로 축하의 마음을 전하고 싶습니다. 결혼식장에 참석할 수 있도록 안내 겸 승인을 부탁합니다."

북 참사는 예상대로 답변이 냉랭했다.

"잘 알면서 뭐 그리 요청합네까. 마음이면 되지요, 마음으로 축하하면 충분하지 않습네까?"

힘없는 내가, 모든 게 통제되는 그곳에서 무얼 어쩌겠나. 참사 표현대로 마음으로 축하할 수밖에. 언제 통일이 되면 아이들 손잡고 서울로, 제주도로 다시 한번 신혼여행을 왔으면 하는 바람까지 담아서 선물과 함께 진심으로 축하했다. 이심전심(以心傳心)이라 했으니, 김명숙 동무도 내 마음을 마음으로 온전히 받아 줬으리라. 참고로 북측의 결혼은 아직까지 우리 옛날 전통 혼례 방식을 따른다고 한다. 나라에서 주택을 혼수품으로 제공해 우리처럼 평생 월급 모아 집 장만할 걱정은 안 해도 되지만 신부 측은 5장 6기를 장만해야 한다고 했다. 5장은 이불장, 옷장, 찬장, 책장, 신발장이고 6기는 TV수상기, 냉동기, 세탁기, 제봉기, 녹음기, 선풍기다.

내 마음의 은행나무

태극기 태극기
우리 태극기

또 한 해가 저물어 간다.

순조롭던 개성공단도 2006년 북한의 1차 핵실험으로 인해 불안정해진 남북관계 영향을 피할 수는 없었다. 아파트형 공장에 입주기업들이 한 회사 두 회사 늘어나고 추가 분양도 가속되었지만 개성공단 개방에 따른 북측의 준비 미흡과 자본주의에 대한 경험이 전무한 탓으로 시행착오를 겪는 것도 사실이었다. 이에 관리위원회가 북측 당국자와 공동으로 시찰단을 구성하여 중국과 베트남 경제특구를 벤치마킹하러 방문한다는 정보를 입수하고 방문 장소에 심천이 포함되어 있음을 파악해 우리은행 심천지점에서 회의를 하도록 주선도 해 주었다. 마침 친한 후배가 관리자로 근무하고 있어 우리은행 자랑도 하고 현지에서 식사도 맛있게 드시도록 나름대로 신경을 썼다.

그런데 중국을 다녀온 다음날 관리위원회 윤문수 부장이 시찰은 잘 했지만 예상하지 않은 일이 발생했다고만 말하고 입을 닫는다. 내용이 무척 궁금해 팔을 잡고 한쪽으로 가 고백하라고 하니 이야기를 털어놓는다.

"아 글쎄, 북에서 제일 좋아하는 단어가 우리끼리 아닙니까! 우리가 들어 있는 우리은행 심천지점 간판을 보고 대문을 들어갈 때까지는 기분 좋게 인사도 나누고 윤 부지점장님 이름도 거론하며 덕담도 나누었지요. 그런데 차 한 잔 입에 대려는 순간 갑자기 북측 선임 만 참사가 의자를 쭉 빼고 일어서더니 인상을 쓰며 나갔고 다른 북측 일행들도 덩달아 방을 나가는 것 아니겠어요. 참으로 순간 당황했지요. 도대체 이유가 뭔지 궁금하여 참사한테 왜 방을 나왔냐고 물어보니 물끄러미 쳐다만 보고 아무 말도 하지 않더라고요. 그러더니 한참 후 신경 좀 더 쓰라고 화를 내지 뭡니까."

이유가 무척 궁금했다. 주말 서울 귀경길에 심천지점으로 전화를 하니 후배가 속사정을 들려주며 미안한 마음을 전한다.

"우리은행 해외 전 지점은 우리나라 태극기와 주재국 국기를 함께 걸어 놓는 것이 관례이고 예의인데 회의장에 중국 국기와 태극기가 교차되어 있는 것을 보고 겉으로는 말을 하지 못한 채 속으로 끙끙 앓다가 문을 박차고 나가 버린 것이지요. 윤 선배님 생각해서 저녁까지 융숭하게 대접하려 했는데 착잡한 마음 금할 길이 없습니다."

태극기 사건은 공단 내에서 또 한 차례 있었다. 은행 본사에서 고객 사은품으로 만든 세제 경품 100박스를 거래처와 주재원들에게 나누어 드릴 목적으로 렉스
톤 차량 앞뒤 좌석에 꽉꽉 채워
서 들여왔는데 용의주도한 북측
세관원이 퉁명스럽게 물었다.

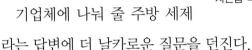
사은품 박스

"이게 뭡네까?"

기업체에 나눠 줄 주방 세제
라는 답변에 더 날카로운 질문을 던진다.

"그런데 왜 박스에 남측 국기가 그려져 있습네까?"

글로벌 사업단에서 큰 박스에 담아 챙겨 주는 대로 안정균
과장한테 받아 싣고 온 것이 불찰이었다. 강하게 나올 때는
강하게 답변하는 것이 상책이다.

"그럼 여기 북측 CIQ 세관에 일주일간 보관해 두소. 금요일 서
울로 출경 시 모두 갖고 나가 남측의 노인정 등에 기증하겠수다."

역공을 치니 북측 세관원이 슬그머니 목소리를 낮춘다.

"윤 선생, 뭘 그리 목소릴 높입네까. 어렵게 갖고 왔고 사
이좋게 나눈다는데 그러면 알맹이만 빼고 태극기 그려져 있
는 박스는 소각장에서 불태우면 되는 것 아닙네까."

'아니 땔감도 없을 터인데 세관원 선생이 박스만 모아 갖고
가서 아궁이에 지피구려.' 입안에 맴맴 돌았지만 말없이 북측
세관원이 보는 앞에서 태극기가 그려져 있는 박스를 불태울
수밖에. 벌겋게 불타던 태극기 그림은 외줄을 타듯 위태로운
남북관계를 보여 주는 것만 같았다.

개성공단의 숙제
'삼통(三通)'

개성공단 입주기업이나 기관 및 공기업에서 일하는 모든
주재원들의 난제는 삼통(三通)이었다. 삼통은 통행, 통신, 통관
을 의미한다. 남북 간 군사분계선을 통과하다 보니 통행의 어
려움이 있고 인터넷이 연결되지 않은 데다 한 전화선으로 모
든 제품 생산 오더를 받아야 하니 통신의 병목 현상이 심했
다. 임가공에 따른 원단과 완제품도 건건이 세관 검사를 받아
야 하므로 통관 때마다 애를 먹었다.

다양한 채널로 협상을 했으나 문제는 풀리지 않고 기한도
막막했다. 입주기업에 다양한 금융 서비스를 제공하기 위해
개점한 것인데 현실의 벽에 막혀 충실한 역할을 못 하고 있다
는 생각에 마음 한구석이 늘 불편하고 미안했다. 다행히 KT
에서 부여한 우리은행 개성공단지점 '001-8585-2300'번으
로 전화는 개통되었지만, 지점 개설 후 3년이 지나도 개점 당
시와 마찬가지로 인터넷 연결은 여전히 되지 않았다. 외국의
본·지점 간 또는 국제 은행 간에는 코레스 계약이 체결되어
수출입 자금이건 송금 자금이건 전신 텔렉스 한 문장이면 다
처리되는 시절인데 말이다. 사정이 그러하니 입주기업 서울
본사와 개성공단 현지법인 간 임가공비에 대해서는 국내 본사

가 회현동 우리은행 영업부에 개설된 우리은행 개성공단지점의 명의 계좌로 국내 이체하는 방식으로 입금을 처리해야 했다. 또 매월 두 차례 현송 회사 브링스에 달러 현송을 요청하면 이 역시 세관의 검사를 받았다. 검사를 마친 달러가 북으로 넘어오고 각 입주기업은 생산비, 임가공비, 급여 등으로 지점 계좌에서 돈을 인출해 북측 관계자에게 넘어가는 시스템이었다.

이런 시스템으로 인해 생긴 에피소드도 있다. 브링스 코리아의 현송 차량은 종류가 다양했는데, DMZ를 넘어 북으로 돈을 실어 오는 만큼 가장 안전한 차량이어야 한다는 생각에 탱크와 동일한 모양의 현송차로 군사분계선을 넘었다. 한데 그것을 본 북한 군인과 세관원들은 남에서 거대한 탱크가 넘어오는 줄 알고 혼비백산해 경계를 '특'으로 강화시켰다는 후문이 있어 다음부터는 봉고 차량을 개조해 만든 현송차가 자금 수송 임무를 맡게 됐다.

북한 땅 우리은행의 업무도 한계가 수북했다. 현지 땅을 담보로 잡을 수도 없고 현지 공장이 언제 문을 닫을지, 기계는 또 언제 멈출지 모르는 실정이니 마음대로 담보 대출이 되지 않아 고객들에게 미안한 마음이 들 때가 무수했다. 그래도 남북경협의 선구자 은행, 최초로 북한 땅에 진출한 은행이라는 사명감으로 주어진 여건에서 최선을 다했다. 서울 마포 신용보증기금 본사를 방문해 현지 공장과 땅 및 기계를 담보로 인정해 달라고 줄기차게 설득한 끝에 부동산 40%, 기계 등 동산 20%의 담보 비율을 인정받아 500억 원 이상의 대출을 지원했다. 그 돈이 입주 중소기업들에는 큰 힘이 됐을 거라는 생각에 나름의 보람으로 간직하고 있다.

삼통보다 더한 난제로는 북측이 요구하는 계좌 개설 문제가 있었다. 우리은행 개성공단지점은 해외 점포로 인가를 받았다. 원칙대로라면 모든 송금 거래는 환 거래 은행을 통해 자금을 주고받아야 한다. 하지만 개성공단 입주기업의 임가공비 송금 업무는 현실적으로 북측 은행이 공단에 있는 것도 아니고 환 거래 계약은커녕, 통신 즉 인터넷도 연결되지 않은 상태였다.

앞서 언급한 것처럼 이곳에서는 입주기업의 국내 모법인의 주거래 은행에서 내국환 시스템으로 우리은행 영업부 개설 개성공단지점 대외계정에 송금하고 관세 당국에 현수송금액 반입반출 내용 신고 및 면장을 받아 자금을 수수했다. 지점 개설 얼마 후 남북 외환거래지침이 미처 완비되지 않은 상태에서 모 신문에 '달러 실은 15톤 트럭 우리은행 북으로' 등의 제목으로 기사화되어 심장이 벌렁거린 것도 이런 연유였다. 그런데 북측 총국 당국 명의로 계좌를 개설해 달라고 하니. 당국에서 인가받은 업무 범위도 '개성공단입주기업 및 주재원에 한하는' 것이었기 때문에 북측의 요구는 더욱이 수용할 수가 없었다.

6·15선언 7주년이 되는 날이었다. 북측 개성공단개발을 총괄하는 중앙개발지도총국 주동찬 총국장이 밥을 사겠다는

내 마음의 은행나무

전갈이 왔다. 개성에 온 지 1년 7개월 만에 처음으로 북측 사람들로부터 밥을 얻어먹는다는 것 자체가 신기했다. 속내가 궁금했지만 공식적인 초대이니 밥도 맛

6.15 기념 오찬장

있고 분위기도 화기애애할 것 같아 들뜬 마음으로 북측이 자랑하는 개성 시내 자남산 여관에 도착해 좌석을 찾았다.

내 명찰은 앞에서 두 번째 줄 가운데에 놓여 있어 쉽게 찾았지만 지점장 자리가 보이지 않는다. 혹시나 하는 마음으로 주탁(북측 용어로 최고의 상석 겸 주인 좌석을 이름)으로 가 보니 오찬을 주선한 주 총국장 오른쪽에 지점장 자리가 배치되어 있었다. 총국장 왼쪽은 관리위원회 김동근 위원장님이 자리했고, 지점장 오른쪽에는 입주기업 대표 개성대화 사장님 자리가 마련되어 있었다.

'아니, 무슨 꿍꿍이로 지점장을 총국장 옆자리에 앉힌 것일까? 입주기업 대표가 주 총국장 옆자리가 맞을 터인데. 어떤 의도일까. 혹시 계좌 문제를 재론하려는 것은 아닐까?'

별의별 생각이 머리를 스친다. 지점장한테 조용히 다가가 귓속말로 "절대로 다른 말은 일절 하지 마시고 밥만 맛있게 드시라"라고 귀띔했다.

"역사적인 6·15 공동선언 7주년을 맞아 우리 민족끼리 공

61

동의 노력으로 개성공업지구를 발전시키자"라는 총국장의 오
찬사에 "남북통일 북남통일을 위하여! 개성공업지구 발전을
위하여!", "쭈욱 내자~~!(잔을 비우자)"가 연발되지만 밥맛이 싹
달아난다. 아무래도 계좌 개설 요청을 위한 무언의 주탁 자리
라는 생각이 머리를 떠나지 않았다.

아무리 우리가 그들 그늘 땅에서 근
무하는 처지라 해도 그런 형태의 요구에
공들여 쌓은 탑을 무너뜨릴 순 없는 법
이었다. 마음이 떠나면 태도부터 달라진
다고, 업무 범위를 근거로 계좌개설은
지점 아니 은행 권한 밖이라는 확고부동

북측 계좌 관련 공문

한 입장을 견지하고 지점장과 직원들이 바뀔 때마다 북측 계좌 개설
을 인수인계 특별 1호로 취급하자 북측도 더 이상 어쩔 수 없다는 한
계를 느낀 것 같았다. 이렇게 우리는 끝내 불가 원칙을 지켰다.

돌이켜 보면 내 생애 일에 대한 사명감은 이때 최고점을 찍은
듯하다. 물론 작은 일도 여러 분의 협조와 도움으로 이뤄짐을 잘
안다. 하지만 나 또한 열정적으로 디딤돌을 놓았다고 자부한다.

삼통이 결국 해결되지 못한 채 개성공단은 다시 빗장을 걸
어 잠갔다. 언제 그 빗장이 풀릴지 모르게 남북관계는 더 꼬
여가는 형국이다. 돌고 도는 게 역사라 했으니 개성공단의 빗
장이 열리고, 어쩌면 더 큰 장벽도 허물어질지 모른다. 삼통
이 무통이 되는 그날을 손꼽아 기다린다.

내 마음의 은행나무

전자 화폐 시스템 구축

공단 내에서 유통 화폐는 달러다. 남측 돈을 사용할 수도 없고 당연히 북측 화폐는 구경할 수도 없다. 공단 내에서 달러를 사용하는 곳은 패밀리마트와 삼시 세끼 밥 먹는 식당 및 현대아산이 운영하는 숙소 등이다. 서울에서는 카드 한 장이면 버스 탑승, 지하철 환승, 식당 및 마트 구매 결제 등 만사형통이기에 현금 사용할 일이 거의 없지만 이곳에서 가는 곳마다 현금을 소지하고 다니려니 불편한 게 한두 가지가 아니다.

그래! 우리은행이 공단에 입점한 이유는 이러한 불편함을 개선하고 선진화된 금융 시스템을 선제적으로 구축하기 위함 아닌가! 삼통으로 어려움도, 한계도 많지만 내가 할 수 있는 데까지는 전부 해 보자! 우선 같은 북한 땅 금강산에서 운영하고 있는 현장을 벤치마킹해서 개성공단 내에도 설치하자고 마음먹고 개성에서 서울로 나가 속초를 거쳐 동해안 출입사무소에서 출경 수속을 마친 뒤 다시 북한 땅 금강산에 입경했다.

"누구의 주제련가 맑고 고운 산, 그리운 만 이천 봉 말은 없어도 그 이름 다시 부를 우리 금강산" 그 곱고도 예쁜 그리운 금강산 가사가 입에서 맴돈다. 사진으로만 보던 일만 이천 봉을 구경하고 도로 옆 모 건설사가 조만간 오픈 예정이라는 금강산 골프장 깔때기 홀도 눈여겨본다. 물론 가장 눈여겨보고 온 것은 그곳의 전자 화폐 시스템이었다.

전자화폐시스템 Open

벤치마킹을 마치고 돌아오자마자 나는 본부부서와 전자 결제 서비스 도입 기안을 만들고 금융결제원 하득수 부장님의 협조를 받았다. 단순히 현금만 충전하고 결제하는 카드가 아니라 '공단 내 교통카드 기능과 방문 증명서'로도 활용되도록 관리위원회와 함께 협의하며 설계하였다.

2007년 8월 동아일보 기사 한 토막이다.

"우리은행 박해춘 은행장과 금융결제원 김수명 원장은 "개성공업지구 내 마트, 식당 등 가맹점에서 바로 사용이 가능한 금융IC 기반의 선불식 전자 화폐 서비스를 개발하여 북한 땅 개성에서 최초로 실시한다. 이 서비스는 K-Cash 서비스, 즉 'Korea Cash'의 약자로 금융결제원과 전국 17개 금융 기관

내 마음의 은행나무

이 공동으로 만든 한국형 전자 화폐다. 금융IC카드에 일정 금액을 저장하여 사용하는 '지불 결제 인프라'를 북측 지역에 최초로 설치했다는 측면에서 매우 큰 의미가 있고 남북한 온라인이 연결되는 시점에서는 우리은행 모든 지점을 통해 전자 화폐를 발급받을 수 있도록 하겠다."라고 밝혔다."

100만 평 개발 지역 내의 Bicycle Loan, 개성공단 부동산을 담보로 한 대출 지원 확대 등 선구자의 마음으로 선진 결제 시스템을 설치 도입했다는 측면에서 다시금 보람을 느낀다. 지난 봄 4월 중순 우리은행 합병 당시 이덕훈 은행장님께서 다녀가시고 그 누구보다도 개성공단에 뜨거운 관심으로 성원해 주시는 박해춘 은행장님께서도 공단 내 최고 명품 간식인 초코파이 2만 상자를 들고 오셔서 격려해 주심에 큰 힘이 솟았다.

전무후무
'긴급 출경'

격주로 한 번 서울 집에 가다 보니 초등학생, 중학생인 애들이 늘 보고 싶다. 함께 근무하는 구 차장은 아이들이 나보다 한참 더 어리니 보고 싶은 마음이 오죽할까. 역지사지(易地思之)라고, 그 마음이 이해되고 가끔은 안쓰럽기까지 하다. 어디 아이들뿐이겠는가. 30대 말~40대 초반의 혈기왕성한 청춘들이 여가 시간에 매일 아침저녁 공단 트랙을 7~8km씩 걸으니 솟는 생리적 욕구도 무시하지 못할 것이다.

측은한 마음에 내가 머리를 굴렸다.

"구 차장님! 아이들 많이 보고 싶지요? 우리 작전 한번 폅시다. 3일 후면 기업들이 북측 근로자들 급여 지급을 위해 달러를 찾으러 올 터인데 마침 현재 시재금이 부족하니 긴급하게 출경해 달러를 가져와야 한다고 합시다. 이 기회에 집에 가서 하룻밤 아이들도 보고 임진각 반구정 매운탕집에서 임진강 장어에 소주 한잔 합시다. 어때요, 내 긴급 출경 작전?"

구 차장도 긴급 동의했다.

"매우 좋은 아이디어입니다. 역시 우리 윤 부지점장 선생 머리 최고지라. 빨리 제안해 주세요!"

나는 바로 가서 공단관리위원회 소속 북측 참사에게 미끼를 던졌다.

"우리은행 달러가 부족해 모레 기업들의 급여 인출 요청에 응할 수 없으니 그리 아시오. 남측에서 달러가 들어오는 다음 일정은 열흘 뒤로 잡혀 있습니다."

북 참사가 미끼를 물었다.

"뭐라고요. 언제요? 그리도 달러가 부족하면 어쩌란 말이오."

내가 낚싯줄을 살짝 당겼다.

"방법이 딱 한 가지 있지요. 긴급 출경입니다. 오후에 남측 우리은행 본사에 가서 달러를 인출해 내일 오전에 직접 싣고 오면 됩니다."

북 참사도 단번에 낚이지는 않았다.

북측 개성공업지구 출입국 사무소

"윤 선생, 우리 측 출입 사무소와 군부의 승인을 득해야 긴급 출경이 되는 걸 잘 알면서 그게 가능하다고 생각하십네까?"

이쯤에서 결정적 카운터펀치를 날렸다.

"마음대로 하소. 현송 차량이 입경하는 다음 주까지 기다리든지, 아니면 서둘러 출경해 내일 갖고 올 수 있도록 승인을 내주든지. 미리 준비하지 못한 것은 미안하오. 다음부터는 은행 금고에 달러를 넉넉하게 채워 두겠소."

펀치는 강했고, 잠시 후 참사가 백기를 들었다.

"윤 부지점장 선생, 내 특별히 북측 출입국사무소하고 군부와 협의해 긴급 출경 승인장을 받았으니 잘 내려가 아이들도 보고 꽃밭에 물도 흠뻑 주고(부부간 정을 나누라는 뜻) 내일 달러 잘 갖고 오소."

승자는 배포 있게 패자를 보듬어야 하는 법. 나는 북한 참사를 한껏 치켜세웠다.

"아니, 공단 내 사고 발생 외에는 긴급 출경이 되지 않는데 참사는 참으로 힘이 세구려. 고맙소. 내 잘 내려가 내일 아침 달러 들고 오리다."

역시 돈은 돈이다. 그냥 돈도 아니고 달러돈이다. 그 위력이 이리 막강하다. 달러 현찰 운송이다 보니 반드시 2인 1조로 규칙을 준수해야 했다. 두 번 다시 시도를 장담하기 어려운 긴급 출경이니 기분이 상쾌 유쾌 통쾌했다.

"구 차장 선생! 집에 그냥 가긴 그렇고, 긴급 출경 축하주 한잔은 해야 하지 않겠소. 개성공단 남측 주재원 중 긴급 출경한 사람 있으면 나와 보라고 해요. 임진각 황포돛배 나루터에서 장어 두어 마리에 소맥 몇 잔은 하고 갑시다."

추억의
평양 여행기

    북한의 심장부는 평양이다. 고구려의 수도이기도 한 평양은 남북군사분계선을 넘어간 사람이라면 누구나 한번쯤 밟아보고 싶은 땅이다.

    북녘땅에서 생활한 지도 어언 2년 6개월이 되어가지만 개성공단을 크게 벗어나지 못했던 나에게 2007년 5월 말에 평양을 방문할 기회가 생겼다. 남측의 중앙일보, 일간스포츠, 민족21 등과 북측의 민족화해협의회가 공동 주관하는 '평양-남포 통일 자전거 대회'에 참가하게 된 것이다. 대회 장소가 평양이고 개성공단 현지 적임자임을 고려해 우리은행 이동연 인사부장께서 나를 추천해 준 덕으로 매우 뜻있고 유익한 4박 5일을 평양에서 보냈다.

    25일 오전 8시. 김포공항 국제선에서 아시아나 전세기를 타기 위해 대기하는 80대 어르신부터 20대 자전거 동호인,

기업체 CEO, 종교인, 연예인, 언론사 기자단 등 일행 150여 명의 표정에서는 긴장감과 호기심이 엇갈렸다.

　10시 정각. 비행기는 드디어 평양을 향해 활주로를 힘차게 날아올랐다. 나의 경우는 개성에서 직접 평양으로 연결된 평양-개성 고속 도로로 평양에 들어가면 시간과 비용 모든 것이 절약될 수 있었다. 하지만 평소 개성공단에선 외지로 단 1m만 벗어나려 해도 북측 관계자의 안내를 받아야 하는 입장이었다. 그들이 그어 놓은 선은 위험선이자 생명선이었다. 지키면 안전하지만 선을 넘으면 무슨 봉변을 당할지 예측조차 어려웠다. 사정이 그러하니 서울에서 하늘길을 통해 평양을 들어간다는 그 자체만으로도 마냥 행복했다.

　비행시간 50여 분 만에 나의 시야에는 평소 많이 보아 눈에 익은 북측 가옥들이 보였다. 전세기는 안전하게 평양 순안 비행장에 도착했고 대기하고 있던 고려항공 탑승용 사다리가 아시아나 태극무늬 출입문에 연결됐다. 남북의 팔과 다리가 이어진 듯한 모습이 친근하고 다정하다. 비행

순안 비행장

장 건물 정면에 걸쳐 있는 고(故) 김일성 주석의 대형 초상화가 드디어 이곳이 평양 땅임을 실감나게 한다. 함께 도착한

일행은 이곳저곳에서 카메라로 기념사진 찍기에 분주하다. 한 컷 한 컷이 오래 기억되고 추억될 것이다.

공항 세관 검색대를 통과해 대기하고 있던 버스에 오르려는 순간 개성공단에서 봐 왔던 북측 안내원 백○○, 김○○, 또 다른 김○○ 참사 등이 다가왔다. 모두들 대남 관련에 전문적인 소위 김일성 종합대학 출신의 민화협 소속 참사들이었다.

"반갑습니다. 윤 선생의 평양 입성을 열렬히 환영합니다. 평양에 계시는 동안 편안하고 즐거운 시간이 되도록 최대한 보장하겠습니다."

"저도 대단히 반갑습니다. 고향 같은 느낌입니다. 많이 보고 배우겠습니다."

개성에서는 그냥 그런가 보다 했는데 평양에서 만나니 수십 년 고향지기처럼 더 다정한 느낌이 들었다. 탑승한 버스는 북측의 심장부 개선문을 향해 속력을 높였다.

도로 양 주변 아름드리 미루나무에는 새순이 돋아 5월이 더 싱그러웠고, 바둑판같이 잘 정돈된 논에는 모 줄을 붙잡고 모심기에 열중한 농부의 모습이 초등학교 시절의 시골 향수를 자아내게 했다. '모내기 전투'라는 용어가 왠지 낯설지 않았다. 그해 연초에 북측은 '농사를 천하지대본으로 틀어쥐고 인민들의 먹는 문제에서 획기적인 전진을 이룩해야 한다'는 목표를 발표했다. 그동안 남측으로부터 일부 쌀을 제공받은 입장이니 농부들이 전투적으로 쌀 생산에 나서는 것이 어

평양

쩌면 당연하다 싶었다.

김일성 종합대학을 가로질러 개선문, 주체사상탑을 거치고 대동강 다리를 건너 숙소인 양각도 호텔에 들어섰다. 서울에서 불과 두 시간 거리인 평양이 고향인 이홍제 어르신은 55년 만에 고향 땅을 밟았다며 눈시울을 붉히신다.

"내 심장이 꽉 멈추는 것 같소. 무슨 방법이라도 있다면 딱 한 번 동생들 얼굴이라도 보고 내려가면 좋을 텐데. 누구 도와줄 사람 없소?"

지켜보는 우리 일행도 순간 모두 숙연해진다.

평양을 방문하는 사람들은 누구나 들른다는 김일성 주석 출생지인 만경대를 찾았다. 평양 중심에서 서쪽으로 12km 떨어진 만경대는 '만 가지 경치를 볼 수 있다'하여 만경대라고 불리게 되었단다. 수십 년 된 소나무가 주변 환경과 어우러져 이름만큼이나 잘 정돈된 느낌이었다.

만경대를 소개하는 안내원들은 "일제에 항거하고 투쟁하여 오늘의 북한이 만들어졌다"라며 "조국 없는 서러움을 당해 보지 않은 사람은 모른다"라고 목청을 키운다. 여기저기서 "어느새 사회주의 사상에 젖어 들어가는 것 같다" 소곤대며 알 듯 말 듯한 미소를 짓는다.

평양 도착 다음 날인 26일에 찾은 묘향산은 북한의 천하제일명산(天下第一名山)이라는 수식어에 걸맞게 신비적 자태를 뽐내고 있었다. 나는 2002년에 우리은행 전 직원이 참가한 지리산에서 설악산까지의 릴레이 행군에 선발되어 백두산을 가본 적이 있었고, 민족의 명산이라는 금강산에도 전자 화폐 시스템을 개성공단에 구축코자 벤치마킹차 2006년 다녀온 적 있었지만 묘향산은 또 달랐다.

북에서는 김일성 주석의 항일 지역이라는 백두산을 성지로 여기고 있고 그다음으로 묘향산을 꼽는다. 산의 자태가 더없이 묘하고 신비적이며 향기가 감돈다고 해서 묘향산이란 이름이 붙여졌다고 했다. 최고봉인 비로봉의 기암절벽, 협곡

묘향산 보현사

을 흐르는 옥 같은 청류, 향기로운 꽃향기, 폭포에서 떨어지는 유리알 같이 깨끗한 물, 산속 깊이 메아리치는 뻐꾸기 울음이 우리를 반갑게 맞았다. 고고히 1000년을 지키고 있는 보현사 대웅전 및 9층 석탑, 6·25 전쟁의 총알 자국이 선명히 박힌 보현사 비문은 역사의 희로애락을 들려주는 듯했다. 동행한 남측 진관 스님의 설법과 목탁소리가 보현사를 넘어 묘향산에 은은히 울려 퍼졌다. 내겐 남

북의 마음이 하나로 이어지기를 바라는 염원의 울림으로 들렸다.

향산호텔에서 점심을 맛있게 먹은 뒤 묘향산의 자연미와 사회주의적 색채가 잘 어우러진 6층짜리 장대한 건물인 국제 친선전람관을 방문했다. 단청 장식이나 곡면 지붕, 청기와 등이 민족 고유의 색깔을 잘 표현했다는 느낌이 들었다. 김일성 주석관에는 세계 160여 개국 주요 인사들로부터 받은 선물 5만 4000여 점이 나라별로 전시되어 있었는데 입이 딱 벌어졌다. 김정일 국방위원장이 받은 선물도 엄청났다. 남북정상회담 때 김대중 대통령으로부터 받은 선물, 사리원이 고향이라는 에이스 침대 대표가 보낸 침대는 특히 사람들의 눈길을 끌었다. 안내원은 미국 올브라이트 국무장관이 보낸 농구공을 가리키며 조미 관계의 깊은 애증이 있는 선물이라고 침이 마르게 설명했다. 제국주의라고 비난하는 미국의 선물 농구공에 애착을 갖는 안내원을 보며 여러 생각이 머리에 겹쳤다.

나를 평양으로 부른 '평양-남포 42km 통일 자전거 대회'가 27일 드디어 열렸다. 북측 자전거 애호가 30여 명이 함께 참가한 통일 자전거 대회는 남북에서 모두 친숙한 자전거를 매개로 민간 교류를 활성화하고 민족애를 높이자는 것이 취지였다. 우리은행을 비롯해 조계종 민족공동체추진부, 한국마사회 등이 협찬하고 개인 참가자들이 10대씩을 기증해 모

내 마음의 은행나무

두 5000대의 자전
거를 평양 시민들
이 출퇴근 때 활용
하도록 했다. 자전
거가 통일로 가는

평양 남포 간 통일자전거 경기대회

길을 열 수도 있다고 생각하니 대회의 의미가 더 깊게 느껴졌다.

우리은행은 '통일로 미래로' 통장의 이익금 일부를 통일 기금으로 출연하고, '경의선 침목 잇기', '북측 어린이 그림 전시' 등의 사업으로 통일의 초석을 놓는 데 앞장서 왔다. 통일 자전거 대회를 보면서 우리은행이 가까운 시기에 평양에 제일 먼저 첫 지점을 만들 수 있지 않을까 하는 기대감이 더 생겼다.

시원하게 뚫린 평양—남포 간 고속도로를 은반의 두 바퀴들이 힘차게 달렸다. 붉은 아카시아 향기에, 도로 양변에서 환영하는 평양 시민들의 따뜻한 환대에 힘입어 참가자 모두 40km를 완주했다. 마지막으로 골인한 80대 할아버지는 가장 뜨거운 박수를 받았다.

실력은 북측이 한 수 위였다. 5등까지 시상했는데 상을 받은 남측 인사는 한 명뿐이고 나는 16등으로 골인했다. 남북한이 만나 함께 자전거를 타는데 등수가 뭐 대수인가. 경쟁보다 뜨거운 동포애를 확인하는 자리 아닌가. 그리고 그 동포애는 서로를 격려하고 응원하는 마음으로 충분히 확인되지 않았나. 준비하고 기다리면 붉은 아카시아 향기를 맡으며 통일된 나라의 평양-남포 간 고속 도로를 자전거로 맘껏 달릴 날도 올 것이다.

평양-남포 간 통일 자전거 대회를 '자전거 퍼주기 대회'라며 불편한 시선으로 바라본 사람들도 있었다. 하지만 나는 시냇물이 강물이 되고 강물이 바닷물이 되듯이 작은 일 하나하나가 결국은 통일로 가는 밀알이라고 생각한다. 통일 자전거 대회 또한 언젠가 풍성히 열매를 맺을 귀한 밀알이 되리라.

통일 자전거 대회가 끝난 다음 날 평양 골프장을 경험한 건 내게 행운이었다. 그날은 김정숙 탁아소, 만경대 학생소년궁전, 평양 산원 등을 방문하도록 되어 있었다. 한데 랭스필드 양정무 회장이 평양 골프장에 골프채 30세트를 기증하면서 일행 중 30명이 공을 칠 수 있는 기회가 생겼다.

평양 골프장은 북에 생긴 최초의 골프장으로 18홀 길이 6.2km로, 평양에서 자동차로 40분 정도 가야 했다. 남포로 가는 태성호수 변에 있었는데, 재일조총련 상공인들의 도움으로 1987년 오픈되었고 외국인이나 재일동포 등이 주로 이용한다고 했다. 자연을 훼손하지 않고 최대한 원형대로 만든 골프장은 전동 카트 없이 2인 1조의 손수레를 이용해야 했다. 캐디는 팀당 2명이었다. 캐디에게 일에 만족하냐고 물으니 미리 답변을 준비했는지 막힘이 없다.

　　　　　　　　　　　　　　내 마음의 은행나무

"아주 기쁩니다. 첫 번째는 장군님의 덕분에 이러한 골프장에서 일을 하고 있어 기쁘고, 두 번째는 북측 내 캐디 역할을 하는 사람이 오직 평양 골프장에만 있어 남들이 하지 못한 일을 해서 기쁘고, 세 번째는 남측 선생들께 캐디 봉사원으로서 정성껏 봉사한다는 점에서 기쁨과 만족을 동시에 느낍니다."

2년 전 이곳에서 남측 여자 프로선수들이 골프를 친 적이 있었는데 실력에 매우 놀랐다고 했다. 지금은 많은 남측 분들이 방문해 골프를 치고 있어 남측의 골프 용어가 그리 생소하지는 않다고도 했다.

평양골프장 캐디

빼어난 산수와 종달새, 뻐꾸기 소리, 노루, 멧돼지가 어우러진 풍광에 취해 '평양 골프장'으로 운을 띄워 시를 짓다가 '장'에서 막혀 고민 끝에 장수왕으로 시작한다.

"평소 오갈 수 없는 북녘땅 평양 골프장.

양잔디 금잔디 뻐꾸기 소리.

골짜기 시냇물, 백구(白球)는 나른다. OB야 멀리 건, 들어가라 버디야.

프로 선수 세리님, 미현님! 북측 캐디 남희 동무 손잡고 함께 쳐 보세.

장수왕, 광개토대왕님이시여, 평양 골프장 마음껏 누리도록 통일의 과업 이루어 주소서."

캐디에게 '장'으로 한 줄을 읊어보라 하니 또 막힘이 없다.

"장군님 덕분에 우리 선생님들 웃음꽃 만연. 마음껏 오시라, 남측 동포여!"

여기서도 장군님, 저기서도 장군님. 듣다 보니 낯설지 않아 박장대소하며 "나이스 샷!"을 외쳤다.

을밀대

일정이 촉박하고 갈 길이 바빠도 북에 왔으니 냉면은 먹고 가야지. 모란봉아, 을밀대야. 봄바람 살랑살랑 춤추는 대동강 물결 언덕 위에 자리 잡은 옥류관의 평양냉면! 접대원이 냉면 맛있게 먹는 법을 자랑스레 설명한다.

"냉면을 먹으려면 가위로 자르지 말고 젓가락으로 우선 면을 집어 들고 면 윗부분에 식초를 쳐 흘러내리게 하면 면발이 더욱 쫄깃쫄깃해 냉면 최고 맛을 느낄 수 있습네다."

이럴 때 쓰는 표현이 '게 눈 감추듯'인가. 냉면 한 그릇이 순간 입안에 쏙 들어갔다. 우리은행 마라톤 동호회 대표인 홍제동지점 이인호 지점장이 "아버님이 이곳 평양 출신이라 가슴이 뭉클해 냉면이 넘어가지 않는다"라며 눈시울을 붉힌다. 냉면은 불으니 곤란하고 녹두지짐이라도 포장해 가 아버

내 마음의 은행나무

님께 맛이라도 보여 드리라는 동
료들의 말에 그는 서너 접시를
비닐 포장에 담았다.

서울로 귀경하는 짐을 챙기면
서도 마음 한구석에 미련이 남
았다. 통일 자전거 대회도 중요
하지만 나는 은행원이다. 당연
히 나의 업무와 관련된 북측 은
행 모습을 보았으면 하는 바람이

고려-글러벌 신용은행

서울을 출발할 때부터 마음에 가득했다. 하지만 평양 이곳저
곳 그 어느 곳을 다녀도 은행 간판은 보이지 않았다. 포기하
고 숙소인 양각도 호텔에서 체크아웃을 하려는데 호텔 외진
곳에 'KGC BANK 고려-글러벌신용은행'이라는 간판이 매우
반갑게 보였다.

북측 관계자에게 물어보니 외국인이나 호텔 내 상품 판매
대에서 벌어들이는 외화를 집금하기 위해 양각도 호텔에 설
치한 은행 지점이란다. 북측에는 중앙은행, 무역은행, 대성은
행 등의 은행이 있지만 직접 내 눈으로 북측 은행 간판을 보
고 금리, 환율, 송금 수수료 등을 확인하니 동종업이라 그런
지 더욱 친숙한 느낌이 들었다. 딱 보니 남측 사람인 듯하고
고객이 아니라는 이유로 질문에 상세히 답해 주지 않고 영업장
내부도 면밀히 보지 못해 궁금증이 온전히 해소되지 않았지만

은행을 배경으로 인증 샷을 남긴 것만으로도 큰 성과였다.

참고로 이 은행의 보통 예금 금리는 1%, 정기 적금(정기 예금 추정)은 6개월 5%, 1년 6%, 2년 7%, 5년 8% 등으로 고시되어 있었다. 송금 수수료는 최소 25유로에서 최대 400유로까지였고, 계좌 조회나 정정, 취소, 반환 시에는 50유로의 수수료(북측 돈 8500원)를 부과하게 되어 있었다. 북측 무역 은행이 고시한 5월 22일자 환율 중 미국 달러 파는 시세는 북측 돈 139.2원, 사는 시세는 135.05원이었다.

당초 오후 3시에 순안 비행장을 이륙하려던 전세기는 서울에서 열리는 남북 장관급 회담 비행기가 먼저 출발한 관계로 한 시간 지연되었다. 배웅 나온 북측 민화협의 백 참사가 개성 봉동관에서 만나 대포 한잔하잔다. 다음에 평양 오갈 때는 서울로 돌아오지 말고 개성-평양 간 고속도로로 승용차를 타고 오란다. 왠지 형제 같다는 느낌. 동포애를 느꼈다.

나의 평양 방문은 우리은행 개성공단지점 근무에 대한 은행 측의 선물이었을 것이다. 나는 그 선물이 평생 잊지 못할 만큼 감사하다. 선물이 고마운 건 살다가 가끔 포장을 뜯어보며 추억에 잠길 수 있기 때문 아닐까. 세월이 흘렀으니 평양의 강산도, 대동강 을밀대의 풍경도 변했겠지만 내 추억은 퇴색되지 않고 5월의 느티나무처럼 오늘도 싱그럽다.

내 마음의 은행나무

아주 특별한
환전 서비스

개성 영통사

"천태종은 남북 공동으로 대
각국사 의천의 정신이 깃든 영
통사 복원식 행사를 갖는다."

남측 소식을 들을 수 있는
유일한 매체인 객장에 설치한
YTN TV에서 흘러나오는 자막을 보자 궁금증이 풀렸다. 25
톤 트럭에 짐을 가득 싣고 개성공단 주도로를 거쳐 개성 시내
로 향하는 트럭을 볼 때마다 또 북에 제공되는 물품인가 하고
어렴풋이 생각했는데 그것은 남북 공동으로 영통사 복원을
위한 기와 등 각종 도구였다. 개성공단에서 25㎞ 정도 떨어
진 오관산 자락에 위치한 영통사는 16세기에 소실된 뒤 방치
되었다가 남북 공동으로 2007년 10월에 복원되었다.

복원식을 거행하는 영통사와 개성 시내 관광! 개성공단에
근무하지만 공단 외곽 펜스를 벗어날 수 없는 현실에 북한 주
민들의 참모습을 볼 수 없었는데 기회다 싶었다. 개성 시내
남대문, 만월대, 박연폭포 등 관광지와 북한 주민들의 모습을
가까이에서 볼 방법이 뭐 없을까? 이런저런 궁리로 꼬박 밤

을 새웠다.

"이런들 어떠하리 저런들 어떠하리"의 하여가에 맞받아친 "님 향한 일편단심이야 가실 줄이 있으랴"의 단심가가 울려 퍼진 곳. 공단 펜스 너머 불과 10여 km가 고려의 역사가 서려 있는 관광 코스다. 그런데 그 뭐가 없을까, 그 무엇이 없을까.

궁즉변(窮則變), 변즉통(變則通), 통즉구(通則久)! 궁하면 변하고, 변하면 통하고, 통하면 오래간다고 하지 않았던가!

머리를 굴리니 순간 아이디어가 떠오른다.

'그래! 서울에서 오는 분들을 위한 이동 환전 서비스. 그래, 그것이다! 이동 환전 서비스는 북측도 당연히 대환영할 것이다. 남측 관광객들한테 기념품을 팔면 달러가 들어오는데!' 생각도 묵혀 두면 썩는 법. 곧장 북측 관리자한테 달려가 아이디어를 공개했다.

"참사 선생! 이번 영통사 복원식과 개성 시범 관광 때 남측 인사들이 구름처럼 오지 않소. 복원식이든 시범 관광이든 이 분들이 오면 들쭉술부터 시작해서 북측의 유명 기념품들을 많이 사갈 터인데, 그러려면 달러가 있어야 되지 않겠소? 관광객들이 선생들이 미워하는 미국 달러 대신 유로를 갖고 올 리는 만무하고 그렇다고 남측 돈을 받을 수도 없고. 그래서 이참에 미국 달러 돈 많이 벌라고 특별히 출장 환전을 해 드릴까 하는데 참사 생각은 어떻소?"

북측 참사는 혹하면서도 당황한 눈치였다.

내 마음의 은행나무

"아니 윤 선생! 공업지구 일이나 신경 쓰지 뭐 출장 환전한 다고. 말도 안 되는 소리니 입 밖에 꺼내지도 마소! 은행 돈 많은데 그리도 더 벌어야겠소? 그리고 영통사 복원이니 개성 관광은 그 뭐 시기냐 평양의 명승지종합개발지도국 사람들이 하는 일이니 나하고는 상관도 없소"

물 듯 말듯 하니 미끼를 하나 더 던져본다.

"아니, 선생! 싫으면 관두슈. 내가 뭐 환전해서 수익 내려 고 제안하는 줄 아슈? 다만 명승지개발지도국 관계자 분들께 내 제안을 분명히 전달은 해 주죠. 만약 전달마저 안 해서 나 중에 관광객들이 달러가 없어 물건을 사지 못해 발 동동 구르 면 전적으로 그 책임은 선생한테 있을 것이니 그 점은 간과하 지 마소. 나의 충정 어린 제안을 전달했는지 여부는 나중에 그 사람들 만나면 확인해 보리다!"

엄포를 놓고 스스로 배짱 한 번 좋다고 속으로 웃었다. 엄 포도 통했다. 다음 날 평양에서 내려온 관계자와 함께 참사가 우리 지점에 왔다.

"윤 선생! 그동안 우리은행은 공업지구 발전에 혁혁한 전 과가 있기에 특별히 윤 선생 제안을 수용하기로 했으니 여기 명승지개발 관계자와 잘 협의하쇼."

"고맙수다. 단 우리은행 개성공단지점의 업무 범위는 개성 공업지구 입주기업과 주재원 금융 서비스인 만큼 CIQ 입구에 특별히 환전 부스를 설치해 서비스를 제공해 드리리다."

"윤 선생! 참으로 고맙소. 우리 북측을 위해 노력하는 남측 선생은 윤 선생뿐이외다."

'그랭? 정말?'

나는 입가 언저리까지 맴돈 웃음을 살짝 감췄다.

영통사 복원식과 개성 시범 관광 덕에 개성공단 내에서만 생활하다 송악산과 개성 시내 남대문 그리고 정몽주, 서경덕을 모신 숭양서원까지 구경했다. 북측이 자랑하는 개성 시내 민속마을에서 전통 음식도 먹었다. 남측에서 온 분들로부터 우리은행이 남북경제 협력사업의 선구자라는 칭송을 들으니 어깨가 으쓱했다. 비록 달러 통을 들고 뛰어다녔지만 휘파람을 불며 일했다.

옛말은 대개 맞다. 궁하니 통했다. 아니, 꼭 궁해서만은 아니었다. 서울에서 온 남측 분들이 북측 들쭉술 한 병이라도 구매하고 싶은데 달러가 없어 발을 동동 구를까 걱정되는 마음도 가득했다.

VIP님들의
방문 필수 코스

개성공단에는 삭풍과 훈풍
이 교차했다. 남북의 정치적
상황이 대립될 때는 숨쉬기 어
려울 정도로 긴장하며 지내는
반면 입주기업 생산량이 확대

코레일 문산역-개성 봉동역간 화물열차

되고 근로자가 증가할 때에는 웃음꽃이 만발했다.

그 따뜻한 바람을 타고 많은 분들이 공단을 찾아 주셨다.
나는 그런 분들이 공단에 들렀다가 오후 출경 시까지 북측의
투자 환경과 현상을 더 많이 체험하고 느끼시도록 지점 응접
실에 들어와 차를 제공하는 등 편의를 봐 드리곤 했다. 그중
에는 우리은행의 전신인 대한천일은행과 같은 해에 설립된
철도청 코레일의 남북 화물열차 기관사도 있었다. 대전에 있
는 코레일 본사의 주거래 은행이 우리은행이기에 나는 그분
에게 더욱 신경을 썼고, 언젠가는 통일 열차가 평양을 거쳐

신의주, 단둥, 베이징까지 이어질 날이 그리 멀지 않을 것 같다는 생각을 하며 그 열차를 타고 평양에 가는 그날을 꿈꾸기도 했다.

개성공단관리위원회를 방문하시는 VIP님들의 필수 코스로 단연 우리 개성공단지점을 빼놓을 수 없었다. 공단에 은행이 존재하는 것 자체가 신기하기도 하겠지만 어떤 역할을 하는지 궁금하기도 할 테고 특히나 북측 직원은 김일성 배지를 달고 창구에 앉아 환전 송금 업무를 하고 있으니 늘 관심 대상이었다. 지점의 수익이 발생하지 않아 적자가 이어졌지만 서울의 신문 방송에 자주 언급되는 것만으로 우리은행 이미지 광고가 되어 나름의 값어치는 충분히 해내고 있다는 자부심도 없지 않았다.

반기문 UN사무총장, 스티븐슨 대사

잊지 못할 방문객도 많았다. 2006년 6월 반기문 전 유엔 사무총장님이 외교부장관 재직 시 버시바우 주한 미국대사님을 비롯한 외교 사절을 이끌고 오셔서 지점을 방문해 주셨고, 고건 전 총리님은 시라큐스대학교 지인분들과 개인 자격으로 공단지점을 찾아 주셨다. 70년대 평화

내 마음의 은행나무

봉사단으로 한국에 와서 예산중학교에서 학생들을 가르치고 주한 미 대사를 역임하신 한국 이름 심은경, 스티븐슨 미 국무부 부차관보님의 지점 방문 또한 매우 인상적이었다. 일부 외국 기자들은 직접 북측 직원과 인터뷰를 하기도 하고 일부 VIP님들은 북측 직원의 팔짱을 끼고 기념사진도 찍으셨다.

금융감독 고위 간부님들

문재우 상임위원님, 김주현 국장님 등 금융감독 고위분들도 다녀가셨고 특히 기억에 남는 분은 한덕수 총리님이다. 2007년 12월 경 남북 총리회담에서 개성공단 활성화를 위해 개성공단 제품을 미국에 면세로 수출할 수 있도록 점검하시겠다는 말씀은 제일 큰 선물이었다. 또한 통행, 통신, 통관의 3통 문제를 적극적으로 개선하기로 남북이 합의한 내용을 현지에서 점검하기 위한 방문이라서 너무도 큰 힘이 되었다. 삼통(三通)의 상황을 더 세밀하게 이해하시겠다며 주말 서울 귀경 시 삼청동 공관 회의에 참석해 달라는 요청을 받기도 했다. 북측은 한 총리님이 오셨다고 개성 시내를 둘러보고 개성 민속마을에서 오찬을 하도록 배려를 하여 총리님 덕분에 13첩 반상 식사를 하는 영광을 누리기도 했다.

최고의 VIP님 방문은 역시 남북정상회담차 평양 방문 후 귀경길에 개성공단에 들러 주신 고(故) 노무현 대통령님이셨다. 방북 시 군사분계선에 임시로 그린 노란 선을 밟는 장면은 너무도 눈에 선명했고 우리 지점과 관리위원회 앞을 통과할 때에는 자동차문을 열고 손을 흔드시기에 노 대통령님한테 "노짱" 하며 엄지손가락 세우고 뜨거운 박수로 회담 잘 다녀오시라 환송을 했다. 회담을 마치고 오신 노무현 대통령님을 개성공단 강당에서 김동근 관리위원장님을 필두로 주재원 모두 뜨거운 마음으로 환영했다.

'개성공단은 남과 북이 하나 되는 현장으로 민족의 희망을 갖고 개척하고 있다'는 방명록 말씀이 아직도 나의 가슴을 울린다.

어쩌면 이 시기가 가장 행복했는지도 모르겠다. 고립된 섬에 갇혀 있지만 우리은행 직원으로서 사명감 하나로 3년을 버티며 방문하시는 모든 분들에게 정성을 다하며 개성공단 우리지점을 사랑하고 지켰으니….

내 마음의 은행나무

개성공단의
에피소드

개성공단은 내 인생에서 특별하고도 귀중한 추억이다. 세월이 흘러도 그 안의 얘기는 엊그제 일처럼 기억에 생생하다. 아픈 일도, 슬픈 일도, 기쁜 일도, 즐

개성공업지구 건설 착공식

거운 일도 지나면 다 소중한 추억이다. 시간으로 쉽게 빛바래지 않는 게 추억이다.

에피소드 1: "생일 축하합니다"

개성공단관리위원회에 근무하는 김광길 변호사의 생일이었다. 8명인 관리위원회 직원들끼리 조촐하게 생일잔치 겸 소주 파티를 연다고 했다. 나한테도 참석해 달란다. 메뉴는 공단 내 유일한 진수성찬인 삼겹살. 그러나 별로 내키지는 않

았다. 먹으면 배만 더 나올 것 같아 관리위원회 가족들 먼저 즐기라고 일부러 운동을 하고 끝날 때쯤 참석했다. 생일인데 빈손으로 가기가 좀 그래서 팀플 한 병을 들고 갔다. 거의 끝날 무렵이었지만 다들 반갑게 맞아 주었다.

서너 잔 마시니 왠지 외로움이 밀려온다. 그래도 남의 잔치 자리 아닌가. 즐겁게 축하해 주는 게 예의다 싶어 웃으면서 잔을 주고받았다. 술자리가 끝나니 컨테이너에 임시 설치한 노래방을 예약했다며 함께 가잔다. '그래도 인심은 잃지 않았나 보다. 2차까지 가자고 하니.' 속으로 고마웠다. 관리위원회에는 코란도형 지프차 외에 조그만 트럭이 한 대 있었다. 누군가 북측 근로자들 출근할 때처럼 트럭 위로 올라타자고 했다. 70년대의 향수를 느끼자며. 모두 서둘러 트럭에 올랐다.

보름달은 휘영청 밝았고 북두칠성도 선명했다. 누가 먼저라 할 것 없이 "소달구지 덜컹대는 길, 시골길은 마음의 고향"을 떼창했다. 지나가는 북측 덤프트럭 기사가 손짓하며 웃는다. 오랜만에 느끼는 시골의 정겨운 맛이다. 불과 5km 철조망만 넘으면 우리 포근한 임진각 안방인데, 이 밤 개성 땅 비포장도로를 달리는 트럭 위에 올라타 "시골길은 마음의 고향"이라며 즐거워하는 이 아이러니.

오늘의 주인공 김 변호사의 선창에 이어 수출입 은행 파견 모창희 부부장이 'My way', 나는 "희미한 불빛 아래 마주 앉은 당신은 언젠가 어디선가 본 듯한 얼굴인데 옥경이"를 멋지게 불렀다. 모처럼 박자 음정이 척척 맞았다. 앙코르가 쏟아진다. 내가 노래방에서 '앙코르' 소리를 듣다니. 맥주 한 모금으로 목청을 적시고 '존재의 이유'를 부르니 바로 합창이 된다. 마음이 비슷해서인지 음정이 점점 서글퍼진다.

"변호사님은 축복받은 사람이에요. 개성 땅에서 동료들이 삼겹살로 생일파티 열어 주고 노래까지 같이 부르니 얼마나 행복합니까. 다시 한번 생일 축하합니다."

에피소드 2: "연습 많이 하라우!"

서울에선 새벽에 눈 뜨자마자 고양이 세수하고 아침은 먹는 둥 마는 둥 지하철에, 만원 버스에 몸을 싣고 출근하면 진이 빠졌다. 하지만 개성공단은 출퇴근 개념이 거의 없다. 숙소와 지점이 붙어 있다 보니 출퇴근이 5분이면 족하다. 이 때문인지 시간이 더 더디 흐르는 느낌이다. 주말이나 휴일은 참으로 지겹다. 특히 남북의 연휴 때 또는 설과 추석 등 긴 휴일에 당직 개념으로 공단에 혼자 대기하며 '달러 금고'를 지키려면 하루가 일주일, 한 달 같다. 인터넷이 연결되어 있으면 종일 게임하고 영화라도 볼 수 있건만 삼통 문제 해결은 요원하다.

관리위원회 코드로 맞추어 있는 무전기에 2시 정각 축구장에서 모이자는 소리가 요란하다. 개성공단에는 축구장이 두 개 있었다. 한 곳은 공식적 경기를 위해 대규모로 만들고 있는 운동장이고 또 한 곳은 상가 지역에 골대와 기업 홍보 간판을 설치한 임시 운동장이었다. 주말에 서울 집으로 가지 못한 개성공단 주재원들은 약속이나 한 듯 오후 4시만 되면 축구화로 갈아 신고 하나둘 임시 운동장으로 모여들기 시작했다.

개성공업지구관리위원회 팀, 우리은행 · KT · 토지공사 · 한전 직원 등이 주축이 된 United Company 팀, 입주기업체 팀 등이 우승을 놓고 리그전을 벌였다. 자기 팀의 승리를 위해, 자신의 건강을 위해, 가족의 그리움을 잊기 위해, 팀의 단합을 위해 각자 혼신의 힘을 다해 뛰었다. 땀을 흠뻑 흘린 뒤 서울에서 갖고 온 삼겹살과 막걸리 한 사발은 잠시지만 그리움을 달래는 특효약이었다. 우승은 United 팀이 차지했다. 하기야 우승이 뭐 그리 중요하랴. 모두에게 낯선 북녘땅에서 한마음으로 격려하며 뛰었으면 충분한 것 아닌가. 남측 팀들이 운동하지 않을 때는 소방대에 근무하는 북측 출신 소방대원끼리 조를 편성해 미니 축구를 즐기기도 했다. 두 번 정도 함께 운동을 하자고 제안했지만 결국 남북이 어우러져 뛰지는 못했다. 남북 United 팀이 결성되었더라면 뜻도 있고 깊은 즐거움이 넘치는 낙(樂)이었을 텐데, 그 점이 아쉽다.

또한 그 어느 해인가 추석 연휴가 장장 5일이었다. 두어 시간 책을 읽고 신문을 사설까지 샅샅이 읽다가 드라이버와 아이언 7번, 100개들이 공 두 박스를 챙겨 들고 특설구장 필드로 나갔다. 이곳 필드는 입주 예정 기업들에 분양한 가로 300m, 세로 500m의 평평하게 조성된 공장 부지다. 잡풀들이 듬성듬

내 마음의 은행나무

성 나 있어 필드라기보다 허허벌판이란 말이 더 어울렸다.

아이언으로 한 박스 치고 남은 한 박스는 드라이버로 휘갈겼다. 좌탄 우탄 제 마음대로다. 마음이 늘 불안정하니 공이 반듯하게 나갈 리가 없다. 공단 외곽 철조망을 벗어날 수 없는 이곳 생활의 답답함을 풀려고, 어찌 보면 화풀이 차원에서 휘둘러 대니 반듯하게 나가는 게 되레 이상한 일이다. 지프차를 타고 북측의 참사 두 명이 다가왔다. OB 난 골프공을 주워 보이며 뼈 있는 한마디를 던진다.

"윤 선생! 윤 선생은 일은 하지 않고 왜 주말이면 우리가 싫어하는 미국 놈들이 좋아하는 골프나 치고 있소. 도대체 윤 선생은 이해가 안 되는 사람입네다."

받았으니 나도 던졌다.

"아니 왜 당신네들은 미국은 그리도 미워하면서도 영어를 씁니까?"

"아니, 영어는 영국에서 만들어져 우리가 영국 말 쓰는 것 다 알면서 뭔 소립네까"

"참사선생! 골프가 어디서 생겨난 줄 압니까? 영어가 영국에서 생겼듯 골프도 영국 스코틀랜드 양치기 소년들에 의해 만들어졌다는 설이 있지요. 그러지 말고 참사 선생도 한번 쳐 보시죠."

"윤 선생이나 많이 치소. 우리도 평양에 가면 얼마든지 골프 칠 수 있고 그동안 연습도 많이 했수다. 연습 많이 하라우."

그동안 정이 많이 들었나 보다. 그의 말이 한 마디도 밉지

않으니. 사방으로 흩어진 공들을 한 개 한 개 주우며 평양골
프장에서 "나이스 샷"을 외칠 날을 상상해 본다.

에피소드 3: 준엄한 초상화를!

H 전기 회사 모 직원이 복사기로 신문 기사를 복사하다가
공교롭게 김정일 위원장 사진을 함께 복사했는데, 마침 그걸
북측 근로자가 현장에서 보고 말았다.

북한 근로자가 엄중히 항의했다.

"아니 위대하신 령도자 동지를 어떻게 그 뜨거운 열에 복
사할 수 있습네까?"

무슨 할 말이 있겠는가. 존엄한 최고의 지도자 동지를 복사
기 열에 가열했으니 반성문을 쓸 수밖에.

또 한 번은 누가 북측 세무서 건물에 걸려 있는 주석과 위
원장 초상화 앞에서 카메라로 사진을 찍었다. 서울에서 인화
한 뒤 공단으로 돌아와 북측 근로자에게 자랑 겸 사진을 보여
주었는데, 아뿔싸! 경애하는 지도자 동지의 이마가 반절이나
잘렸으니 세상에 이런 불경이 또 어디 있겠는가. 서둘러 사진
을 감추며 송구하다고 할 수밖에. 조심하고 또 조심해야 하루
가 무사히 넘어가는 북녘땅이다. 로마에서는 로마법을 따라
야 하는 법. 조심하고 조심해 무탈하게 임기를 마치자고 마음
을 다잡는다.

　　　　　　　　　　　　　　내 마음의 은행나무

에피소드 4: 십자가와 강대상

개성공업지구에도 찬송가를 부르고 예배를 드리는 공간이 있었다. 신원에벤에셀 개성 법인 공장 한 곳에 주재원들의 마음을 다스리고 가족의 건강을 기원하는 기도의 방을 만든 것이었다.

신원 에벤에셀 임시 교회

신원에벤에셀 황우승 법인장이 십자가와 강대상 장비를 개성공단으로 들여온 스토리는 스릴 만점 중의 만점이다. 그의 얘기는 대충 이렇다.

처음에는 십자가와 강대상 장비가 잘 통과되는가 했더니 짐을 세밀히 들여다본 북측 세관원이 무조건 다시 포장해 남측으로 되돌려 보내라고 했다. 두어 시간을 실랑이하니 포기할 생각도 없지 않았지만 오기도 생기고 이게 하나님의 명(命)이라는 생각이 들어 따져 물었다. "아니, 북쪽에도 엄연히 종교의 자유가 있지 않습니까?" 강력 항의에 세관원은 북측 고위층한테 보고를 한 뒤 십자가와 강대상을 신고 북측 사무소로 갔다. 그리고 서너 시간이 지난 뒤, 상급 기관에서 허락을 받았는지 못 이기는 체하며 십자가를 가지고 가라고 했다. 몇 시간 동안 황 법인장은 등줄이 오싹하고 오금이 저렸다고 했다.

황 법인장이 비밀리에 털어놓은 여담 하나. 십자가를 처음 북으로 가져왔을 때 세관 심사에 적발되어 도로 서울로 가지고 왔는데 다음 주에 다시 북으로 가지고 올 때는 십자가의 세로목을, 다시 다음 주에는 가로목을 가지고 왔단다. 하나님도 그 속임수(?)를 어여삐 여기지 않았을까. 솔직히 나는 당시 종교에 대한 믿음이나 신념이 없었지만 기도하고 예배드리는 교회가 생긴 것에는 진심으로 감사했다. 주일마다 참석해 눈물까지 흘리며 기도하던 교인들의 간절함이 아직도 눈에 선하다. 남쪽 가족을 그리는 마음이었을까, 통일을 바라는 애틋한 심정이었을까, 하나님을 섬기는 믿음의 마음이었을까.

2007년 6월 중순에 '개성교회'라는 명판을 교회 입구에 살짝 걸었는데, 불과 몇 시간 만에 "교회 간판 당장 철거하라"라는 북측 관계자의 엄포에 교회 간판을 내릴 수밖에 없었다. 분단을 새삼 상기시킨 씁쓸한 장면이다.

에피소드 5: 아찔한 겸상

개성공단에는 불문율이 많다. 그중 하나는 북측 근로자들과는 절대로 밥을 함께 먹지 못한다는 거다. 우리은행 개성공단지점 행원 간에도 마찬가지다. 지점에는 북측 직원 두 명이 함께 근무했지만 지난 1년 7개월 동안 단 한 번도 같이 공식적인 식사를 하지 못했다. 난 그게 늘 마음에 걸리고 안타까웠다.

지성이면 감천이고 기다리면 때가 온다 했던가. 어느 날 지점장이 건강 검진을 한다고 휴가를 내고 자리를 비웠다. 이때다 싶어 북측 직원들에게 구 차장과 함께 업무를 일찍 마감하고 사무실에서 공단 내 최고 성찬인 삼겹살이나 구워 먹자고 제의하였다. 선뜻 내키지 않는 표정이지만 여러 번의 성의를 거절할

직원 회식

수 없어서인지 같이 먹겠단다. 오후 4시 30분에 업무를 마감하고 구 차장이 아라코 식당에서 불판과 가스버너, 삼겹살, 상추, 캔 맥주, 사이다 두 병을 가지고 왔다. 지점장실에 상을 차렸다.

북측 협력부 소속 강 참사가 마음에 걸린다. 지점에 자주 들르니 자칫하면 들킬 우려도 있고, 또 그동안 생긴 정도 있고. 차라리 불러서 같이 먹을까 고민이 깊어지는데 구 차장이 그냥 먹잔다. 그러나 우려는 현실이 된다는 말이 딱 들어맞았다. 삼겹살이 바삭바삭 노랗게 익어 한 점 딱 입에 대려는 순간, 갑자기 정문 벨소리가 울렸다.

아이코, 걸렸다 하고 나가 보니 아니나 다를까 강 참사다.

"명숙, 가경 동무 안에 없습네까?"

반사적으로 거짓말이 나왔다.

"방금 퇴근했는데요."

곧장 아차 하는 생각이 든다. '거짓말이 탄로 나면 정말 큰일 아닌가. 차라리 정직하게 정면으로 승부를 하자.'

"강 선생, 사실은 퇴근한 것이 아니고 내가 북측 직원들과

97

(좌로부터) 구무효 차장, 연영환 지점장, 북측직원,
이덕훈 전 은행장님, 북측직원, 필자

밥 한번 먹고 싶었는데 식당은 갈 수 없고 해서 안에서 고기 좀 굽고 있소. 들어와 같이 먹읍시다."

온몸의 신경이 곤두서고 등줄기에선 진땀이 흐른다. 이런 장면을 운명적 순간이라고 하나. 다행히 강 참사가 못 이기는 체하고 지점 안으로 들어왔다.

"아니, 퇴근했다며. 야, 쌍쌍이들 잘 노는구만. 옆자리에 한 명씩 앉고. 임 동무, 김 동무 당신들 총화 준비하라우. 총화 시간에 보고하라우."

그래도 참사 입가에 살짝 스친 미소를 보고 큰일은 없겠구나 하고 안도했다. 북측 여직원은 눈이 동그래지고 얼굴이 창백해지며 벙어리가 되었다. 상추에 삼겹살을 입에 넣으려던 동작을 멈춘 채 고개만 푹 숙였다. 내가 재차 비위를 맞췄다.

"참사 선생, 내가 미리 초대하지 못한 것은 미안하오. 하지만 죽더라도 먹고 나서 죽읍시다. 구 차장, 패밀리마트에서 술 한 병 사 오쇼. 북측 들쭉술도 한 병 갖고 와 북남 통일주 한잔 만듭시다."

눈치 빠른 구 차장이 번개처럼 썸싱 스페셜 한 병을 사 왔다.

"참사 선생, 받으시라오. 한잔 부딪칩시다. 건배, 개성공단

내 마음의 은행나무

발전을 위해, 참사 선생 건강을 위해 쭈욱 내자~"

"윤 선생, 미리 신고하고 먹으면 얼마나 좋겠소 그래. 차린 상이니 일단 먹읍시다. 동무도 일단 많이 먹으라우. 구 차장 선생도 한 잔 받으시오."

썸싱 한 병을 더 사와 주거니 받거니 취기가 올랐다. 이제 오늘 일을 수습해야 할 것 같았다.

"참사 선생, 참사가 개성 인민을 최고로 위하는 마음 잘 압니다. 우리 지점 북측 직원들이 참으로 일을 잘합니다. 우리 한 달에 한 번씩은 이렇게 삼겹살이라도 구워 먹읍시다."

강 참사도 많이 누그러진 목소리다.

"윤 부지점장 선생, 그건 그렇고 직원들 좀 더 신경 써주시오. 한 달에 한 번씩 샴푸, 비누, 치약 같은 생필품을 제공해 주쇼. 남측 다른 기업체들 보면 복지 차원에서 알아서 잘들 챙겨 주던데. 언젠가 구 선생 부인이 우리 명숙, 가경 동무들 달거리에 차라고 프리 뭐 프리덤인가 하고 빨간 내의 같은 것을 선물로 주었다는 얘기를 들었는데 그런 것은 남측 자기네 부인들한테나 주고 생필품이나 한 달에 한 번씩 챙겨 주쇼. 그리고 은행 돈 많은데 월 55달러 그게 월급입네까? 월급 좀 제일 먼저 많이 좀 올려 주고. 내가 꼭 이런 말을 해야 합네까?"

이 정도면 오늘 삼겹살 사건은 용인해 준다는 느낌이다. 내가 마무리 멘트를 던졌다.

"강 참사선생, 오늘 일은 재차 미안하오. 내 미처 신경을 쓰지 못했소. 다음 달부터 이행하겠소. 샴푸, 비누, 치약 한 포대씩 갖다 놓고 마음대로 쓰도록 해 주겠소. 한데 여성들 달거리에 채운다는 것은 위생적으로 매우 좋은 것 아니요?"

"무슨 남자가 체면이 있지 그런 것을 선물합네까. 그런 것은 우리도 많이 있고 각자 알아서들 하니까 내가 말한 것이나 신경 써 주쇼. 그리고 다음부터는 미리 부르쇼. 동무들은 총화 준비들 하라우."

강 참사는 떠나면서도 '총화 준비'를 반복했지만 내측으로는 아무 문제도 생기지 않을 것 같았다. 내 측은 적중했고, 그날 일은 비밀리에 우리의 추억으로만 남았다.

에피소드 6: 북측 보험 회사 판매원 명함

<table>
<tr><td align="right">소속 조선국제보험회사
최○○</td></tr>
<tr><td>Tel 850-2-18***/9**　Fax 850-2-381****
e-mail KF**@sili****.com.
주소 평양시 중구역</td></tr>
</table>

누구의 신상인지 궁금할 것이다. 개성공단에서 3년을 근무하면서 유일하게 받은 북측 보험 회사 판매원 최○○의 명함이다. 너무도 유일해서 보관할 만한 가치가 있다는 생각에 명함집에 고이 간직하고 있다. 남측이나 북측이나 보험 판매원

은 최고의 영업 사원이지 싶다. 최○○은 이틀이 멀다 하고 개
성공단 입주기업을 비롯하여 우리은행, KT, 한전, CU 편의
점 등 지원 회사들도 북측 보험 회사에 보험을 들어야 한다고
열변을 토했다. 실제 사고 발생 시 보험금은 어떻게 지급하는지,
로이드 등 선진 보험사에 재보험은 가입되어 있는지, 배상 비
율은 어느 정도나 되는지 궁금하지만 대답은 두루뭉술하다.
그래도 보험을 판매하려는 적극적 자세, 한 푼의 달러라도 유
치하려는 집요함에 속으로 박수를 쳤다. 초록은 동색이라고,
영업 사원들의 애환을 영업 사원이 모르면 그 누가 알랴.

에피소드 7: 개성공단의 멍멍이

개성공단 내 기업들은
멍멍이를 많이 키웠다. 대
부분 현지 북측 근로자들
이 한 쌍씩 분양해 공장 입
구 관리 직원들이 키우는
데 새끼를 낳으면 재분양

개성공업지구 삼봉천 조형물

해 제법 강아지들이 많아졌다.

처음 개성공단에 왔을 때 토지공사에 개 한 쌍이 있었다.
나는 통일부 소속 이강우 국장님과 아침저녁으로 운동할 때
마다 먹을 것을 갖다 주며 무척 예뻐했다. 관리위원회가 그들
이 낳은 새끼 한 마리를 분양받아 아라코 식당 옆에서 키웠는

데 장병민 출입담당 부장이 혼자라 외로울 것 같다며 현대아산에서 흰둥이 한 마리를 추가로 분양받아 짝을 맞춰 주었다.

이름도 한 마리는 개성이로, 흰둥이는 공단이로 지어 듬뿍 정을 주었다. 초겨울 어느 날 삼봉천 주변에서 운동할 때 데리고 간 개성이가 물을 먹으려고 천으로 들어갔다가 얼음이 깨지는 바람에 물속에서 허우적거려 남의 개 죽이는 줄 알고 깜짝 놀란 적도 있다. 떠는 모습이 안쓰러워 입고 있던 잠바를 벗어 닦아주며 미안해했던 그 개성이가 며칠 전부터 보이지 않았다. 식당 앞에서 온갖 애교를 떨며 모든 이의 사랑을 받던 개성이의 행방이 궁금해 한전 정귀동 지사장에게 물었더니, 이게 웬 마른하늘에 날벼락인가.

"공단 입구 펜스너머 푸른색 입은 사람들이 휘바람을 부니 따라갔대. 그리고 한 시간 뒤 저쪽 뒷산에서 연기가 솟더래."

"뭐라고요 지사장님! 하늘나라로 갔다고요?"

마음이 아렸다. 잘 가라는 작별 인사도 못 했는데. 푸른색 제복 입은 사람들 입에 들어가 버리다니…. 에이, 장에 탈이 나 나 버려라!

내 마음의 은행나무

원단을 싣고
남으로

원단 싣고 남으로 남으로

분단은 작은 벽이 아니었다. 그 벽은 높고 두터웠다.

개성은 반세기 동안 이산가족들의 애환이 있는 북녘 땅이지만 38선이 그려졌을 때만 하더라도 우리 대한민국의 영토였다. 서경덕과 황진이의 로맨스가 피어난 땅이자 평양 사또들이 거쳐 간 중간역이었다. 한강과 예성강의 물줄기가 하나로 합쳐지는 만남의 땅이기도 했다. 그 땅에 다시 한이 드리워졌다.

2013년 4월, 북한은 한미연합훈련을 빌미로 개성공단 근로자들을 철수시켰다. 이후 일부 재가동됐지만 2016년 초에 핵실험 등으로 완전 폐쇄하여 철수를 해야만 하는 상황이 찾아왔다. 입주기업들의 꿈을 싣고 남북 군사분계선을 넘나들던 차량들은 다시 원단을 싣고 남으로 내려와야 했다. 누군가 '아프리카의 희망봉'이라고 했던 우리은행 개성공단지점에도 커다란 자물통이 채워졌다.

김책 공대 출신들이 많이 투입되어 만든 우수한 전기 전자 제품과 북한 여성들의 노련한 손놀림으로 만든 양질의 봉제 제품은 서울 시내 백화점에서 국내 제품의 절반도 안 되는 가격에 팔렸다. 'Made in korea' 속에 'Gaesong'이 표기된 삼덕통상의 등산화는 똑같은 치수, 똑같은 디자인임에도 절반 수준 가격에 판매되었다. 열악한 여건에도 중소기업체 사장님들은 '개성의 꿈'을 꾸었는데, 그 꿈이 산산조각 난 것이다.

통일대교 입구

개성에서 온갖 자재를 남산만 하게 싣고 귀환하는 차량들이 줄을 이었다. 서울에서 중계되는 TV화면을 보려니 가슴이 무너진다. 이런 상황을 예견하고 중국, 베트남 등 여러 나라에 분산 투자를 한 기업도 있지만 국내에 있는 공장을 모두 처분해 개성공단에 올인한 사장님도 많았다. 개성 공장을 예쁘게 짓겠다며 벽돌만 7박 8일 고르신 분, 인생의 마지막을 북녘땅 개성에서 불태우시겠다던 분도 있었다.

하지만 분단의 장벽에 부딪힌 꿈이 6·25 때 열차에 매달린 피란민처럼 승용차 상단에 가득 실린 원단과 함께 남으로 내려오게 되었으니, 그 누구를 탓하고 무엇을 어찌해야 하나.

마음이 슬프고 아프고 무거웠다. 마음을 달래려 북한산 자

내 마음의 은행나무

락에 올랐다. 국녕사 노적사 부처님 앞에 다가가 두 손을 모았다. 대웅전에서 '개성 문이 다시 열리게 해 달라'고 소원을 빌며 108배를 올렸다. 마음이 무거우니 생각도 자꾸 흩어진다. 절을 올릴 때마다 김기문 로만손 사장님 등 입주기업 대표들의 얼굴이 스쳐간다. 그들은 나라에서 보상받을 방법이 있을까. 상처받은 꿈은 다시 피어날 수 있을까. 입주기업에 납품한 하청 기업들은 견뎌 낼 수 있을까. 내일은 내가 몸담고 있는 우리은행과 함께 KT·한전·수자원공사·전기공사·현대아산 등의 주재원들이 철수한다는데 그럼 개성공단의 불은 완전히 꺼지고 다시 캄캄한 밤이 되는 건가.

방송은 오후 5시께 개성공단관리위원회를 비롯해 우리은행과 KT 직원 등 지원 기관 직원 50명 중 7명을 제외한 43명이 국내로 귀환한다고 전했다. 하지만 5시를 훨씬 넘긴 밤 10시까지도 군사분계선을 통과했다는 소식이 들리지 않는다. 선약을 접고 집으로 왔지만 발걸음이 엘리베이터로 옮겨지지 않는다. 늦은 시간 남으로 향한 DMZ 군사분계선이 언제 열릴지 목 빼고 대기하고 있을 우리은행 개성공단지점 후배들을 생각하니 두 다리 뻗고 잠을 잘 수 없을 것 같았다.

그래! 통일대교로 가자. 가서 귀환하는 후배들 손이라도 한번 잡아 주고 고생했다고 얼굴이라도 한번 비벼 주고 오자. 나 말고 그 누가 그들의 마음을 알겠는가. 그렇게라도 해야만 내 마음이 편해지지 않겠나.

북쪽으로 쭉 뻗은 자유로를 40여 분 달리니 저 멀리 희미하게 임진각까지 1km 남았다는 이정표가 보이기 시작했다. 저 강 너머 자동차 5분 거리가 개성공단인데…. 하늘에 떠 있는 희미한 반달이 남측으로 내려오는 우리 주재원들을 위해 북녘땅을 비추고 있는 듯했다. 임진강 강바람이 오싹오싹 추위를 느끼게 했다. 그래도 임진강을 가로질러 개성공단으로 송출하는 송전탑은 반가웠다.

밤 11시가 넘어도 남측 귀환 행렬 통행 승인이 났다는 소식이 들리지 않았다. 마음은 도라산 CIQ에 들어가 조금이라도 빨리 귀환하는 후배들을 보고 싶었지만 발걸음은 통일대교 남단까지가 한계다. 바리게이트는 통행을 막고 있고 유턴 표시도 선명하다.

어느덧 시간은 자정으로 향했다. 방송은 귀환 대열이 11시 30분 전후 군사분계선을 통과할 것이라고 전했다. 나도 모르게 심장이 뛰고 호흡이 가빠졌다. 2004년 10월 28일. 이 통일대교를 거쳐 북녘땅 개성을 밟은 지 9여 년의 시간이 흘렀다. 그동안 북한의 핵실험, 미사일 발사, 금강산 사건 등 수많은 일들이 있었지만 개성공단의 공장은 멈추지 않았는데. 이렇게 귀환하면 공장 돌아가는 소리를 언제 다시 듣게 될까. 아무리 자문자답을 해도 답은 나오지 않고 심장 박동소리만 점점 커져 갔다.

내 마음의 은행나무

개성공단 폐쇄 철수

DMB 방송에서 눈에 익은 도라산 CIQ 입경 장소가 나타나고 개성공단 지원 기관 소속 42대의 차량 행렬이 일렬로 들어왔다. 남북경협의 선구자라는 사명감을 갖고 짧게는 1년에서 길게는 3년씩 일했을 그들. 아무나 갈 수 없는 개성공단을 뒤로하고 귀환하는 그들의 마음을 그 누가 알랴. 자유로이 넘나드는 철새들은 그 마음을 알까. 동병상련(同病相憐). 무거운 마음으로 귀환하는 후배들이나 통일대교 남단에서 초조하게 기다리고 있는 내 마음이 같은 심정 아닐까.

시간은 어느덧 새벽 1시 30분을 넘었다. 드디어 통일대교 북단에서 남단으로 향하는 42대 차량의 불빛이 시야에 들어왔다. 눈에 익은 붉은 색깔의 한전 차량도 들어오고 전기안전공사 차량도 보였다. 기자들의 차량과 개성공단관리위원회 차량도 줄지어 들어왔다.

기다리던 김학 차장의 승용차다. 개성공단 선배로서 건강히 잘 다녀오라고, 무사히 임무 수행하고 오라고 격려하며 떠나보낸 후배다. 얼굴이 시커멓고 초췌하기 그지없다. 근 한 달 동안 부식도 없이 라면과 초코파이로 식사를 대신했다더니 몰골이 말이 아니었다. 그래도 자랑스러운 우리의 용사,

통일대교 앞 김학 부지점장

개성공단 우리은행 후배를
보니 너무도 대견했다.

"고생했다. 참으로 고생
많았다. 얼른 집으로 들어가
쉬거라. 오늘 하루는 아마
한 달보다도 더 길었을 거
다. 사랑하는 가족들 품으로 얼른 달려가거라. 그래, 정말로
참으로 고생 많았다."

몇 차 뒤이어 김인수 지점장 승용차가 보였다.

"책임을 맡아 얼마나 고생 많았습니까?"

"새벽 2시인데도 마중 나오신 윤 선배님께 진심으로 감사
드립니다."

지금 누가 누구를 격려하고 누가 누구에게 감사하랴.

"그래요. 자세한 얘기는 다음에 하기로 하고 얼른 집에 들
어가세요."

후배들을 집으로 보내고 되돌아오는 마음이 공허하고 무거
웠다. 10차선 자유로는 적막감만 가득했다. 초코파이 차량이
빵빵거리며 적막을 깬다. 나에게는 개성공단의 구슬땀이 송
알송알 다시 맺히기를 기원하는 응원가로 들린다.

국녕사 대웅전에서 간절히 올린 기도는 응답을 받을까. 받
는다면 그날은 또 언제일까. 자비로우신 부처님이시니 간절
히 빌고 빈 소원을 잊지는 않으시겠지.

남에서 둘러본
분단의 상처

도라전망대 내 군사분계선 조감도

무심한 게 세월이라고 했던가. 2주일에 한 번씩 북녘땅 개성을 넘나든 것이 엊그제 같은데 벌써 11년이 흘렀다. 2018년 상반기 영업에 땀 흘린 성북 동대문 지점장들의 노고를 격려하고 하반기 영업에도 최선을 다하자는 취지로 마련된 지점장 워크숍 데이가 열렸다.

집합 장소는 오전 9시 임진각 평화누리. 찌든 영업 현장에서 벗어나서인지 모두 얼굴에 미소가 가득하다. 해장 겸 한잔해야 되지 않느냐는 누군가의 제의에 임진강 막걸리로 목을 축였다. 거대한 임진각 간판을 배경으로 '철마는 달리고 싶다'는 열차 화통에 올라 초등학생처럼 기념 촬영도 했다. 멀리 나오면 다섯 살쯤 어려지는 건 애나 어른이나 마찬가지다.

DMZ

민간인 통제선인 통일대교 임진강에 도착해 헌병으로부터 탑승 인원 점검을 받고 대교 좌우로 유유히 흐르는 강을 보니 만감이 교차한다. 임진왜란 때 눈물을 머금고 의주로 피란하기 위해 나룻배를 탔던 선조의 임진강, 개성공단 근무 시 격주로 넘나들었던 임진강의 그 다리…. 불현듯 북한의 박세영이 가사를 짓고 고종환이 곡을 붙인 '림진강'이 머릿속을 맴돈다. 북한 김명숙이 불렀던 림진강 노랫소리도 그립다. 나도 모르게 콧노래를 흥얼거린다.

"림진강 맑은 물은 흘러 흘러내리고
뭇새들 자유로이 넘나들며 날건만
내 고향 남쪽 땅 가고파도 못 가니
림진강 흐름아 원한 싣고 흐르느냐

강 건너 갈밭에선 갈새만 슬피 울고
메마른 들판에선 풀뿌리를 캐건만
협동벌 이삭 바다 물결 우에 춤추니
림진강 흐름을 가르지는 못하리라"

불과 석 달 전 남북 정상이 두 손을 맞잡고 남북으로 한 발씩 넘나든 판문점이 이 임진강에서 불과 10여 분 거리다. 남북은 언제나 물새들처럼 자유로이 양쪽을 넘나들 수 있을지.

　　　　　　　　　　　　　　　　내 마음의 은행나무

개성공단에서 고작 3년 근무한 나도 한숨이 나오는데 천만 이산가족의 마음은 얼마나 쓰리고 아플까.

첫 번째 방문 지역은 제3땅굴이다. 한 농부가 지하에서 쿵 쾅거리는 소리를 듣고 신고하여 발견된 제3땅굴. 나는 전에도 두세 번 정도 방문한 경험이 있기에 처음 와 보는 지점장들에게 가이드인 양 설명을 했다.

"지하 갱 벽면을 잘 보세요. 터널 벽면에 드릴 구멍이 남쪽으로 향했고 터널 경사가 물이 북쪽으로 흐르도록 3/1000도 각도를 유지했지요…."

어떻게 땅굴을 파서 남침하겠다는 생각을 했는지 등골이 오싹하다. 100여 미터 지하 속이라 너무 시원하다. 말 그대로 최고의 피서처다. 주변을 보니 여기도 외국인 저기도 외국인이다. 관람객의 80% 정도가 외국인이란다.

두 번째 방문지는 도라산 전망대다. 제3땅굴에서 10

도라산 전망대

여 분을 갔다. 버스는 민통선을 잠시 벗어나 이 지역을 지키는 부대 앞을 지나 전망대로 향했다. '분단의 끝 통일의 시작' 이라는 부대 막사의 벽면에 새긴 구호가 선명하다. 진정 분단의 끝은 언제일까. 선뜻 답이 나오지 않는다.

도라산은 북한 경계병들 입장에서는 폭파시키고 싶은 1순위 산일 것이다. 그만큼 요새 중 요새인 산이다. 기념 촬영을 하고 전망대 망원경 앞으로 다가섰다. 나는 망원경이 필요 없었다. 너무도 눈에 익은 저 멀리 15층 개성공단관리위원회 건물이 손에 잡히는 듯했다. 나의 손때가 묻은 우리은행 개성 공단지점! 가슴이 먹먹하고 심장이 멈추는 것 같다. 철조망을 뚫고 그냥 달려가고 싶은 충동이 치솟는다. 저 멀리 150여 개 공장 건물, 12시에서 1시 방향의 송악산과 11시 방향의 덕물산 그리고 개성 시내, 공단으로 향하는 배전선과 북한 병사들이 움직이는 DMZ 통문까지. 개성공단이 폐쇄되지 않았다면 지금 이 시간에도 원자재가 들어가고 완제품을 가득 실은 25톤 트럭들이 분주히 남북을 오갈 텐데…. 가슴에 한숨만 차오른다.

판문점 언저리에 높이 100m 내외 철탑 위로 태극기가 선명하게 펄럭인다. 군사분계선 철조망 넘어 북한의 대성동 마을에 설치한 같은 높이의 인공기 또한 희미하게 나부낀다. 두 개의 국기가 마주 보며 평행선을 달린 지 어언 66년. 언론에서는 남북군사회담을 통해 GP도 철수하고 병력도 줄인다고 하지만 평행선이 좁혀질지는 여전히 미지수다.

최북단 경의선 출입사무소 환전소

내 마음의 은행나무

도라산에서 개성으로 향하는 남북 출입사무소로 향했다. 2005년 말 신축한 출입사무소에는 나의 잔때가 묻어 있는 환전소가 있었다. 당시 농협이 통일부 주거래 은행이라 농협지점이었지만 김중태 통일부 출입사무소장님의 배려와 승인으로 자랑스러운 우리은행 환전소 간판을 달았다. 개성공단에서 수십 번이나 특별 출경을 해 손발이 닳도록 부탁하고 당위성을 설명하는 등 애간장을 태운 곳이라 가슴이 시렸다. 더구나 개성공단 철수 이후 실질적으로 CD기만 운영되고 있어 더 서글펐다. 환전소에도 따뜻한 봄이 오기를 기원했다.

도라산역

마지막 코스는 도라산역이었다. 역사 내에 평양행 푯말이 보인다. '평양' 글자를 배경으로 기념사진도 찍었다. 평양행 표를 살 수 있느냐고 물으니 아직은 갈 수 없는 곳이라 팔 수 없단다. 부산, 목포, 대전에서 열차를 타고 도라산역을 경유해 개성, 평양, 베이징, 모스크바, 런던까지 직행하는 그날이 오기를 고대한다. 시베리아 종단 열차의 출발지인 도라산역! 간절히 그리면 꿈이 언젠가 현실이 되지 않겠는가. 워크숍을 마치니 통일의 꿈이 더 간절해진다.

오호
통재라!

　매주 화요일 출근길은 마음과 몸이 가볍다. 부동산 Project FInancing 업무를 맡으면서 건설업에 종사하는 분들과 교류를 통해 회사 수익에 조금이라도 기여하고자 수십 대 일의 경쟁을 뚫고 선정된 서울대 건설산업 최고전략 과정 ACPMP 강의를 듣는 날이기 때문이다. 더구나 그날은 동료 원우인 국회 이종후 처장님의 '북한 개방 시 남북한 경제개발의 효과'에 대한 특강이 예정돼 있어 발걸음도 가볍고 마음도 설레었다.

　강의실로 향하는 액셀을 힘차게 밟고 있는데, 긴급 타전으로 개성공단 내 남북 공동 연락사무소가 폭파됐다는 뉴스가 들려왔다. 며칠 전부터 북한이 대남 방송을 통해 폭파를 암시했기에 방산주가 오르고 대북주는 내리는 등 주식 시장도 출렁거리고 있던 터였다. 남북 경제협력의 상징이 한줌의 재가 되고 연기가 되어 하늘로 날아가다니! 가슴이 미어질 듯이 먹먹하고 눈가에 이슬이 맺혔다. 연락사무소가 폭파되면서

　　　　　　　　　　　　　内 마음의 은행나무

30m 옆에 있는 개성공단 관리위원회 15층 건물 또한 유리창이 완전 박살났다는 보도에 가슴이 더 찢어졌다.

개성공단 관리위원회 건물

그 위원회 건물 1층에 우리은행 개성공단지점이 있었다. 2004년 12월 1일부터 2008년 1월 3일까지 북녘땅 개성공단에 땅을 파고 건물을 짓고 점방을 차려 북한 여직원들과도 동고동락했던 그 공간의 유리창이 모두 산산조각 난 것이다. 2016년 철수 이후 빨리 재개되어 우리은행 개성공단 직원들이 그곳에서 남북경협의 선구자로 임무를 수행하기를 바랐는데…. 그 사무실이 모진 비바람과 흙먼지까지 온전히 맨몸으로 받아 내야 하는 상황이 된 것이다. 가슴이 아프고, 심장이 부어오르는 느낌이었다. 개점 시 우리은행 다이아몬드클럽 회원님들이 기증해 주신 천만 원짜리 유화 그림과 북한 공훈 작가가 그린 개성 시내 민속마을 그림도 이제는 모두 가슴으로 묻어야 되지 싶다. 귀갓길에 폭탄주로 슬픔을 달랬다. 폭탄주에 분단의 아픔이 임진강 강물처럼 스민다.

포은 정몽주 선생을
그리며

　호국의 달 6월이다. 개성공단을 떠난 지도 어언 14년. 능수버들 칭칭 늘어진 계절에 정이 들고 또 들은 서울대 ACPMP 17기 원우님들을 만나러 용인을 향해 한강 강변길을 달린다. 어느새 연초록에서 짙은 초록으로 변한 버들가지에서 세월의 무상함을 느낀다. 한강 둔치 버들잎을 보니 개성 선죽교 다리 옆의 버드나무가 눈에 아롱거린다.

백로가 포은선생 어머니 지음

　날씨 좋은 날에는 임진각 앞 자유로에서 멀리 송악산을 바라보기도 하고 오래 간직하고 있는 개성 중등학생이 그린 선죽교 수채화를 가끔 꺼내 보며 그리운 마음을 달래곤 했는데 오늘은 아무래도 포은 선생의 날인가 보다. 한남대교를 거쳐 분당 고개 너머 모현마을 사거리 신호등 옆 기둥에 '정몽주 선생 묘'라는 표지판이 보인다.

도대체 선죽교에서 유명을 달리하신 포은 선생 묘가 어떻게 이곳 용인 땅에 있을까. 호기심이 나를 자극한다. 그래, 귀갓길에 꼭 들러 궁금증도 풀어 보자.

"이런들 어떠하며 저런들 어떠하리
만수산 칡넝쿨이 얽혀진들 어떠하리
우리도 이같이 얽혀 한평생을 누리리라."

이성계가 위화도에서 회군했을 때, 뒤에 조선 태종이 된 이방원이 포은의 뜻을 떠보려고 읊은 '하여가(何如歌)'다. 포은은 이에 '단심가(丹心歌)'로 응수했다.

"이 몸이 죽고 죽어 일백 번 고쳐 죽어
백골이 진토되어 넋이라도 있고 없고
님 향한 일편단심이야 가실 줄이 있으랴."

무너져가는 왕조 고려를 향한 단심이 충정으로 붉다.

원우들과의 일정을 마무리하고 서둘러 '정몽주 선생 묘소' 입구에 도착했다. 표지석과 소나무, 포은 선생 비석이 늠름히 묘소를 지키는 듯하다. 묘소에 묵념이라도 드리려고 발걸음

117

을 재촉했지만 오후 6시가 넘어 참배를 못 한다. 다행히 그곳에서 묘소 관리인 겸 후손 되는 분을 만나 궁금한 것을 물었다.

"선생님, 개성 선죽교를 여러 번 가본 저는 당연히 포은 선생 산소가 개성에 있을 것으로 생각했는데 이곳에 있는 연유가 참으로 궁금합니다."

포은 선생의 산소가 어떻게 용인으로 이장되었는지에 대한 실질적인 기록은 없지만 야사로 내려오는 것이라고 전제를 달며 들려준 이야기는 이렇다.

포은 선생 묘소 안내 표지석

포은 선생은 공교롭게도 불길한 숫자로 여기는 4가 두 개나 들어있는 음력 1392년 4월 4일 선죽교에서 조영규에게 피살되었다. 누구도 시신을 거두지 못하자 당시 우현보 선생이 송악사 스님에게 시신 수습과 장례를 부탁했고 스님은 개인 묘소로 가매장을 했다. 이방원이 태종으로 등극한 후 비록 정치적 반대파이긴 했어도 많은 백성들이 포은을 그리워하고 존경하는 마음을 헤아려 복권을 시켜 영의정으로 추존하게 한 뒤 포은의 원 고향인 경북 영천으로 천묘를 명했다.

　　　　　　　　　　　　　　　내 마음의 은행나무

상여는 만장을 달고 한양 도성을 경유해 용인 땅 풍덕천에 이르러 잠시 쉬고 있는데, 갑자기 불어닥친 회오리에 명정(銘旌: 죽은 사람의 관직 등을 적은 기)이 훨훨 날아갔다. 상

선죽교

주가 깜짝 놀라 상여지기들을 풀어 온 산을 헤매 찾아보니 지금의 묘소 자리인 문수산 정상 서향의 양지바른 언덕에 떨어져 있었다. 상주는 명정이 떨어진 곳을 최고의 명당으로 생각하고 이곳에 포은 선생을 모셨다.

포은 선생에 마음이 쏠리는 건 내 삶에 개성의 추억, 그중에서도 선죽교의 추억이 너무 생생하기 때문일 것이다. 아니, 어쩌면 이 시대에 말라 가는 진정한 충절을 내가 그리워하는지도 모른다. 개성 중등생의 선죽교 그림을 다시 꺼내 본다. 우리은행 개성공단지점 간판을 다시 한번 쓰다듬고 싶다. 포은 선생이 마지막으로 걸은 선죽교도 다시 한번 걷고 싶다.

정주영
회장님께

　누구나 삶의 롤 모델이 있다. 곁에서 가르침을 주지 않아도 먼발치서라도 배우고 싶고 멀리서라도 따르고 싶은 스승이 있다. 나에겐 고(故) 정주영 현대그룹 회장님이 그런 롤 모델이다. 정 회장님을 존경하는 마음은 특히 개성공단에서 싹트고 자랐다. '담담(談談)한 마음을 갖자'는 어록을 처음으로 본 것도 북한 개성공단 현대사무소에서였다. 돌이켜 보면 내가 개성공단 근무라는 특별한 이력을 갖게 된 것도 회장님의 덕이 크다는 생각이 든다. 억만분의 일도 닮지는 못했지만 도전정신도 그분에게서 배웠는지도 모른다.

　《이 땅에 태어나서, 나의 살아온 이야기 정주영》을 읽고 마음에 많은 것을 새겼다. 그리고 주제넘지만 먼 곳에 계신 정 회장님께 글을 하나 올리고 싶었다.

　　　　　　　　　내 마음의 은행나무

"정주영 회장님!

회장님이 소떼 1001
마리를 몰며 닦아 놓으
신 그 길을 걸어 개성공
단 우리은행 지점에서 3

소1001마리 전달 정주영 회장님

년 3개월을 근무한 윤석구입니다. 회장님의 담담(談談)한 마음을 늘
가슴에 새기며 남북통일의 금융 선구자라는 자부심으로 일했습니다.
때로는 회장님이 차려 놓으신 진수성찬에 숟가락 몇 개 얹는 무임승
차는 아닌지 송구한 마음이 들었습니다. 그래서 더더욱 회장님께 감
사드립니다.

회장님은 창의적 개척자셨습니다.

소떼를 몰고 군사분계선을 넘고 크루즈를 동해에 띄워 금강산
으로 가셨습니다. 남북경협만이 아닙니다. 뜨거운 열사의 나라 중
동에서는 낮엔 더우니 밤에 전깃불을 밝히며 일하자 하셨고, 사막
에서 흘린 피와 땀의 대가인 달러는 경부 고속 도로를 만드는 재원
이 되었습니다. 거대한 울산만에 자동차 공장을 짓고 허허벌판 모
래사장에 조선강국의 꿈을 심었습니다. 서해 방조대 물막이 공사
에서는 폐유조선을 가로로 설치해 거센 물결을 잠재우고 수천만
평의 옥토를 탄생시켰습니다. 창의와 뚝심이 만든 역사들이지요.

회장님의 삶은 도전의 연속이었습니다.

회장님은 영국 바클레이즈 은행을 찾아가 500원짜리 지폐 한 장
을 보여주며 "500년 전 대한민국은 이미 세계 해전사에 유례를 찾

을 수 없는 거북선을 만들어 백전백승한 경험이 풍부하다"라고 큰
소리를 치셨습니다. 온 세상에 대한민국의 기상을 알린 것이지요.
그 기백으로, 그 도전 정신으로 조선강국의 기둥을 단단하고 높게
세우셨습니다.

　회장님은 그날 할 일이 흥분되고 설레서 젊었을 때부터 새벽 일
찍 일어났다고 하셨지요. 일어날 때 기분은 소풍 가는 날 아침 가
슴이 설레는 것과 같다고도 하셨고요. 존경하니 닮아 가나 봅니
다. 저도 회장님처럼 새벽에 일어나 출근할 때가 제일 흥분되고
기분이 좋습니다. 저에게 1등이라는 목표는 스트레스가 아니라 도

『이 땅에 태어나서』 책 표지

전의 목적지입니다. 저 스스로
를 업시킵니다.

　책을 읽으며 부모님의 사랑을
새삼 되돌아봤습니다. 회장님은
"남의 눈에 잎이 되고 남의 눈에
꽃이 돼라. 걸음마다 열매 맺고
말끝마다 향기 나라"라고 한밤중
에 장독대에서 올린 어머님의 간절한 기도가 오늘의 회장님을 만
드셨다고 했습니다. 글을 쓰면서 하늘에 계신 어머니를 가슴으로
올려봅니다.

　회장님,

　회장님께서 온 힘과 정성을 쏟으셨던 그리운 금강산도, 송악의
개성공단도 다시 철조망으로 꽁꽁 묶였습니다. 남북 공동 연락사

무소가 폭파되는 소리를 하늘에서 들으시면서 얼마나 마음이 아프셨습니까.

회장님이 그러셨지요. "의심하면 의심하는 만큼밖에 이루지 못한다"라고요. 그래서 저는 의심하지 않습니다. 회장님께서 꿈꾸셨던 시베리아의 송유관이 평양을 거쳐 통천을 거쳐 서울, 대전, 부산으로 씽씽 달릴 거라는 것을 의심하지 않고 남북경협도 다시 훨훨 타오르리라는 것도 의심하지 않습니다. 아니, 저는 꿈을 꿉니다. 비온 뒤에 땅이 굳고 어둠이 걷히면 햇볕이 들 듯 동해선 출입사무소가 궁궐 문처럼 활짝 열리고 개성공단의 재봉틀 소리가 열 배쯤 커지는 꿈을 꿉니다. 크루즈로 금강산을 가고 친구들과 을밀대에서 냉면을 곱빼기로 먹는 꿈도 꿉니다.

회장님이 말씀하셨죠. "시련은 있어도 실패는 없다"라고. 찬바람을 견디면 꽃이 피겠지요. 봄날 화사하게 꽃이 피면 회장님께 다시 봄소식을 전하겠습니다.

그립고 존경합니다."

2021. 2. 25

독자 윤석구

회현동 우리은행 본점 은행나무

나만의 영업 비밀 노트

2장

사무엘 울만은 "청춘은 인생의 어느 시기가 아니라 마음의 상태"라고 했다. 청춘은 앵두 같은 입술, 하늘거리는 자태가 아니라 강한 의지, 불타는 열정으로 이름 붙여진다는 것이다. 울만의 시에 비추어 보면 우리은행 시절 나는 늘 청춘이었다. 꿈을 꾸며 도전했고, 창의적이고 열정적으로 소임을 다했다. 그 시절은 행복했고 자아는 충만했다.

2장은 나의 꿈, 나의 창의성, 나의 열정에 관한 얘기다.

나의 멘토
나의 롤 모델

공자는 셋이 길을 가면 그중에 반드시 나의 스승이 있다고
했다. 청춘을 바친 우리은행에서 수많은 사람들과 함께 길을
걸었으니 내게도 얼마나 많은 스승이 있었겠는가.

멘토(mentor)와 롤 모델(role model)은 요즘 흔히 쓰는 말이다.
멘토가 '경험과 지식을 바탕으로 다른 사람을 지도하고 조언
해 주는 사람'이라면, 롤 모델은 '자기가 하고 싶은 분야에서
모범이 되어 본받고자 하는 사람' 정도로 풀이할 수 있겠다.

돌이켜 보면 우리은행에서의 나의 성장은 무수한 멘토 및
롤 모델들의 지도와 격려 덕이었다. 나의 멘토와 롤 모델들은
지친 내가 의지하는 언덕이 되고, 비틀대며 걷는 내게 나침반
이 되고, 게을러지는 나에게 채찍도 되었다.

우리은행 재직 시 롤 모델로 생각했던 분들을 꼽으라면 도
전과 열정의 혼을 심어 주신 검투사 삼성 출신 황영기 회장님,

외유내강한 품성으로 존경의 표상이신 이종휘 은행장님, 고객을 섬기는 마음이 극진하고 유머가 뛰어난 이순우 회장님이 떠오른다.

멘토로 존경한 분들은 더 많다. 글, 그림, 음악, 무용 등 다재다능하면서도 열정과 사랑으로 훈육하신 김윤희 초등학교 4학년 담임 선생님, 세 번 생각하고 성찰하며 행동하라는 삼성일행(三省一行)의 가르침을 주신 삼성물산 가재산 선배님과 도민해 선배님, 신언서판의 표상이시며 언제나 애정으로 지도 편달을 해주신 황록 신용보증기금 이사장님, 충청인의 혼을 대표하며 유비보다도 더 큰 가슴을 가지신 큰형님 같은 류동렬 전무님은 옆에 있을 때나 떠나 있을 때나 늘 내 안에 계시는 멘토들이시다.

2008년 7월 본점 영업부에서 글로벌 사업단 단장 임원으로 부임하신 최승남 전 호반건설 부회장님은 어디에서든 무슨 일이든 혼신의 힘을 다하는 열정의 표본이다. 본점 영업본부장 재임 기간 한 번도 어려운 1등을 연속으로 네 번씩이나 하셨다. 당시 이종휘 수석 부행장이 지점장 열 분의 영업 스토리를 담은 《1등을 향한 Best Manager 이야기》 책자를 만들어 배포했는데, 그 안에 알토란 같은 영업 이야기가 빼곡했다. 최승남 단장님에게 책을 선물로 달라는 부탁과 함께 좋은 말씀도 함께 써 달라고 요청을 드리니 고맙게도 이렇게 써 주셨다.

내 마음의 은행나무

"윤석구 부부장! 항상 열정을 잃지 않고 끝까지 노력하면 그 자체가 성공한 인생이라 믿습니다."

2008년 7월 16일

최승남 배

Best Manager 책

감사한 마음으로 책을 읽으며 '지점장이 되면 나도 이렇게 영업해야지'하고 다짐했다. 책에 수록된 다양한 영업 노하우는 지점장 재직 기간에 너무도 훌륭한 교과서이자 지침서가 되었다.

"영업에 집중해라!"

1여 년간 교과서대로 영업 후 새싹이 예쁘게 오른 어느 봄날, 스카이밸리에서 멘토님의 특강을 듣는다. 멘토에게서 배운 것은 이 한 문장으로 요약한다. 은행원, 특히 지점장의 역할은 영업이 핵심이다. 메달을 따 본 선수가 더 독하게 연습을 한다. 그건 메달의 맛을 알기 때문이다. 영업으로 성과를 낸 사람은 더 열정적으로 영업을 한다. 그 또한 영업의 맛을 아는 까닭이다.

쇼트트랙 게임을 보자. 한 바퀴만 도는 선수가 있고 열 바퀴 넘게 도는 선수도 있다. 메달이라는 목표는 같지만, 도는 바퀴는 다르다. 영업도 마찬가지다. 목표는 고객 유치지만 한 바퀴로 성취하기도 하고, 열 바퀴를 돌고도 뜻을 이루지 못하기도 한다. 하지만 분명한 것은 끝까지 최선을 다한 선수가 메달을 목에 건다는 사실이다.

야구든 축구든 스타플레이어는 하룻밤에 탄생하지 않는다. 무수히 땀을 쏟고 열정을 쏟아야 스타가 된다. 영업도 상대방이 마음을 열 때까지 끊임없이 두드려야 한다. 세상에서 가장 어려운 게 상대의 마음을 얻는 일이다. 영업은 사람의 마음을 얻는 일이니, 어쩌면 세상에서 가장 어려운 게 영업인지도 모른다.

마음의 문은 쉽게 열리지 않는다. 도움으로 두드리고 신뢰로 두드리고 공감으로 두드려야 비로소 열린다. 영업맨은 도둑이 되어야 한다. 상대의 마음을 훔치는 도둑.

그리 보면 나도 도둑으로 오래 살았다. 고객의 마음을 얻고자 이리 뛰고 저리 뛰고, 고객의 마음을 열 비법을 찾고자 무수한 날 잠도 설쳤다. 그래도 자부하건대 가슴은 열정으로 늘 뜨거웠다.

삶의 언덕을 오를 땐 무수한 영업의 멘토들이 파노라마처럼 스쳐간다. 어쩌면 그분들과 시공을 초월한 팀워크로 내가 몇 골을 성공시켰는지도 모른다. 운동장 밖에 있는 감독이 선수들의 득점에 결정적 역할을 하듯 말이다.

내 마음의 은행나무

제가
바꿔 드릴게요!

출근하는 아침 발걸음이 매일 즐겁고 행복하다. 오늘도 우리 지점을 방문해 주시는 고객님이 너무 고맙고 하루하루 새롭게 만나는 한 분 한 분이 감사하고 또 감사하다. 나는 날마다 목표를 세우고 일을 시작한다. 목표가 없으면 하루가 시들하고, 목표를 달성하면 희열을 느낀다.

그동안은 열정만 있으면 된다고 생각했지만 이제는 '열정과 함께 목표가 있어야 한다'라는 쪽으로 지론이 바뀌었다. 하루하루의 목표 달성은 내가 속한 지점의 업적으로 축적되고 나의 성과물로 이어진다. 그건 곧 내 가족의 행복과도 직결된다. 2013년 어느 날의 메모지를 들춰 보니 이렇게 적혀 있었다.

'나는 요즘 매슬로의 자아실현 욕구의 길을 걷고 있다.'

매슬로는 인간의 욕구를 5단계로 구분했다. 그중 자아실현 욕구는 생리적 욕구, 안전의 욕구, 소속과 애정의 욕구, 존경 욕구의 다음이자 마지막 단계로 욕구의 가장 고상한 수준이다. 일의 가치를 추구하고 일에서 자기 존재를 확인하는 단계다. 단순히 돈벌이를 넘어 나의 존재 의미를 일에서 찾는 단계다. 아마 내 열정과 목표도 자아실현 욕구와 맞닿아 있지 않을까 싶다.

나의 목표는 하루에 두 분의 신규 고객을 유치하는 일이다. "어떤 목적으로 통장을 만드세요?"라는 기본적 질문이 신규 고객 유치의 첫 관문이다. 고객과 공감이 형성되면 고구마 캐 듯 줄줄이 신규 업무를 만들어 낸다.

멘토와 멘티

"고객님, 새로 만드는 통장에 아 파트 관리비 자동 이체해 보세요. 나중에 혹시 대출받으실 때 금리 감면됩니다."

"고객님, 직장 다니시니 급여 통장으로 등록해 드릴게요. 우리 은행 직장인 대출 이자도 낮고 신용 대출 한도도 자동으로 산 출됩니다."

"고객님, 아이가 너무 예쁘네요. 아이를 위한 집 장만용 청 약 저축을 미리미리 가입해 두세요. 이자율도 높고 아이에게 최고의 선물이 될 것입니다."

"이번에 고객님께 딱 맞는 연회비도 무료이고 놀이공원, 영화표도 20% 할인되는 신상품 카드가 나왔는데 제가 바꿔 드릴게요!"

은행 직원들은 "고객님 무엇을 해 주세요"라는 말은 익숙 하다. 하지만 "제가 바꿔 드릴게요, 제가 해 드릴게요"라는

내 마음의 은행나무

말을 건네는 요령은 몸에 배어 있지 않다. 한때 시중 자금이 부족하던 시절, 은행원 사이에 갑이라는 의식이 일부는 있었음을 부인할 수는 없다. '무엇을 해 주세요'는 강압적 말투이고, '제가 해 드릴게요'는 봉사적 말투다. 철학자 하이데거는 "언어는 존재의 집"이라고 했다. 언어가 곧 자신을 규정한다. 그러니 내가 자주 쓰는 말투가 곧 나 자신인 셈이다.

"고객님, 제가 알리미를 등록해 드릴게요. 통장에서 돈이 잘못 빠져나가지 않았나 걱정하신 적 있잖아요? 지금부터는 돈이 빠질 때마다 핸드폰 알리미가 알려 주니 안심하셔도 돼요."

"고객님, 통장 뒷자리 번호를 아이 생년월일로 입력해 드릴게요. 아이 생일도 기억하고 통장 번호도 외우고 일거양득이잖아요."

나는 고객분들에게 바꿔 드리겠다고 했고, 해 드리겠다고 했다. 목표는 같아도 거기에 이르는 수단은 다 다르다. 아 다르고, 어 다른 게 우리말이다. 진심으로 다가가면 고객의 마음이 열린다. 일에 진심이 없으면 그 일 안에 자아실현 또한 없다.

나는 "가입해 주세요"가 아닌, "바꿔 드릴게요. 제가 해드릴게요"로 고객님들에게 다가갔다. 오늘도 그 마음으로 일을 한다. "바꾸어 드릴게요. 제가 바로 해드릴게요."

인근 역촌동지점에 근무하는 성숙 대리님의 초대 강의 내용에 내 생각을 섞은 이야기다.

인터넷 카페의
대원군

언택트 마케팅이 2018년 10대 소비 트렌드의 하나로 꼽힌 바 있다. 접촉을 뜻하는 contact에 부정의 의미 un을 붙여 '접촉하지 않는다'는 의미로, 비대면 형태의 마케팅을 일컫는다. 온라인 쇼핑몰이 시초지만 코로나19로 인해 이제는 마케팅의 뉴 노멀(새로운 표준)이 되었다.

지점장으로 본격적인 영업을 시작했던 10여 년 전 은행의 일선 창구에서도 부분적 시도는 있었지만 언택트 마케팅은 여전히 낯설었다. 지금은 첨단 핀테크를 이용한 비대면 마케팅이 대세지만 당시는 상황이 조금 달랐다. 그런 시기에 언택트 마케팅을 시도해 나름 대박을 터뜨렸으니 내게 선구적 기질이 조금은 있나 보다.

당시 나는 블로그와 인터넷 카페에 은행방을 개설해 대출 궁금증을 풀어 주고 이를 영업실적으로 연결했다. 카페에서 내 닉네임은 '대원군'이었다. 5년여 동안 임대 아파트 입주 대출 등 언택트 마케팅으로 총 2685건, 금액으로 1299억 원(월 평균 45건, 22억 원)의 실적을 올렸으니 대성공이라고 해도 과장은 아닐 듯싶다.

고객은 마음으로 다가가고 진심으로 섬겨야 마음을 연다. 카페에 나 대원군을 이렇게 소개했다.

"안녕하세요. 대원군 지점장입니다. 서울시 오세훈 시장님의 역작 '20년 장기 전세 시프트 주택' 관련 대출 궁금증을 속 시원히 풀어 드립니다. 저는 서민 전세자금 대출, 즉 국민주택기금 대출에 대해 최고의 전문성을 갖고 있다고 자부합니다. '사는 것이 아닌 사는 곳' 네이버 카페에 '대출 묻고 답하기'와 '우리은행' 방을 개설해 모든 궁금증에 대해 답변해 드립니다. 지하철이든 버스 안이든 사무실이든 언제든 질문 주십시오. 새벽 2시라도 답해 드리겠습니다. 고객 섬김이 저의 사명입니다."

시프트 상담 고객님과

새로운 시도와 정성은 통했다. 시프트 첫 공급지인 상암동을 비롯해 길동, 황학동, 세곡지구, 내곡지구, 서초네이처힐, 우면지구, 가장 최근의 마곡지구까지 서울 시내 곳곳에서 상담이 쏟아졌다. 80세 이상의 어르신도 뵈었고 쌍둥이 아들 손잡고 대출 상담차 직접 내방하신 고객들도 만났다.

지점장은 영업맨이다. 영업은 수치, 즉 돈으로 능력을 평가받는다. 그 돈 때문에 고객도 속앓이를 한다. 돈에 앞서 고객의 고민을 어루만져야 한다. 진심이 통하면 돈은 저절로 들어온다. 당첨의 기쁨, 하지만 자금의 고민을 생각하며 정성껏 상담을 해 줬다. 저녁에 자다가 화장실에 다녀와서도 상담을 해 주고 새벽에 일어나면 인터넷 카페부터 접속했다.

"안녕하세요. 대원군 지점장입니다. 오늘 내일 이사하시는 신정지구, 천왕지구 회원님들 이사 잘 하세요. 지난주 초, 비가 많이 내렸습니다. 오늘과 내일은 다행히 비가 내리지않고 그다지 덥지도 않을 것 같습니다. 저를 비롯한 우리은행 상암동 지점 직원들의 마음은 이사하시는 우리 회원님들 한 분 한 분의 이삿짐을 한 개라도 함께 날라 주고 싶은 마음뿐입니다. 새집에서 좋은 꿈 꾸시고 행복하시길 기원드립니다. 고맙습니다."

전국시대 제나라 병법가 손자의 우직지계(迂直之計)는 길을 돌아가서 적을 이기는 싸움의 지혜다. 감성으로 돌아가면 의외로 빨리 가고 빨리 마음이 열린다.

인터넷 카페 대출 상담 회원들이 늘면서 우리 지점 상담 직원도 4명으로 늘었다. 우리은행이 상담을 해 줬으니 우리은행에서 대출을 받으라고 강요하지도 않았다. 정성껏 상담을 해 주고 선택은 온전히 회원들에게 맡겼다. 지난 5년여의 대

내 마음의 은행나무

출 실적은 마음을 주면 상대도 마음을 준다는 것을 수치로 보여 줬다.

카페 회원님들 중에는 가슴 아픈 사연도 많다. 내가 힘이 되어 주지 못해 마음이 짠한 사례도 무수하다. 병원에 누워 계신 고령 당첨자 분을 찾아가 직접 대출 서류 서명을 받은 적도 많다. 고객은 왕이면서 현명하기까지 하다. 나만 잇속을 챙기려 대출 정보 등을 왜곡하면 금세 들통이 난다. '정직이 최선'이라는 말은 영업에도 그대로 적용된다. 정직하고 친절하고 공손하고 그리고 창의적이고. 이 안에 영업의 모든 것이 담겨 있다. 카페 회원들이 우리의 정성을 알아줄 때는 가슴이 벅차게 뿌듯하다.

"명불허전(名不虛傳)이라더니 우리은행 상암동 지점이 친절하다고 소문날 만한 이유가 있었네요. 처음엔 왜 이렇게 멀리까지 와야 하느냐고 투덜댔던 아이 아빠가 은행을 나오면서 매우 흡족해했답니다. 특히 이종휘 은행장님께서 편집 발간하신 《우리는 모두 무엇인가가 되어(우리은행이 사랑하는 시 111선)》 시집과 라면까지 챙겨 주셔서 감사드립니다."

"어제 NAVER 인터넷 카페에서 상담받고 오늘 오전에 남편과 함께 시프트 국민주택기금 대출 상담을 받았습니다. 남편 신용 등급이 나빠서 우려했던 상황이 닥치고 보니 앞이 캄캄하고, 상담 내내 좌절감에 너무 힘들었습니다. 하지만 비빌 데가 없는 저희에게 힘이 되어 주려고 하는 사람이 있구나 싶어 감사했습니다. 결과가 어떻든 지점장님과 차장님께 감사 인사드리고 싶어서 쪽지 드립니다. 오늘 정말 고맙습니다."

"대원군 지점장님, 세상에 대출 상담받으러 간 고객한테도 상담해 주어 고맙다며 라면 두 봉지 선물로 주시는 지점장이 대한민국 은행에 어디 있나요? 새집 입주 날 아들과 맛있게 끓여 먹으며 인증 샷 카페에 날리겠습니다."

밀려오는 고객님들께 정성을 다하고 한 가지라도 챙겨 주고 싶은 마음에 남기명 영업지원부장님께 어렵게 부탁드려 추가로 받은 업무추진비로 구매해 입주기념 선물로 나누어 드린 눈물의 라면 편지다.

현자는 겪지 않고도 알고, 범부는 겪고서야 알고, 어리석은 자는 겪고도 알지 못한다고 했다. 영업맨은 현자가 되어야 한다. 트렌드를 미리 꿰뚫고 이에 대처하는 민첩성이 있어야 한다. 카페 속 대원군은 개방을 선도했다. 열린 공간에서 열린 마음으로 고객과 소통했다. 자고 나면 바뀌는 게 트렌드다. 우물 안에서 세상을 보지 말고 과감히 우물 밖으로 나와 변화하는 세상을 마주해야 한다. 변화 속에는 늘 기회가 숨어 있다.

내 마음의 은행나무

달러 북(Dollar Book)을
아시나요?

해외여행 시 1달러 사용은 예전보다 확실히 줄어든 것 같다. 우리나라의 '타다'와 비슷한 서양의 우버(Uber)나 동남아시아의 그랩(Grab)을 탈 때도 콜과 동시에 비용이 결제되기 때문에 잔돈을 준비할 필요도, 화폐를 교환할 필요도 거의 없어졌다. 해외에서 기념품을 사도 카드면 다 되는 세상이니 잔돈은 갈수록 희소해진다. 카드 한 장이면 만사형통이다. 카카오 등 새로운 핀테크가 등장하면서 카드조차 불필요한 세상이 성큼성큼 다가온다.

1달러짜리 지폐가 요긴하게 쓰이는 건 호텔 방 팁이다. 싸면서도 구색을 갖추는 데는 1달러 지폐가 제격이다. 더구나 달러는 세계인이 선호하는 돈이니 세상 어디에서도 통한다. 1달러면 어디에서도 감사의 마음이 전달된다.

달러 북(Dollar Book)은 달러 선물권이다. 미국 초대 대통령 워싱턴의 얼굴이 그려져 있는 1달러 8장과 2달러짜리 한 장을 합해 10달러로 구성된 '달러 책'이다. 2달러짜리 지폐는 미국 여배우 그레이스 켈리가 60년대 '상류사회'라는 영화에 같이 출연했던 프랭크 시내트라로부터 선물 받은 후 모나코 왕국의 왕비가 되자 행운을 가져온다는 속설이 생겨났다는 돈이다.

달러 북

달러 북은 마치 책처럼 겉표지가 있고 속지는 1달러와 2달러 낱장을 한 묶음으로 해 만들어진다. 사업 수완이 좋은 판매 회사들은 원가 10달러, 우리 돈으로 1만5000원쯤 하는 이 '돈 책' 겉봉투에 'Have a nice trip' 등의 문구를 넣고 마진을 더해 판매했다. 해외여행객이나 지인에게 선물하려는 사람들에게 꽤 인기다.

매는 눈이 밝아야 사냥감을 놓치지 않는 법. 나는 달러 북을 싸면서도 효용성이 높은 마케팅 선물로 택했다. 영업상 거래처 방문 시 가장 주목하는 것은 월간 일정표 패널이다. 그 일정표에는 회사 CEO의 해외 출장 등 스케줄이 조그맣게 쓰여 있다. 매의 눈으로 은밀하게 날짜를 포착해 머릿속에 입력한다. 그리고 출장 가기 이틀 전쯤 문안 인사차 방문했다고 인사를 드리며 "이번 비즈니스 출장에서 좋은 성과 거두

시라고 행운을 의미하는 2달러 한 장 준비했다"며 달러 북 한 권을 책상에 슬그머니 얹어 놓고 나온다. 며칠 후 백이면 백, '달러 북 아주 유용하게 썼다'는 카톡이나 문자가 온다. 반응도 다양하다.

"달러 북이 너무 소중하고 기념이 되어 손도 대지 않고 다른 돈으로 사용했어요."

"달러 북에 있는 2달러 덕에 계약이 성사되는 행운을 얻었어요."

"마누라가 아주 좋아하네요! 윤 지점장, 한 권 더 구해 줄 수 없나요?"

10달러의 효과가 얼마나 대단한가. 선물은 가격보다 정성으로 평가된다. 정성이 통하면 거래는 절반쯤 성사된 것이다. 얼마 전 귀하신 선배님들과 두 팀을 만들어 골프를 쳤다. 작은 거라도 하나 챙기고 싶은 마음에 달러 책 판매사에 연락해 10권을 주문해 나눠 드렸다. 1번 스타트 홀에서 1달러짜리 내기하시라며 농을 얹어서 드렸지만 모두 아깝다며 호주머니에 고이 넣는다.

대한민국의 영업맨들이여!

명심하고 또 명심하라. 달러 북 한 권이 10억 원을 데리고 올 수 있음을. 마음이 있는 곳에 길이 있음을. 감동만이 고객을 움직일 수 있음을. 감동은 최고의 마케팅이다. '고객감동', 이 네 글자에 모든 게 담겼다.

후배 신임
지점장님들께

앞서 걸은 발자국은 뒤에 오는 자의 길이 된다고 했다. 2011년도 며칠 남지 않은 어느 날, 지점장에 임명된 후배들을 보니 감회가 새로워 축하와 아울러 선배 지점장으로서의 경험을 담아 이 메일을 썼다.

사랑하는 신임 지점장님께!

먼저 은행 최고의 꽃이라는 지점장으로 승진하심을 진심으로 축하드립니다. 마음 같아서는 손잡고 직접 꽃다발이라도 전해 드리고 싶지만 먼저 메일로 축하의 말씀을 드립니다. 부임하시는 지점에서 맘껏 역량을 발휘하시어 고객과 직원으로부터 사랑받고 존경받는 지점장으로 치적을 남기시기를 응원합니다. 부족한 제가 자격은 안 되지만 변변치 않은 지난 몇 년의 경험을 토대로 몇 자 적어 봅니다.

무엇보다 환경을 탓하지 마십시오. 배운 것도 없고, 보잘것없는 땅에서 태어난 칭기즈칸이 천하를 평정했습니다. 그가 평소 이런 말을 했다죠.

"집안이 나쁘다고 탓하지 마라. 작은 나라에서 태어났다고 탓하지 마라. 배운 게 없다고 탓하지 마라."

그렇습니다. 탓한다고 알아주는 사람은 단 한 명도 없습니다. "열심히 하라"는 말뿐입니다. 제가 현재 맡은 곳은 상암동미디어센터 앞 아파트 단지 지역입니다. 부임 전 이순우 은행장님께서 개인 고객 부행장으로 계시면서 폐쇄나 출장소로의 강등을 세 번이나 검토했던 지점입니다. 서울 시내에서 입지 조건이 가장 좋지 않은 지점 중 한 곳이었습니다.

기억에 남는 일입니다. 부임 후 100일도 되지 않아 상암동 전산센터 오픈 기념으로 열린 '은행장과 함께'에 초대받고 당시 이종휘 은행장님께서 인근 신임 윤 지점장도 의견 있으면 한 말씀 하라고 말씀에 지점 주변 환경을 말씀드리며 전산센터로 이전 필요성을 아주 조심스럽게 건의드렸습니다. 마침 봄비가 내리고 있어 "비는 재물이니 은행장님께서 한번 지점에 오셔서 기운도 주세요."라고 덧붙이니 참석 직원 모두 기립해서 응원을 해 주었습니다. 은행장님은 자상하게도 행사를 마치시고 지점을 직접 찾아 주셨습니다. 마침 새로 도입된 코픽스 금리 구조에 대해 상세히 설명을 해 주시면서 고객님들 대출 금리에 정확하게 잘 적용하라는 말씀과 더불어 더 큰 역량을 힘차게 발휘하라고 큰 사랑의 기운을 주시고 가셨습니다. 하지만 오후 들어 신임 지점장이 환경 탓한다고 여기저기서 강한 펀치가 날아왔습니다. 그렇습니다. 상암동 미디어센터 지역은 이제 유망하게 떠오르고 있습니다만 지금 생각하면 환경 탓하지 말고 그냥 발로 뛰면 되는 거였습니다.

초임 지점장님들께 좋은 점포는 잘 배정되지 않습니다. 절대로 환경 탓 마시고, 그냥 두 발로 뛰고 또 뛰십시오. 처음부터 아는 분 있다고 멀리 가지 마시고 지점 반경 1km 이내를 먼저 마케팅하시고 그다음 2km, 5km, 10km로 넓히십시오. 친지는 그다음입니다. 답은 의외로 지금 계신 곳, 인근에 있다는 것이 저의 경험입니다. 한 번 두드려 열리는 문은 없습니다. 삼고초려의 심정으로 정성을 다해 두드리면 마음이 열립니다.

'안면 마케팅'은 한계가 있습니다. 창의적 아이디어가 있어야 합니다. 저 같은 경우는 아파트 단지 내 지점이라 부임하자마자 아파트 인근의 거래처를 어떤 방법으로 확보할지 고민이 많았습니다. 8차선 대로 건너에도 기업체 건물이 많았지만 상권이 양분되어 고객 유치가 쉽지 않았습니다.

아파트가 10단지쯤 되는데 단지별로 거래하는 은행이 2~3개는 됩니다. 먼저 부녀회장, 아파트 관리소장, 아파트 관리 대표와 안면을 트고 경리 직원도 만났습니다. 단지별로 충당금이 있고 관리비가 있습니다. 의외로 자그마한 자금들이 많습니다.

기업체도 마찬가지입니다. 기업체 윗분들과 가깝게 실무 직원과도 자주 접촉하세요. 작은 정성으로 그분들이 거래 은행을 바꿉니다. 다른 은행 갈 거, 우리은행으로 올 수 있습니다. 경험담 하나

Naver Cafe 시프트 대출코너

소개합니다.

20년 임대 아파트를 80% 완공한 상태에서 분양하는 서울시의 '임대분양 시프트 프로젝트'가 상암동 지역에서 최초로 시작되었습니다.

어떻게 하면 저 임대 아파트 입주자를 공략할 수 있을까 고민하다 개인적으로 5년 전부터 운영한 블로그에 날마다 '국민주택기금 대출 및 우리은행 전세자금 대출'을 홍보했습니다.

지성이면 감천이라 했던가요. 어느 날 시프트 임대 아파트 입주자 동호회 카페의 시프터(현재 부윤슬) 윤영섭 대표가 제 블로그를 봤다며 만나자고 연락이 왔습니다. 100여 명이 가입된 동호회 '사는 것이 아닌 사는 곳'(현재 내집장만 아카데미) 인터넷 카페에 은행 카테고리 방을 개설해 줄 테니 대출 관련 문의에 답변해 줄 수 있느냐는 겁니다. 블로그를 운영하고 있으니 식은 죽 먹기라는 생각이 들어 그날 밤 바로 카페에 '우리은행 상암동 지점, 대출 묻고 답하기' 코너를 만들었습니다. 새벽 1시 늦은 귀가에도 지점장이 직접 댓글을 달아 주니 신뢰가 생겼나 봅니다. 부임한 해 첫 반기 평가에서 전국 꼴찌가 작년 하반기 KPI 그룹 1등, 점수상으로 전국 3등을 차지하는 영광을 누렸습니다. 또한 상암동 지점은 영업 우수사례 '시프트(SHIFT) 우리은행으로 시프트(shift)하다' 발표로 우리 파이오니아에서 대상을 받았고 상담창구 전국 1위 2연패도 했습니다.

신임 지점장님들, 주변에 아파트 입주 지역이 있다면 입주자 모임 카페를 두드려 보세요. 분명 답이 있을 것입니다.

저는 오늘 인사로 다른 지점으로 갑니다. 그곳에선 외국인 전용 창구 환전 카페를 개설하려고 합니다. 내년 KPI(핵심성과지표)에서는 외환 점수를 많이 높인 다지요. 영업 전략도 시대에 맞춰 변신해야 합니다.

지점장은 변화를 이끌어야 합니다. 죄송한 말이지만 금융권의 역동성은 다른 기업보다 약합니다. 안정된 직장에선 자칫 게을러지기 쉽습니다. 지점장은 창의적이면서 변화를 즐겨야 됩니다. 지점장은 직원의 거울입니다. 지점장이 자리에만 앉아 있으면 직원들도 내점 고객만 상대합니다. 지점장이 변해야 직원도 변합니다. 지점장이 팔방미인이면 직원들은 적어도 '사방미인'은 됩니다.

직원들 보상엔 인색하면 안 됩니다. "손가락 하나는 약해도 다섯이 뭉치면 주먹이 된다"라고 했습니다. 직원이 뭉쳐야 지점이 발전합니다. 단합에는 동기 부여가 중요합니다. 목표를 주고 성과는 충분히 보상해야 합니다. 상암동 지점 직원 9명은 제가 지점장으로 있으면서 모두 상을 받았습니다. 표창은 승진에도 영향을 주고 직원들 사기 진작에도 크게 도움이 됩니다. 직원

상암동지점 직원들과

내 마음의 은행나무

이 상을 받으려면 지점장이 솔선
수범해야 합니다.

캐치프레이즈

　마지막으로 고객 섬김입니다.
사실은 첫 번째로 해야 할 말이지
만 저 자신도 돌아볼 것이 많아 망
설이다 뒤로 밀렸습니다. 올 초 서예가분께 '고객 섬김, 열정 동행'
이란 서예 두 점을 의뢰해 한 점은 객장에, 한 점은 회의실에 붙
여 놓고 매주 회의할 때마다 다 같이 큰 소리로 읽으며 고객 섬김
을 되새겼습니다. 직원들은 "아, 또 그 잔소리" 했겠지만 자꾸 큰
소리로 읽다 보면 그 뜻이 가슴으로 스미지 않을까 생각했습니다.
고객이 없으면 은행은 그저 텅 빈 공간일 뿐입니다. 섬김을 받는
다고 느낀 고객은 다시 그 지점을 찾지만 홀대를 받는다고 느낀 고
객은 반드시 다른 지점, 아니 다른 은행으로 발길을 돌립니다. 은
행과 지점의 발전, 직원의 행복은 결국 고객에서 나옵니다. 고객
을 왕처럼 섬기십시오. 그럼, 우리 또한 모두 왕이 됩니다.

　사랑하는 신임 지점장님!

　쓰다 보니 글이 두서가 없습니다. 혹시 제가 건방을 떠는 건 아
닌지 민망하기조차 합니다. 하지만 저도 오늘 초임이었던 곳의 지
점장을 마치고 다른 지점으로 가라는 명을 받으니 지난 2년을 자
성하면서 승진하신 지점장님들께 축하와 함께 동료 직원으로 몇
말씀 드리고 싶었습니다. 첫 지점장 부임을 다시 한번 축하드리고
2012년 영광의 해가 되시길 바랍니다.

칭찬에 춤추는
고래들

2013년 봄 어느 날이었다. 영업본부별 7~8명의 지점장이 점심 모임을 가졌다. 당시 서로 정보를 교환하고 선임 지점장이 후임 지점장들에게 영업 노하우를 전수하자는 목적으로 월 1회 점심을 함께했었다.

모두 영업에 애환이 있지만 영업 성적에 대한 희로애락의 결과는 지점장 몫이 크기에 꼴등 지점장의 푸념을 듣는 경우가 많다. 가끔은 "외자 유출입 유치로 외환 먹고 환차익 먹고 저비용 먹고 우리 점포 대박 났다"라는 무용담에 밥맛이 사라지기도 한다. 그래도 서로 실적 부진의 아픔을 토로하고 영업 노하우를 전파하고 격려하면 왠지 힘이 나기도 했다.

불광동 지점장 보직은 M2 등급이기에 중고참 위치이다. 내가 제안을 하나 했다.

"다음 모임부터는 밥만 먹지 말고 지점의 중추인 중소 RM 과 PB를 교대로 오찬 모임에 초대해 기 좀 살려 주고 타 지점

내 마음의 은행나무

의 유사 업무를 담당하는 동료들과 정보 교류를 하도록 시간을 마련해 줍시다. 직원들이 춤추며 일하게 해 줍시다."

동료 지점장들은 대찬성했다. 봄볕이 따뜻해진 그해 4월. 비서실에서 이순우 은행장님께서 서대문영업본부 지점장 섹터 오찬에 특별히 참석하신다는 전갈이 왔다. 영업맨은 기회 포착이 탁월해야 하는 법. 영업도 잘하고 싹싹한 임혜영 차장에게 미션을 부여했다.

"임 차장님! 이따 점심시간에 은행장님이 서대문영업본부에 오신다는데 나랑 같이 참석해 행장님께 '시간 되시면 불타는 열정으로 광나는 지점 만드는 명품 불광동 지점도 방문해 직원들 격려해 주세요'라고 말씀드려 주세요."

점심 메뉴는 국물이 시원한 낙지탕이다. 은행장님과의 식사라 영광스럽고 기쁘다. 임 차장이 미션을 수행한다. 역시 임 차장이다.

"은행장님, 불광동 지점 임혜영 차장입니다. 저희 지점이 지난 4~5년간 매 반기별 실적이 거의 꼴찌였는데 이번 반기엔 1등, 그것도 그룹 1등을 달리고 있습니다. 행장님, 바쁘시겠지만 저희 지점 방문하셔서 직원들 손 한번 잡아 주십시오. 행장님 격려에 힘입어 반드시 1등으로 마감하고 싶습니다. 꼭 와 주실 거죠?"

"그래, 초대 감사해요. 일정 고려해서 꼭 격려하는 시간 가질게요."

행장님 답변에 사기충천한 오찬이 되었다. 영업본부 성병용 부부장에게서 연락이 왔다. 쇠뿔도 단김에 빼신다고, 영업 마감 시간쯤에 행장님이 불광동 지점을 방문하신단다. 에고나, 이 무슨 영광인고! 서둘러 객장을 정리하고 상품 포스터도 반듯한지 다시 살펴본다. 빨갛고 싱싱한 장미 한 다발에 커피 녹차까지 준비 완료!

불광동지점 방문하신 이순우 은행장님

뜨겁게 환영의 박수로 행장님을 맞이했다. 행장님 특유의 웃음과 애정 어린 칭찬으로 직원들을 격려하신다. 특성화고 졸업자로 직접 행장님께서 입행 면접을 보셨다는 송유진 행원을 향한 정감 있는 격려는 다른 직원들의 부러움을 살 정도였다. 격려금도 주시고 직원들과 기념사진도 찍으시고 단체로 파이팅도 외쳤다. 행장님의 방문 격려로 직원들 사기는 운동장 느티나무만큼이나 높아졌다.

행장님이 다녀가신 다음다음 날로 기억된다. 모 임원님에게서 전화가 왔다.
"윤 지점장! 행장님께서 불광동 자기네 지점 다녀가셨다며?"
순간 가슴이 덜컹했다.

내 마음의 은행나무

"네! 다녀가셨습니다. 뭐 잘못된 것 있습니까?"

아무것도 모르던 초임지점장 때 조심스러운 마음으로 영업점 이전 건의를 했다가 전화기가 불이 난 적이 있어 순간 심장이 콩알만 해졌다.

하지만 기우였다. 은행장님께서 임원 회의에서 불광동 지점 칭찬을 아끼지 않으셨단다. 행장님께서 지점을 방문했을 때 잠깐 화장실을 들렀는데, 김을중 차장이 소변기 앞 벽면에 비닐로 깨끗하게 코팅해 붙인 '전세자금 대출상품 홍보물'을 보시고 크게 기뻐하셨단다. 고객을 감동시키는 노력과 정성 그리고 아이디어가 영업의 원천이라며 재차 칭찬하셨다고 했다. 안심, 또 안심이다. 그리고 감동이다.

칭찬은 고래도 춤추게 한다고 했다. 어찌 보면 인간은 다 고래들이다. 작은 칭찬에 춤추고, 작은 꾸지람에도 기가 꺾인다. 조직의 장(長)은 조직원들을 춤추게 해야 한다. 그게 리더십의 요체다. 나는 직원들을 춤추게 했을까, 아니면 기를 꺾었을까. 잠이 쉬이 들지 않으니 생각이 더 깊어진다.

차차차 대출을
아시나요?

버스는 시민과 가장 밀접한 교통수단이다. 1889년 노면 전차가 우리나라 첫 대중교통의 효시라면, 버스는 1912년에 일본인들에 의해 서울 시내에 처음 선보였다고 한다. 통계에 따르면 2019년 기준 서울 시내에는 7400여 대의 버스가 운행되고 하루 500만 명의 시민이 이용했다.

은행 대출은 신용 대출부터 시작해 전통적인 부동산 담보 대출, 무역 금융, 인수 금융, Project Financing 등 다양한 상품이 있다. 부동산 대출보다 귀에 덜 익은 동산 담보 대출의 효시는 옛 조흥은행이 취급한 '당나귀 대출'이지 않을까 싶다. 이미 널리 알려진 당나귀 대출의 내용은 다음과 같다.

조흥은행(신한은행과 합병)의 전신인 한성은행이 1897년에 문을 열었는데, 문을 연 지 얼마 안 된 시점에 대구에서 올라온 상인이 물건을 구매해 대구에서 장사하고 싶다며 대출을 요청했다. 아마도 은행은 담보인 땅문서를 요구한 듯하나 그는

내 마음의 은행나무

문서가 대구에 있어 가져오기 힘들다며 서울까지 타고 온 당나귀를 담보로 제공하겠다고 했다. 담당자가 진취적인 은행원이었는지 그 제안을 받아들여 대출을 해 주었다. 담보 관리에 얼마나 애를 먹었을까 생각만 해도 웃음이 난다. 당근값만도 만만치 않았을 듯싶다. 아침저녁으로 당나귀 먹이를 챙겼지만 결국 대구 상인이 대출을 갚지 못해 은행 임원들이 당나귀를 공용 승용차처럼 타고 다녔다고 한다. 그리 보면 우리나라 동산 담보 대출 역사가 꽤 오래됐다.

뭐에는 뭐만 보인다고. 영업맨의 눈에는 영업만 보이는 법이다. 당나귀도 따지고 보면 사람이 타고 다니는 운반 도구 아닌가. 그렇다면 당나귀도 버스도 같은 운송 수단인 바, 버스 구매 자금에 대출을 할 수는 없을까? 담보는 버스로 잡으면 되고. 그래, 서울 최북단 은평구 불광동에서 서울 최남단을 벗어난 남한산성 입구에 차고지가 있는 BRT 회사에 가 보자! 시도해 보자! 마음이 급하니 발길은 더 빨라졌다.

"사장님, 버스 구입 자금으로 우리은행에서 취급하는 대출 상품 이용하시죠. 신문을 보니 서울 시내버스는 내용 연수상 10년 운행하면 무조건 교체해야 한다는데, BRT 버스는 이번에 100대가 만기 되었다기에 숨도 쉬지 않고 무조건 달려왔습니다."

단박에 성사되는 거래는 거의 확률 제로다. 첫 반응이 시큰

둥하다.

"아니 여기는 서울 시내를 운송하는 BRT 차고지이지만 위치는 경기도 성남 입구입니다. 무슨 서울 최북단 구파발에서 여기까지 오셔서 남의 동네 기웃거려요? 지칠 줄 모르고 들이대는 그 마케팅 추진력은 높게 평가할게요!"

통상 자가용 구입 시 리스 등은 캐피탈사가 전통적으로 강하다. 이미 그쪽과 협의를 마쳤는지도 모른다. 그래도 일단 밀어붙인다. 아니, 정중히 부탁한다.

신성교통 제일여객

"존경하는 우세환 사장님! 6·25 때 고향 장단에서 피란해 불굴의 투지로 시민의 발인 운송 기업을 만드시고 우리은행과 60년 거래하고 계시잖아요. 우정욱 회장님과 함께 우리은행도 많이 아껴 주시고요. 이미 캐피탈사나 카드사와 협의를 하셨는지 모르겠지만 이번 버스 100대 구매에 저희도 입찰 기회를 주십시오. 만약 은행이 불가하다면 우리금융지주 계열사 우리파이낸셜도 있습니다. 꼭 입찰 기회는 주실 수 있죠? 북한산성 인근에서 남한산성 입구까지 왔잖아요. 그 성의도 좀 헤아려 주시고요. 어떤 캐피탈사보다 0.01% 포인트라도 낮게 금리를 제시하겠습니다."

내 마음의 은행나무

찍고 또 찍으니 나무가 조금 휘청했다.

"그래, 한번 검토는 해 볼게요!"

이쯤이면 절반은 성사된 셈이다. 급히 입찰 제안서를 만들었다. 마치 당나귀를 담보로 제공하겠다는 구한말 대구 상인처럼. 우리은행 대출 50%와 황록 사장님이 계신 우리파이낸셜 리스대출 50%로 100대 구입 자금 전체를 싹쓸이하자. 할 수 있다. 안 되면 되게 하자. 더구나 남한산성 입구에서 출발하는 BRT는 5개 버스 회사가 공동으로 차고지를 사용하니, 한번 뚫어 놓으면 다른 버스 회사 대출도 물꼬가 트일 것 아닌가.

설레는 마음으로 황록 사장님을 찾아갔다.

"황 사장님! 버스 구입 자금 대출을 은행과 함께 취급하지 않으실래요?"

"동산담보 버스 구입자금 대출요? 그런 좋은 대출 수요처가 있나요?"

"네, 사장님. 늘 강조하는 계열사 간의 연계 영업으로 성과를 낼 만한 아주 괜찮은 아이템을 물어 왔습니다. 도와주실 거죠?"

"당연히 유치해야죠. 파이팅입니다."

드디어 일석삼조의 결과가 창조되었다. 버스 한 대당 1억, 100대 100억. 은행 대출 50억, 우리파이낸셜 50억. 회사는 일부 구입 대금 결제를 신용 카드로 처리해 우리 신용 카드

매출금과 수수료 수익도 창출되었다.

이제 전국의 버스 회사를 공략하자. 차차차 차차차, 차차차 차차차. 상품 이름도 '차차차 대출'처럼 신나고 즐겁게 행복하게 영업에 임하자. 차차차 차차차! 얼마나 흥겹고 힘이나는 리듬인가. 그래, 오늘도 차차차. 파이팅이다.

황록 사장님은 '차차차(車車車) 대출'을 작명하시고 관련 대출로 매출도 엄청나게 올리셨다. 현재 모 금융사가 우리파이낸셜 인수 후 유사 이름의 상품 광고를 열심히 하는 것을 보면 왠지 아쉬운 생각이 든다.

비 오는 날 저녁, 파전에 막걸리 한잔할 때는 '차차차'의 추억이 흑백 영화처럼 스쳐 간다. 돌이켜 보면 열정으로 뜨거운 날들이었다.

내 마음의 은행나무

소리 없이
떠나는 고객

연말에 불광동 지점에 부임한 뒤 이듬해 초 웬만한 거래 기업은 거의 다 방문해 인사를 드렸다. 한데 머릿속에서 '빨리 가 봐야지' 하면서도 다른 일정으로 계속 만남이 어긋나는 여성 사장님이 경영하시는 기업체가 있었다. 약속을 정했다가도 사장님의 바쁜 일정으로 자꾸 방문이 미뤄졌다.

봄볕이 따뜻해지는 3월 초, 드디어 시간을 맞춰 일산 풍동에 있는 기석무역을 방문했다. 한두 번 입어 거의 새 옷 같은 옷들을 수집해 동남아시아 등 세계 각국으로 연간 1700만 달러 이상 수출하는 중견 기업이었다. 종업원만도 120명을 넘었다. 나를 맞는 분위기가 냉랭했다. '부임하자마자 인사를 안 드려 그러나.'

구 사장님이 어두운 표정으로 입을 떼셨다. 몇 년 전 화재로 큰 어려움을 겪었는데 그때 도와준 K은행과의 관계를 생각해 우리은행과의 거래를 중단할 계획이란다. 그 기업과 거

래하는 연간 350만 달러의 외환과 대출 15억 원이 날아갈 판
이니 적잖이 당황스러웠다. 오후 늦은 시간의 만남이라 멘붕
상태로 바로 집으로 왔다.

　다음 날 아침 출근하자마자 부지점장과 다시 회사를 찾았
지만 어려울 때 도와준 K은행에 일괄적으로 모든 거래를 합
칠 생각이니 이해해 달란다. 요지부동이니 나도 달리 방도가
없었다. 지난 두 달여 내 처신을 돌아보면서 지점으로 다시
발길을 돌릴 수밖에.

　사무실 방문을 나서면서 점심이나 같이하자고 제안하니 다

행히 흔쾌히 응해 주셔서 날짜를 잡았다.
약속일에 사장님과 상무님, 나와 부지점
장 4명이 마주 앉았다. 마침 그날이 화이
트 데이라 전날 신세계백화점에서 산 초
콜릿과 김수환 추기경님의 메시지를 담은

책 『그래도 사랑하라』를 선물로 드렸다. 사장님은 믿음이 깊으
셨다. 말씀 사이 사이 믿음이 느껴진다,

　불과 3주 전에 같은 식당에서 식사했는데, 그때와 달리 음
식이 맛있었다. 하지만 그날은 마치 나무껍질을 씹는 맛이었
다. 사람 입맛이 이리 간사한가. 거래가 성사된 뒤 함께하는
식사라면 얼마나 꿀맛이었겠나. 나는 미련을 버리지 못하고
거래 중단을 재고해 달라고 사정에 또 사정을 했다. 하지만

확고히 결심을 굳힌 듯 '재고'라는 말에는 무응답이다.

숭늉이 나올 즈음 사장님이 속 얘기를 털어놓았다.

"매년 명절 전후 두세 차례 거래처를 방문하는데 좋은 물건은 빼서 다른 곳에 보내고 품질이 떨어지는 상품을 납품하는 모습을 보면 마음이 너무 아픕니다. 다른 기업들이 물품대를 어음으로 지급할 때 저는 이 돈 저 돈 다 구해다가 어떻게든지 현금으로 꼬박꼬박 제날짜 지키며 주었는데…. 첫 거래 때는 한 달에 두세 번 얼굴을 내밀며 온갖 미사여구로 잘 보이려고 애쓰다 2, 3년쯤 지나면 더 이윤을 남길 만한 곳이 없나 하고 이곳저곳을 기웃댑니다. 돈을 좇는 게 기업이라지만 이건 아니다 싶을 때도 많습니다. 더 섭섭한 건 말없이 떠나는 고객입니다. 항의라도 한번 해 보고, 사과라도 한번 하고 싶지만 훌쩍 떠나면 정말 대책이 없습니다. 제가 K은행으로 거래처를 옮기려는 것은 저라도 받은 은혜를 잊지 않는 게 도리라고 생각해서입니다. 아무쪼록 제 심정을 이해해 주십시오. 죄송합니다."

구 사장님은 떠나면서도 소중한 말씀을 남겨 주셨다.

"말없이 떠나는 거래처가 정말 무섭습니다."

고객은 소리 없이 왔다 소리 없이 떠난다. 그 들리지 않는 소리를 듣는 게 진정한 영업맨이다. 나는 고객들이 '떠나가는 소리'를 듣고 있는가. 내가 나에게 묻는다.

직원에게 쓰는
Love Letter

사랑하는 우리 불광 가족님, 반갑습니다.

1등 지점을 목표로 뛰자고 다짐한 게 엊그제 같은데 벌써 한 해가 저물고 있습니다. 12월 호 편지를 쓰기에 앞서 제가 지난해 12월 불광동지점장으로 부임한 이후 매월 첫날 아침 여러분들께 보낸 메일을 읽어 보았습니다. 혼신을 다하자는 '호소문'이 많아 낯이 뜨거웠습니다. 졸필이지만 여러분들과 마음의 호흡을 맞추려고 애쓴 흔적도 있어 그나마 위로받았습니다.

상반기에는 일주일에 서너 건씩 굵직한 영업을 달성해 자축하기도 했지만 하반기에는 지루한 장맛비처럼 하루하루가 고되고 힘든 날들이 많았습니다. 영업 일수 기준으로 2013년도 20일을 남긴 시점에서 우리은행 불광동지점의 지난 1년간 희로애락을 되돌아보고 내년을 준비하자는 마음으로 편지를 씁니다. 편지에 앞서 2013년 영업 계획서를 바탕으로 최선을

내 마음의 은행나무

다해 역량을 발휘해 주신 직원 여러분들께 진심으로 감사드립니다.

올해 최고의 기쁨은 지점장인 저를 믿고 모두 똘똘 뭉쳐 상반기 핵심성과지표(KPI) 1등을 차지한 일입니다. 하반기 실적은 다소 저조하지만 다른 지점들이 부러워하는 상위권 포진은 거의 확실하니 여러분들께 거듭 감사할 뿐입니다. 우리는 남들이 흔히 쓰는 '하면 된다'는 말을 몸소 실천해 보았습니다. 그렇습니다. 된다고 믿고, 믿음으로 길을 가면 설령

상암동 박정희 대통령 기념관

목표에 닿지 못하더라도 그 언저리는 도달할 수 있습니다. 내년에도 '하면 된다'는 마음으로 불광지점의 새로운 역사를 써봅시다.

작년 말 이동빈 본부장님께서 우리 서대문 영업본부 본부장님으로 부임하신 후 우리 지점을 처음 방문하셔서 "불광동 지점은 참으로 잘하고 있지"라며 격려해 주실 때는 저도 참으로 기쁜 마음이었습니다. 뒤에 이순우 은행장님께서도 바쁘신 외중에 우리 지점을 방문하셔서 뜨겁게 격려해 주셨고, 개인고객 본부 이광구 부행장님도 저희 지점을 찾아 주셨습니다. 저는 그 순간마다 '더 잘해야겠다'라고 스스로 다짐했습니다. 그

러고 보니 저는 '칭찬에 춤추는 고래'인 듯합니다. 우리 다 함께 춤을 추도록 제가 여러분들을 더 칭찬하고 격려하겠습니다.

우리 지점 최고 수신 기관인 한국환경산업기술원의 타행 대기성 자금을 기업 자유 저비용 예금으로 확대한 것도 올해의 '영업 잭팟'으로 기록될 것입니다. 묵묵히 기관 고객을 담당하는 최호운 부지점장께 특별히 감사한 마음을 전합니다. 주말에도 전 직원이 출근해 신성교통 버스 차고지에서 신상품 비과세 재형저축 판매에 온 힘을 쏟은 일, 수녀님들이 운영하는 양로원을 찾아 청소하고 기념품을 전달했던 일도 우리가 함께 일궈 낸 기쁜 추억으로 생각합니다.

우리은행을 사랑하며 사물놀이 팀 가사

톤을 높일 일들은 거의 없었습니다. 다만 사소한 일이 민원으로 확대되어 편지를 받았을 때는 마음이 조금 상했습니다. 고객의 입장을 더 헤아렸으면 하는 바람입니다. 우리가 스스로 낮아지면 고객은 우리를 더 높게 봅니다. 맡은 역할에 게으른 직원을 보면 화가 날 때가 있습니다. 개인기도 물론 필요하지만 조직은 팀워크가 강해야 합니다. 사소한 행동이 반복되면 습관이 되고 그 습관이 나를 지배합니다. 안에만 있으면 영업

내 마음의 은행나무

문은 자꾸 좁아집니다. 내년부터는 좀 더 적극적인 마케팅을
당부 드립니다.

동료 직원들의 신뢰
를 깨는 일이 발생했을
때 가장 슬펐습니다. 한
직원의 불미스러운 행
동으로 그룹 1등을 하
고도 직원들과 손잡고
킨텍스 무대에 오르지

불광식구들 제주앞바다

못하고 단상 아래에서 수상자들에게 박수만 쳐야 했습니다.
잘못을 깨우치면 교훈이 되지만 잘못을 반복하면 더 큰 죄가
됩니다. 아픈 기억은 지우되 잘못을 반복하지는 맙시다. 공자
는 애제자가 누구냐는 질문에 안회를 꼽고 그 이유로 불천노
불이과(不遷怒 不貳過)를 들었습니다. 안회는 자신의 분노를 남
에게 옮기지 않고 같은 잘못을 두 번 다시 반복하지 않는다는
거지요. 우리도 새해에는 '불천노 불이과' 여섯 글자를 가슴에
새겨봅시다. 참, 연 300만 달러 외환 거래처였던 기석무역이
제 부임과 동시에 타행으로 옮겼을 때도 참으로 뼈아프게 반
성했습니다. 당시 제 아픈 심정을 '소리 없이 떠나는 고객'이
란 글로 올린 기억도 있습니다. 내년에는 정성을 다해 기필코
'소리 없이 돌아오는 고객'으로 다시 모셔 오겠습니다.

언젠가 TC 창구 김미화 계장이 저한테 "매일 아침 우리은

행 불광동지점에 출근하는 게 즐겁다"라고 한 말이 떠오릅니다. 직장 출근길이 어찌 매일 즐겁겠습니까마는 그 말은 지점장인 저에게는 큰 힘이자 위로가 되었습니다. 직장을 즐겁게 만드는 것도 지점장인 제 몫이 크니까요.

조직은 팀으로 강해집니다. 제가 부족한 것은 여러분이 채워 주십시오. 여러분이 부족한 것은 제가 보듬겠습니다. 저는 '가족은 누구도 뒤에 방치하지 않는다'는 말을 좋아합니다. 밀어주고 끌어 주는 게 가족입니다. 어려울수록 서로 보듬는 게 가족입니다.

우리 불광동 가족 여러분!

한 달 남은 2013년, 서로 힘을 모아 멋지게 마무리합시다. 그리고 더 찬란한 새해를 맞이합시다. 늘 사랑하고 감사드립니다.

내 마음의 은행나무

1조 원 M&A의
파수꾼

하림 하면 닭고기가 바로 연상된다. 양계업에서 출발해 하림그룹 총수가 된 김홍국 회장님을 처음 만난 것은 2015년 1월 초, 분당 소재 하림그룹 본사 구내식당에서였다.

2014년 말에 강남 교보타워 금융센터장으로 부임해 업무를 파악해 본 결과 강남 최고의 건물에 입주해 있고 직원들도 우수하지만 영업상황은 녹록하지 않았다. 부임 둘째 날 새벽에 출근해 기업체별 재무제표를 살피다 하림그룹이 눈에 꽂혔다. '그래, 이 그룹에 힘을 쏟자.'

우문현답. 우리의 문제는 현장이 답이다. 영업의 정답은 늘 현장에 있다. 이대연 부지점장과 손을 굳게 잡고 즉시 하림의 본산지인 익산으로 달려갔다. 생산 현장을 몸소 느껴 보고 매출과 손익 구조 등을 직접 듣고 싶었다. 그러면 하림의 금융 수요는 무엇인지, 우리은행은 어떻게 지원할 수 있을지를 파악할 수 있을 것 같았다. 연무대 훈련소 인근 병아리 부화장과 양돈 사육장을 살펴보고 익산 공장을 둘러본 뒤에는 대전의 제일사료를 찾아가고 상주의 올품 닭 도축공장도 방문했다.

공장을 둘러본 기초 지식을 챙겨 새해 벽두에 김 회장님을 만났다. 병아리 10마리로 시작해 자산 수조 원의 국내 30대 그룹 선장이 되신 분이니 정중히 인사부터 드렸다.

"회장님 고향 익산시 망성과 강경 황산대교 건너 부여 세도 시골 고향 저희 집은 직선거리로 불과 7km입니다. 회장님과 저는 백제의 후손이지요."

친근감을 표시하고 싶어 지연에 역사를 거슬러 오르는 혈연까지 동원했다. 부임 둘째 날, 만사 제쳐 놓고 하림그룹 전국 공장을 방문한 사실과 그룹의 기업 구조를 이해하고 있음을 말씀드렸다. 가는 말이 고우니 오는 말은 더 고왔다.

하림그룹 김홍국 회장님

"지금까지 수많은 지점장을 만나 보았지만 부임 즉시 저희 회사 계열사 전국 공장을 방문한 분은 윤 센터장님이 처음입니다. 한마디로 감동입니다."

느낌이 좋았다. 회장님이 내 속내를 안다는 듯이 본론(?)을 꺼냈다.

"우리 하림그룹으로서는 물류비 절감 차원에서 반드시

STX 팬오션을 인수해야 합니다. 우리은행이 M&A 인수 자금을 지원해 주십시오."

이보다 반가운 말씀이 어디 있는가. 나 또한 이 일의 성사를 위해 얼마나 고심했던가. 혹시나 한 마음에 당부까지 드렸다.

"회장님! 저희가 앞장서겠습니다. 중간에 마음 변하셔서 다른 은행 노크하시면 절대 아니 됩니다."

하림은 육가공 사업에 필요한 사료의 원만한 구매를 위해 제일사료를 인수했는데, 사료의 원료인 옥수수 등 곡류는 대부분 해외에서 수입해야 했다. 하림으로서는 용선료 등의 비용 절감을 위해 벌크선이 필요했고 마침 산업은행에 법정 관리 중인 STX 팬오션을 M&A하기로 마음을 굳힌 것이다. 그 과정에 이렇게 쉽게 함께하게 되다니. 그날 구내식당 삼계탕은 내 인생 별미 중 최고의 별미였다.

밤을 꼬박 새워 여신 신청서를 작성해 심사부를 방문했다.

"하림의 팬오션 인수를 우리은행이 앞장서서 지원합시다. 용선료가 국내 기업으로 들어오니 국부 유출이 아니라 국부를 키우는 기업입니다. 병아리 10마리가 이제 오대양, 육대주를 누비는 거대한 함선이 되는 것입니다!"

심사부를 열두 번이나 방문하고 심사역과 심사부장, 중기업 담당 채우석 부행장님의 전폭적인 지원을 받아 '금융 지원 승인장'을 받아 회사에 통지했다. 개별 은행 대출 건별 취급은 금리와 한도 등 여러 애로 사항이 있어 IB그룹 인수금융팀 김태훈 부부장과 협의해 금융 주선에 성공했다. 총 인수 금액은 1조 79억 원.

나는 김 회장님에게 승인 소식을 전하고 약속도 받아 냈다.

"회장님, 인수 금융을 저희 은행과 제가 주선하고 승인하면 증자 자금 모집 후 집행까지 한 달여 기간의 대기성 유상 증자 자금은 저의 지점에 예치해 주셔야 합니다."

"물론이지요. 당연히 약속합니다!"

드디어 인수 금융 취급일. 인수 금융에 참여한 20여 기관에서 200억, 300억, 500억 등 순식간에 1조 79억 원의 증자 자금이 무비용 별단 예금으로 입금되었다. 지난 5개월간 17개 그룹 중 꼴찌였던 KPI 평가 성적도 단박에 3위로 올라섰다. 2015년 상반기 마감을 불과 십여 일 남겨놓고. 해외 채권자에게도 3000억원이 송금되며 트레이딩부 후배 딜러의 도

신사동 하림그룹 본사

움 등 낮은 환율 매칭으로 달러당 1원 50전의 환전 마진까지 생겼으니, 이런 금상첨화가 어디 있겠는가.

직원들과 맥주로 기쁨을 나눴다. 마음이 더 들뜬다. 대한민국 M&A 역사상 처음으로 무려 동그라미가 12개나 그려져

있는 1조 원의 입금 수취를 받은 후 마시는 시원한 맥주가 건 방을 떨게 한다. 특별히 이대연 부지점장에게 한 잔 더 따라 주며 최고 경영자이신 이광구 은행장님께 문자로 어리광을 부렸다.

"행장님, 하림 인수 자금 1조 79억 원 저희가 해냈습니다. 불광동 지점장 재직 시 영업 잘한다고 피자 맥주 사 들고 오 셔서 직원마다 한 잔씩 따라 주셨잖아요. 교보타워 금융센터 도 꼭 오셔서 직원들 손잡아 주십시오."

생산성 본부에서 교육받을 때 M&A 전략 얘기가 나온 적 이 있다. 판사와 변호사들이 주제별로 강의하는데 공교롭게 도 팬오션 인수 금융이 대한민국의 대표적인 성공적 M&A였 다고 말씀하신다. 강의 시간 내내 마음이 뿌듯했다.

불가능과 가능 사이에는 마음이 있다. 불가능하다고 포기 하면 손바닥 뒤집는 일도 버겁다. 여기서 만족하지 말자. 도 전하고 또 도전하자. 다시 한번 신발 끈을 조이자.

스님에게
빗을 팔아라

신입 사원에게 머리빗 1000개를 나누어 주며 일주일 내 판매하라는 사장의 지시다. 신입 사원은 이 빗을 어디에 팔아야 할지 막연하다. 그러다 머리털 한 올 없는 스님한테 간다.

"스님, 빗 사세요."

스님의 답변이 의외다.

"아, 그렇지 않아도 신도들에게 매번 염주만 선물했는데 잘 되었습니다. 그 빗 제가 구매하겠습니다."

실화인지 허구인지는 모호하지만 스님에게 빗을 팔려는 신입 직원의 역발상이 참신하다. 기발한 아이디어의 절반쯤은 역발상에서 나온다. 틀에 박히면 평생을 좁은 상자에 갇혀 산다.

샘이 깊어야 맑은 물이 솟아난다. 생각이 깊어야 아이디어가 떠오른다. 지금은 7월 중순이다. 곧 휴가 시즌에 접어들며 인천공항은 북새통이 될 것이다. 은행들은 휴가철이면 대대적 우대 광고를 통해 환전 이익을 얻으려 한다. 경쟁이 심하면 90%까지 우대하겠다고 마케팅을 한다. 실제로 90% 우대하면 남는 것이 없지만 그래도 환전 고객을 통해 신규 고객을 유치하고 신용 카드, 정기 적금, 급여 이체 등의 관련 연계 마케팅을 할 수도 있어 경쟁적으로 우대율을 높이는 것이다.

은행의 영업 목표에는 환전도 포함된다. 통상 전반기보다 하반기 목표치가 10~20% 많다. 여름 휴가철에 가급적 환전 수치를 높여야 남은 기간에 영업이 수월하다. 그러니 휴가 시즌에는 스님에게 빗을 파는 절박한 심정으로 환전 목표를 달성해야 한다. 차별화된 전략이 필요하다. 어떤 방법이 없을까.

고민이 깊으니 방법이 떠오른다. 그래, '유디니'다.

Facebook 유디니

유디니는 페이스북과 인스타그램을 기반으로 만들어진 여행 전문 커뮤니타다. 자신들의 여행 후기, 여행 사진, 여행 꿀팁, 사기나 도난 등의 에피소드 등 여행에 관련한 모든 정보를 공유하고 수집할 수 있는 여행 가이드북 같은 인터넷 커뮤니타다. 원래 이름은 '유럽 어디까지 가봤니!'였다. 여행 입문자부터 숙련자까지 모두 드나드는 공간이기 때문에 여행에 관한 기초부터 고급 정보까지 수집할 수 있어 여행자들이 선호한다.

'그래! 저 유디니를 공략하자. 그런데 어떻게?'

엉뚱하게도 딸이 답을 들고 왔다.

어느 날 파리 4대학을 교환 학생으로 다녀온 딸과 커피를 마시다 환전 고민을 털어놓으니 딸이 공교롭게 유디니를 꺼낸다.

"아빠, 유디니라는 Facebook 커뮤니티가 있거든요. 지난번 파리 학교 갈 때 이 커뮤니티를 통해 많은 정보를 입수했는데 혹시 유디니 방에 환율 우대 쿠폰을 심어서 홍보하고 이 쿠폰을 갖고 지점을 방문하는 고객에게 우대 환율을 적용해 주면 많이 오지 않을까요?"

"앗, 지은 따님! 멋진 아이디어 고마워. 아이디어 대가로 용돈 팍팍 올려 줄게!"

나도 모르게 무릎을 쳤다. 바로 다음 날 지점에 들어오자마자 아이디어를 방출했다.

"혜경 대리님, 유디니 알아요? 우리 유디니에 환율 우대 쿠폰 심어 환전 수익도 올리고 신규 고객도 창출합시다. 고등학교 때 미국으로 교환 학생 다녀온 우리 혜경 대리님이 맡아서 환전 실적 확 끌어올립시다. 파이팅, 부탁해요!" 며칠 후 준법지원부 승인을 받고 유디니에 쿠폰을 심었다.

Facebook에 환율우대쿠폰 홍보

유디니 로고와 우리은행 로고를 함께 부착한 환율 우대쿠폰이 페이스북에서 신나게 춤

내 마음의 은행나무

을 쳤다. 덩달아 환전 실적도 쑥쑥 올라갔다. 대성공이다. 스님에게 빗을 판 것보다 몇십 배 수확했다.

호랑이를 잡으려면 호랑이 굴로 들어가야 한다. 머리카락 하나 없는 스님에게 빗을 팔러 가는 '들이대' 식의 역발상이 필요한 게 마케팅이다. 생각은 누구나 한다. 중요한 건 액션이다. 직구를 던지든 커브를 던지든 볼을 던져야 하는 게 투수의 역할이다. 노크해서도 안 열리면 밀든지 당기든지 내가 직접 문을 열어야 한다. 영업맨은 뜨거워야 한다. 열정이 곧 영업의 엔진이다. 생각은 깊게 하고, 실천은 과감해야 한다.

"우리 혜경(김리아) 대리님, 유럽을 공략했으니 이제는 가깝고도 가까운 일본도 공략할까요!"

캐디님을
모셔라!

일 년 중 무려 14시간 35분이나 태양이 떠 있다는 하지(夏至)날이다. 저녁 자리에서 우리펀드 서비스 대표를 역임하신 박형님 사장님이 물었다.

"바람, 구름, 태양, 공기, 물 등 오만 가지 자연 현상 중 뭐가 가장 중요할까?"

각자 생각을 냈지만 질문한 박 사장님은 태양이란다. 햇빛이 없으면 식물이 자라 열매를 못 맺으니 결국 인간은 굶어 죽을 수밖에 없다는 거다. 듣고 보니 그럴싸했다. 하지만 비가 내리고 물이 있어야 식물이 자라고 비가 내리려면 구름도 있어야 하니 중함의 우선순위를 정하는 게 무슨 의미가 있겠는가.

그날은 포천의 그린에서 하루를 보냈다. 저녁 모임에서 자연 현상 이야기가 나온 것은 낮에 있었던 에피소드와 연결된다. 캐디가 뜬금없이 "자연 현상 중 제일 필요한 것은 비"란다.

내 마음의 은행나무

우리가 어리둥절해 반문하니 이유를 설명한다. 수도권에서 약간 벗어난 골프장의 경우 캐디가 부족해 새벽 5시부터 일을 시작해 오전에 일을 마치면 곧바로 오후에 투입된단다. 두 달 내내 하루하루 버티며 일을 하고 있다고 호소한다. 너무 지치니 몸이 마음을 따라가지 못해 미안한 마음뿐이라고 했다.

"제가 혹시라도 퍼팅 라인 잘 못 보더라도 넓게 양해해 주십시오. 그리고 내일은 비나 실컷 내리게 함께 기도도 해 주시고요."

마음이 짠하다. 격려의 말과 함께 "우리 운동 마치는 즉시 비 내리라고 기도하겠다"라며 농담 반 진담 반으로 위로를 했다. 어느덧 18홀을 마쳤다. 위로가 조금은 힘이 됐는지 캐디는 기분 좋게 하루를 마무리했다며 감사하다고 고개를 숙인다. 그놈의 돈이 뭔지. 비가 오면 골프 치려고 날짜 잡은 사람들은 또 어떻게 되는지. 우산 파는 자식, 소금 파는 자식을 둔 부모님 심정이랄까.

골프 캐디 이야기를 하다 보니 신규 고객 확대 차원에서 골프장 캐디님들을 대상으로 집중적으로 마케팅을 해 큰 성과를 이뤘던 일이 생각난다. 당시의 영업 환경은 전통적인 대면 거래에서 비대면 거래로 전환되던 시기로, 그 기반은 인터넷 뱅킹이었다. 은행 앱을 설치해 핸드폰으로 은행 거래를 시작하던 초기였다. 당시 이광구 은행장님이 기반을 다지셨는데

'wibee 톡, wibee bank, wibee 꿀머니' 등 선제적이고 야심
찬 위비뱅크, 즉 인터넷뱅킹을 추진해 타 은행들의 선망의 대
상이 되기도 했다.

그러나 신규 고객 확대는 만만치 않았다. 새로운 기술의 응
용이나 적용에는 언제나 시간이 걸리는 법이다. 그러던 어느
날 골프장에서 생각이 스쳤다.

캐디님들을 위비뱅크에
가입시키는 방법은 없을까?
wibee를 소개하고 펀드 또
는 적금에 가입하게 하자. 그
들에게 결혼 자금이나 집 장
만의 토대를 마련해주자. 캐

위비 버디 기념품 자체 제작

디들은 버디 기념품을 개당 1000원 내외로 직접 구매해 버디
골퍼에게 선물로 제공한다는데. 영업본부와 영업점에 배정된
광고비를 활용해 wibee 심벌 기념품을 만들자. 그리고 골프
장 인근 지점 지점장들께 캐디님들을 대상으로 한 금융 상품
교육을 할 수 있는 시간을 마련하자. 참석하는 캐디님들께는
1000원짜리 버디 기념품 wibee 배지 홍보물을 나눠줄 수 있
도록 선물로 제공하자.

신규 고객 확보는 금융맨의 지상과제다. 어렵고 힘든 과
제다. 하지만 이번에는 아이디어가 적중했다. 대전, 충청 인
근 골프장 여덟 군데 100명씩 총 800여 명의 캐디님들에게

내 마음의 은행나무

'결혼자금 목돈 마련하기'의 주제로 금융 상품을 소개하고 'wibee bank'와 'wibee talk'에 가입을 부탁했다. 중국에 사업장을 두신 모 기업 사장님께 부탁하여 개당 500원 원가의 wibee 기념품을 제작해 선물도 드렸다. 상당수 캐디님들이 위비뱅크의 고객이 되었으니 얼마나 대단한 우리은행 홍보이자 신규 고객 확보인가.

세레니티cc 18번 홀 행운의 다리

지금도 명문 골프장 세레니티CC를 비롯한 대전, 세종 인근 골프장에 가면 무용담처럼 버디 기념품 '나비 대신 wibee'로 그린을 장식했다며 그 시절 이야기를 꺼내곤 한다. 그때 적금 든 캐디님들은 지금쯤 목돈이 생겼을까. 두드린다고 다 열리지는 않는다. 하지만 두드리지 않는데 절로 열리는 문은 없다. 영업은 열릴 때까지 두드리는 방법 외에는 뾰족한 수가 없다. 두드려라. 그러면 열릴 것이다.

광어
한 접시

은행에 재직하던 30대 후반, 선진금융을 배우기 위해 일본 국립 쯔쿠바 대학원에 유학한 후 일본 선물시장을 연구 경제학 석사학위를 취득하고 동경지점 근무 및 부행장까지 역임하신 금기조 박사님께서 얼마 전에 연락을 주셨다. 고향인 대전 배재대학교 경영학과 초빙교수로 학생들을 가르치고 있고, 금융은 현장학습이 중요하다고 생각되어 은행 현장에서 2시간 정도 특강을 부탁하신 것이다.

부족하지만 한국의 금융기관 구조 및 역할, 예금 대출 외환 펀드 환율 금리 등 금융관련 내용을 전반적으로 강의하고 백문이 불여일견이라고 1층 대전무역회관 지점을 방문하여 통장개설 및 펀드 상담도 해보는 체험의 시간도 제공하였다.

끊임없이 탐구하며 박사학위까지 취득하고 후학을 양성하는 선배님의 모습은 후배들의 귀감이 되고 꼭 본받고 싶은 마음에 뜨거운 마음으로 박수를 드린다.

오늘은 대전지역 CEO 포럼 사무국장께서 세종 지역에도 조찬 포럼을 구성해 보자는 제안하기 위해 나를 찾아왔다. 순

내 마음의 은행나무

간 포럼 참여 기업 모두 주거래 기업으로 만들면 좋겠다는 생각이 들었고 이런 일은 아무래도 지역 대표님의 조언이 필요하다고 판단되어 우리은행 대전충청본부 명사클럽 지회장을 역임하신 일미농수산 오영철 회장님께 전화를 드렸다. 회장님의 목소리가 쩌렁쩌렁하다.

"오호, 윤 본부장 반가워요! 세종시 체육회와 연관으로 도민 체육 대회 참석차 제주에 왔어요."

세종 조찬 포럼의 구상안을 말씀드리니 좋은 생각이라며 적극 동조하신다.

"아, 그래요! 참가자가 최소한 100명은 되어야 하는데 쉽지 않겠지만 지혜를 모아 봅시다! 올라가면 구체적으로 방안을 논의해 봅시다. 마음을 모으면 다 잘 될 겁니다."

왠지 느낌이 좋다. 회장님의 목소리에서 에너지가 느껴진다. 오는 게 있으면 가는 게 있어야 하는 법. 회장님께 감사의 선물을 쏜다.

"회장님, 언제 올라오세요? 오늘 밤 제주에 계시면 회 두어 사라 뜨고 한라산 한 세 병 해서 호텔 방으로 넣어 드릴 테니 제주의 돔과 광어, 한치 맛 좀 보고 오십시오. 호텔하고 룸 번호 좀 알려 주시고요."

회장님 목소리 톤이 두어 옥타브 높아진다.

"윤 본부장, 나야 좋지! 본부장이 그렇게 해 주면 내 면이 서지, 면이 서!"

"싱싱한 놈 잡아서 제시간에 맞추어 보내 드리겠습니다. 맛있게 잡수시고 즐거운 시간 보내다 오십시오. 우리은행을 위해 애써 주셔서 늘 감사드립니다."

평소 자주 방문한 제주 금융센터 맞은편 노량진 횟집 주인장께 회 택배를 부탁하니 "그 멀리 대전에서 전화 주니 너무도 반갑고 고맙다"라며 멍게 소라 듬뿍 서비스로 주겠단다. 점심 먹고 몇몇 일을 처리한 뒤 영업본부로 오다가 최고 품질로 부탁한다고 횟집 사장님께 다시 전화를 넣었다. 영업의 기본은 '더블체크'다.

배달 맞춤 시간은 밤 8시 30분. 호텔 프런트에 전화해 회가 잘 도착했는지 물으니 오 회장님을 비롯한 일행분들이 식사하러 나가시면서 배달된 회를 들고 나가셨단다. 이런, 만찬 자리에 택배 회가 함께 놓이면 모양새가 좀 떨어질 텐데. 어디서 드셨는지, 맛은 어땠는지 궁금해 손가락이 핸드폰 자판을 왔다 갔다 한다. 모양새가 빠질까 싶어 꾹 참았다. "잘 잡수셨겠지. 그냥 자자, 그냥 자!"

다음 날은 비즈니스클럽 회원님들과 소속 지점장 동반해서 한국의 나폴리로 불리는 통영으로 1박 2일 여행 가는 날이었다. 마치 소풍가는 날 초등학생처럼 마음이 설레 4시 45분에 눈을 떴다. 조금 더 잘까도 했지만 창문 사이 새벽 공기가 정신을 더 맑게 한다. 갑천을 한 시간 걸을까. 유성 온천으로 갈까. 그래, 오후에 많

내 마음의 은행나무

이 걸을 테니 온천으로 가서 뜨거운 물에 담그고 오자.

한 시간 뜨거운 물에 푹 담그니 이마에 송알송알 구슬땀이 맺힌다. 앞집에 사는 유재련 지점장께서 8시 30분 함께 출발하자 하여 주섬주섬 옷을 입고 있는데 폰이 울린다. 오 회장님이다.

"윤 본부장, 윤 본부장! 내 가오 섰어. 내 가오 엄청 섰어요! 아니 어쩜 그리 쫀득쫀득하고 윤기가 나는지. 순식간에 두 접시 먹어 치웠어요. 윤 본부장, 진짜 고마워. 제주에서의 광어 한 접시는 평생 못 잊을 거 같아. 이춘희 시장님도 너무도 맛있게 잘 먹었다고 꼭 전해 달래요. 이 고마움 평생 간직할게요."

세종 포럼 자문차 전화 드렸다가 제주에 계시다기에 회 한 접시 맛보시라고 보내 드린 건데 이리 기뻐하시니 내가 기분이 날아갈 듯 좋았다.

영업이 시원찮으면 밥줄이 위태로울 만큼 영업은 영업맨의 목숨줄이지만 가끔은 영업을 잊고 순수한 마음으로 다가가야 한다. '영업용 접근'이라는 냄새가 풍기면 누구나 거리를 둔다. 나의 제주 회 한 접시에는 '영업'이 들어가지 않았다. 그건 오랫동안 우리은행을 사랑해 주시고 성원해 주시는 것에 대한 감사와 고마움, 그 이상도 이하도 아니었다. 영업이 빠지니 내 마음도 몇 곱절 기뻤다. 한데, 그 회 한 접시가 작은 수족관 하나를 데리고 왔다. 영업이 없는 영업이 때론 큰 선물을 가져다준다.

감사의 마음으로 찾는
명동 삼미옥

시이불견 청이불문(視而不見 聽而不聞). 마음이 딴 곳에 있으면 봐도 보이지 않고 들어도 들리지 않는 법이다. 영업맨이 특히 새겨야 할 구절이다. 고객이 앞에 있어도 마음으로 보지 않으면 그냥 지나가는 행인일 뿐이다.

삼미옥은 명동역 인근 퍼시픽호텔 뒷골목에 있는 음식점이다. 70년대 극장 뒷골목과 비슷한 풍경이다. 간판을 볼 때마다 단속 나오신 선생님한테 극장 앞에서 걸리는 것은 아닌지 골목에 숨어 전후좌우를 살피던 추억이 떠오른다. 골목은 허름해도 삼미옥 간장게장과 청국장 맛은 일품이다.

수많은 시행착오를 겪으면서 불철주야 영업을 했지만 첫 지점장으로 부임한 2010년 상반기 평가는 꼴찌였다. 하루하루 폭탄주로 시름을 달랬다. '어떻게 하면 영업을 잘할 수 있을까. 어떻게 하면 고객을 더 확보할 수 있을까.' 머릿속은 온통 그 생각뿐이었다. 아무리 머리를 굴려도 묘안은 없었다. 몸으로 뛰는 수밖에.

잘 아는 분에게 손발이라도 비비자 하는 심정으로 명동에 근무할 때 자주 들른 식당들을 찾아가 사장님에게 안부를 여

내 마음의 은행나무

쥡고 "펀드 한 계좌 개설해 주세요. 적금 하나 들어 주세요"
라며 애걸한 적이 있다. 그때 삼미옥도 찾아갔고 중식당 최고
맛집인 우리은행 본점 앞 회현동 야래향도 찾아갔다. 우는 아
이 떡 한 개 더 준다고, 울고 또 울었다.

인정에 약한 게 한국인이다. 울어대니 떡 몇 개를 준다. 삼
미옥 사장님은 "그래 변방에 가서 얼마나 고생이 많냐"라며
적금도 들어 주고 펀드도 가입해 주셨다. 내가 절박하니 눈물
반 감사 반이다. 월납 300만 원짜리 적금에 500만 원, 1000
만 원짜리 펀드다. 신속히 지점에서 통장을 개설해 갖다 드리
며 감사 인사를 수십 번 했다.

고마운 분들에게 신세를 갚는 길은 자주 들러 매출을 올려 주
는 일이다. 나는 모임이 있을 때마다 나만의 비밀을 간직하고 있
는 식당을 골라 정한다. 삼미옥이 대표적이다. 관계는 주고받는
것이다. 받았으면 무언가로 되돌려 주어야 한다. 은혜는 은혜로
갚아야 한다. 코로나로 인한 거리 두기 제한으로 식당들이 텅텅
비었었는데 제한이 풀리면서 손님들이 늘어나서 다행이다.

얼마 전에도 명동 삼미옥에서 친구들과 청국장을 먹었다.
게장 속 알과 내장을 밥에 쓱쓱 비벼 한 숟가락씩 맛보라고
내놓는다. 김이 모락모락 나는 청국장에서 옛 추억이 구수하
게 피어오른다. 조만간 야래향도 다시 가 봐야겠다. 베푼 은
혜는 잊고 받은 은혜는 오래 품으라 했으니 조금이라도 갚는
마음에서 대원군이 추천하는 맛집 코너 블로그에도 게재했다.
한 분 한 분 다시 한번 마음에 되새기고 감사를 전한다.

무용지용(無用之用)을
새기며

"세상에 버릴 것은 하나도 없다."

성균관대 경영대학원 조찬 세미나에서 연문희 교수님의 '정신 건강과 자기실현' 강의를 들었다. 벌써 8년 전이지만 내용이 너무 좋아 메모한 노트를 아직도 간직하고 있다. 연 교수님은 노자의 말을 빌려 무용지용(無用之用), 즉 '쓸모없음의 쓸모'를 강조했다.

오 리나 되는 우물가에서 매일 항아리로 물을 길어오는 노인이 있었다. 오른쪽 항아리는 튼튼해 물 한 방울 새지 않는다. 항아리는 의기양양하다. 왼쪽 항아리는 금이 가 물이 질질 샌다. 주인한테 미안하고 부끄럽다. 그래도 주인은 차별하지 않고 두 항아리를 똑같이 아꼈다.

어느 날 금이 간 항아리가 너무나 죄송한 심정으로 노인에게 물었다.

"주인님은 어찌하여 물이나 질질 흘려 더 이상 쓸모없는

내 마음의 은행나무

저를 버리지 않으십니까?"

　노인은 대답은 하지 않고 빙그레 미소만 지었다. 겨울이 가고 봄이 온 어느 날, 노인은 깨진 항아리에게 물을 길어 날랐던 길을 바라보라고 한다. 오른쪽 길가는 부스럭대는 나뭇잎만 수북했지만 왼쪽 길가에는 푸르고 싱싱한 꽃들이 피어 있었다.

　깨진 항아리가 놀란 표정으로 노인에게 물었다.

　"주인님, 어떻게 한쪽 길가에만 저렇게 어여쁜 꽃들이 피어 있을까요?"

무용지용

　노인은 빙그레 웃었다.

　"너는 금 가고 오래되어 그만 버려 달라고 했지만 저 풀과 꽃들은 너의 금 간 틈으로 새어 나온 물을 먹고 저렇게 예쁘게 자란 것이 아니겠니? 네가 비록 금이 갔지만 풀과 꽃들에는 하느님, 부처님보다도 더 소중하단다."

　강의를 들으며 많은 생각이 스쳤다. 지점 평가 1등 달성이라는 목표를 세우고 상금을 걸고 이른바 프로모션을 진행하는 경우가 종종 있다. 신용 카드, 청약 저축, 예금, 대출 등 목표치를 내걸고 직원들 손을 맞잡는다. 하지만 내 눈에는 강 건너 불구경하는 것처럼 보이는 직원이 있다. 얄밉고, 때로는 화가 난다. 직원 각자의 역량을 고려해 본인이 희망하는 부점으로 인사를 고려하는 때도 있다. 그들은 내 눈에 항아리로 비유하자면 '깨지고 금이 간 항아리'다.

강의를 듣고 생각을 바꿨다. 금이 간 항아리도 꽃을 피우는 데는 하느님 부처님보다 더 소중하다 하지 않았는가. 섭섭해도 얄미워도 내가 보듬자. 어쩌면 내가 금 간 항아리인지도 모른다. 직원들이 지금까지 나를 보듬어 줬는지도. 그러니 더 격려하고 가르쳐 주자. 더 기다리고 믿어 보자. 노인이 금 간 항아리로 물을 길어 가며 겨울을 견디고 봄을 기다려 예쁜 꽃을 피웠듯이 나도 그들의 부족함을 기다림으로 채워 주자.

리더가 누구인가. 사랑하고 포용해 조직의 시너지를 극대화하는 책임을 맡은 사람 아닌가. 뒤처지는 직원을 팽개치지 않고 손잡고 이끌어 나란히 가게 도와주는 사람 아닌가. 흠 많은 항아리가 봄날 꽃을 피우는 역할을 할 수 있게 내가 더 큰 사람이 되자. 잔설이 남아 있는 축령산 언덕길을 오르며 내가 나에게 굳게 다짐한다.

　　　　　　　　　　　내 마음의 은행나무

표창장을 대신한
감사패

인생지사 새옹지마(塞翁之馬)다. 변방 노인(塞翁)의 말(馬)은 인간의 길흉화복이다. 오늘의 길(吉)이 내일은 흉(凶)이 되고, 오늘의 화가 내일은 복이 되는 게 인생이다.

'불나고 광나던 불광동 지점' 근무 1년 반은 참으로 애환이 많은 시기였다. 정작 발령 통보를 받으니 자금부, 증권수탁부, 국제부 등 자금 증권 업무 경험을 고려한다면 여의도 쪽으로 가는 게 타당하지 않을까 하는 나름의 불만 어린 생각도 없지 않았다. 하지만 이미 인쇄된 불광동 지점장 발령지를 되돌릴 수 없지 않은가. 다행히 소매 업무 지역으로만 생각했는데 환경산업기술원, 여성정책연구원, 보건사회연구원, 양성평등연구원 등 다수의 기관 고객 거래처가 있어 해볼 만하다는 자신감이 생겼다. 더구나 지난 3~4년간 KPI 평가에서 최하위권을 맴돌았으니 더 나빠질 것도 없다는 생각이 들었다. 마음을 바꾸니 열심히 들이대면 충분히 승산이 있겠다는 확신도 생겼다.

직원들을 섬기고 신규 기업을 유치하고 기존 고객에게는 극진한 정성을 기울였다. 특유의 '들이대는 영업 전략'으로 부지런히 발품도 팔았다. 노력은 배신하지 않는다고 했던가. 피어그룹 1등, 시상그룹 1등으로 등극하면서 직원들 사기도 하늘을 찔렀다. 6월 마감일까지 아무 사고 없이 빨리 상반기가 마무리되었으면 하는 심정이었다. 그런데 호사다마(好事多魔)라고, 불미스러운 일이 터졌다.

불광동지점 직원 워크숍

전입 첫날 녹차 한잔 따라 주며 차장 승진 축하 붉은 넥타이까지 매어 준 ○○○ 차장. "우리 귀한 인연이 되자"라고 덕담까지 했는데 결국 길이 흉이 되었다. 모기지론 대출은 말 그대로 부동산 담보가 기본이다. 주 7~10건을 취급하기에 담보물에 하자가 없는지 체크하는 것은 업무의 ABC다. 한데 어느 날 검사실이 특별 검사를 한 결과 ○○○ 차장은 배우자 명의 집을 과대평가해 모 점포에서 대출을 받았고 또한 지점 인근 아파트 담보 대출 요청 건을 모기지 회사 모집인 대출로 전산 입력을 해 수수료를 빼돌려 본인 호주머니를 채운 것으로 드러났다. 징계는 엄했다. 해당자는 면직되고 차장은 견책 먹고 지점장은 직원 관리 소홀로 주의를 받았다.

내 마음의 은행나무

더 가슴 아픈 건, 벌을 받은 지점은 KPI 1등을 하고도 시상에서 제외한다는 룰이 적용되어 그룹 1등 상은 날아가고 상금도 날아가고 명예도 날아가 버린 것이다. 심정이 착잡했다. 억울하기도 하고 화도 나고 부끄럽기도 했다. 쥐구멍에라도 며칠 들어가 있었으면 하는 마음뿐이었다. 아픔이 컸던 2013년 하반기에는 유독 폭탄주를 많이 마셨다.

하지만 1등을 향해 지점장을 믿고 줄기차게 영업에 임한, 사고 친 차장을 제외한 19명의 자랑스러운 직원들이 무슨 죄가 있겠는가. 지점장인 내가 직원들을 격려하기로 했다. 킨텍스 꿈의 무대에서 받는 1등 패와 동일한 사이즈로 모형을 만들

직원 노고 감사패

었다. 다만 '표창- 2013년 1등 불광동 지점 위 지점은 ○○○을 표창합니다'에서 '감사패- KPI 통합 그룹 1등 불광동 지점, 불같은 열정으로 목표 달성을 위해 전 직원이 투철한 사명감과 혼신의 노력으로 2013년 상반기 통합 그룹 28개 지점 중 KPI 1등을 시현하였기에 우리 불광동 지점 직원 한 분한 분에게 진심 어린 감사의 마음을 담아 이 패를 드립니다. 지점장 윤석구 드림'으로 문구를 바꾸었다.

비록 직원 한 명의 불미스러운 처신으로 수상은 물거품이 되었지만 최선을 다한 직원들의 노고에 지점장으로서 진심 어린 고마움을 전하고 싶었다. 그리고 함께 파이팅을 외쳤다.

"우리 다시 일어서는 거야. 다시 일어설 수 있어."

뜻대로만 되지 않는 게 세상사다. 1%가 99%를 망치는 일도 허다하다. 하지만 마음을 모아 다시 일어서야 한다. 그게 조직이고, 그게 팀워크다. 그건 리더의 역할이기도 하다. 아픈 추억이지만 지금도 그때를 떠올리며 나를 다잡는다.

'그래, 다시 일어서는 거야.'

내 마음의 은행나무

직원은
왕중왕이다

세종특별자치시 시설관리공단 개관 1주년 축하연에 초대를 받았다. 누군가가 나를 불러 준다는 건 감사한 일이다. 주말이지만 넥타이를 매고 행신발 오송착 KTX에 몸을 실었다. 감기 몸살로 몸이 천근이다. 그래도 세종시 세종신도시금융센터가 나를 불러 주고, 더구나 우리은행과 거래하는 기관 고객이니 마음은 가볍다. 아이 엄마가 간식하라고 고구마 3개를 챙겨 준다. 늘 고마운 옆지기다.

영업 본부직을 맡은 이후 좌충우돌하며 2년을 보냈다. 선배들을 보고 배우며 나름 열심히 뛰었지만 과연 올바르게 판단하고 뛰었는지, 후배들은 얼마나 잘 챙겼는지 내가 나에게 고개가 갸우뚱해질 때가 많다. 한 가지 분명한 건, 게으르지 않고 요령 피우지 않고 새벽부터 밤늦게까지 최선을 다했다는 사실이다.

포상 보너스로 베트남 다낭에 간 우리은행 대전충청본부 가족인 엑스포 금융센터 양미진 과장이 새벽에 위비톡을 보내왔다. 함께 포상 휴가를 간 동료, 타 영업본부 우수 직원들과 와인 한 병 들고 환하게 찍은 사진이 보인다.

"역시, 우리 본부장님. 와인 진짜 감동했어요. 베트남 이곳 호텔까지 챙겨주시공. 여기 온 타 지점 직원들이 우리 대전충청본부 완전 부러워해요 ㅎㅎ. 맛있게 잘 먹겠습니다."

베트남에 와인 한 병 보내 준 것을 자랑하려는 것은 아니다. 지점장 재직 시나 영업본부장 시절이나 느끼는 것은 똑같다. 직원은 상사의 작은 정성에 기뻐한다. 정성을 쏟고 관심을 기울여 직원이 감동하면 그 감동은 고객으로 이어진다. 마음이 기쁜 고객은 다른 고객을 데리고 온다. 그러니 영업의 출발은 직원 섬김이다.

나는 기관이나 기업 고객 CEO 방에 인사를 갈 때 월정계획표를 유심히 살핀다. 거기에 종종 기관장 또는 은행 거래와 관련된 사람들의 해외 일정이 표시되어 있는 경우가 있기 때문이다. 그것을 슬쩍 메모해 뒀다가 해외 가는 날 호텔 입실 날짜에 맞추어 과일과 와인 한 병 그리고 건강히 출장 다녀오시라는 말을 남겨 놓은 것으로도 고객은 진한 감동을 받는다. 그런 마음으로 우리 식구도 소중히 여기면 된다. 그래야만 한다. 부모가 자식을 안 챙기면 이웃은 내 자식을 무시한다. 맹자도 말하지 않았나. 내가 나를 업신여기면 남은 나를 무시한다고. 집이든 회사든 안의 화목이 우선이다. 챙김은 물질보다 마음이 먼저다. 생각이 있어야 몸이 따른다.

8월의 산타. 유성금융센터

대전충청 우리은행 가족은 280여 명이다. 나는 직원 가족 생일날에 5000원짜리 스타벅스 커피권을 주고 참으

내 마음의 은행나무

로 훌륭한 참모 중의 핵심 참모 김형주 과장이 만든 영업본부 내 데일리 뉴스에서 진심으로 생일을 축하해 줬다. 턱없이 부족한 생일 선물이다. 하지만 잊지 않고 있다는 마음 표시가 중요하다.

영업본부로 전입하는 직원이나 신입 직원에게는 붉은 장미를 준비해 따뜻하게 환영해 주고 2~3년간 근무하다 타 본부로 떠나는 남직원에게는 넥타이를, 여직원에게는 스카프를 선물하며 인연의 끈을 서로 이어 가자고 했다.

이청득심(以聽得心). 귀 기울여 경청하는 일은 사람의 마음을 얻는 최고의 지혜라는 뜻이다. 귀를 기울이면 많은 게 들리고 많은 게 보인다. 직원의 생일이 보이고, 직원의 갈등이 보이고, 직원의 아픔도 보인다. 높이 오를수록 귀를 열어야 한다. 하지만 세상은 거꾸로 간다. 높이 오르면 입을 열고 귀를 닫는다. 꼭대기에 올라 자기 세상인 양 득의양양한다. 아래에서 비웃고 삿대질하는 줄은 모른 채.

나는 2017년 12월 대전충청을 떠나며 식구들에게 감사의 메일을 보냈다. "갑천이 그립고, 여러분이 그립고, 대전충청이 많이 그리울 겁니다. 사랑합니다." 이청득심이 나름 통했는지 많은 직원들이 떠나가는 나에게 따뜻한 마음을 전해 주고 떠나가는 직원도 감사하다는 글을 보내 줬다.

"본부장님과 1년여를 함께했는데 열정적이고 도전적이면서도 감성적인 모습을 본받아야겠다고 생각한 적이 많습니다.

대전충청본부 지점대항 스크린골프

바쁘신 중에도 늘 본부 직원을 가족처럼 챙기시던 마음 잊지 않겠습니다. 느리지만 조금씩 앞으로 나아가는, 성장하는 양미진이 되겠습니다. 본부장님! 서울 가서도 늘 건강하시고 건승하세요."

서울 성북동대문본부를 떠나 분당 지역으로 가는 김 과장도 "본부장님, 김선형 과장입니다. 이제 마무리하고 지점을 떠나려 하니 많이 아쉽고 서운하네요. 여기 오래 있지는 못했지만 본부장님 부임하시고 본부가 바뀌는 것을 보면서 많은 것을 느끼고 배워 갑니다. 언젠가 본부장님이 데리고 계셨던 직원이라는 걸 자랑스러워하실 수 있도록 많이 성장하는 모습으로 보답하겠습니다. 힘들 때마다 토닥여 주셔서 정말 감사합니다. 항상 건강하세요. 분당으로 이동하는 김선형 과장 올림."이라고 연락해 왔다.

이청득심은 리더의 핵심 덕목이다. 귀를 활짝 열어서 듣고, 눈을 크게 뜨고 둘러봐야 한다. 가까운 곳부터 보고 듣는 게 순서다. 안이 금 가면 밖은 절로 무너진다. 고객이 왕이라면 직원은 왕중왕이다. 직원을 잘 모셔야 그 직원이 고객을 왕으로 섬긴다.

내 마음의 은행나무

우리은행
Together!

사랑하는 성북동대문 영업본부원 여러분!

우리은행이 삼라만상의 좋은 기운을 받으라고 성북동대문 영업본부직원들과 함께 도성 순례를 시작합니다. 혜화문을 출발해 와룡공원과 숙정문을 거쳐 창의문에 이르는 순례길입니다. 북동의 관문인 혜화문(惠化門) 천장에는 봉황이 그려져 있습니다. 새 중의 왕은 봉황새요, 꽃 중의 왕은 모란이요, 백수의 왕은 호랑이라 했지요. 상서와 길상의 상징인 봉황을 그려 넣은 것은 민초의 평온과 곳간의 풍년을 기원하는 뜻이 담겨 있겠지요.

30분쯤 후 길게 누워 있는 형상의 용을 만납니다. 와룡(臥龍)공원입니다. 우리은행 성북동대문 영업본부원들이 봉황과 용을 만난 천운의 날입니다. 우주의 기운을 듬뿍 받습니다. 그 기운을 순례에 참여하지 못한 성북동대문 본부원 여러분들에게 고루 나눠 드리겠습니다.

숙정문(肅靖門)에 도착했습니다. 많은 선조들이 숙청당해서 처음에는 숙청문으로 명명하다 나중에 숙정문으로 바꾸었다고 합니다. 저도 영업 성적이 부진하면 숙청당하는 신세니 동병상련을 느낍니다. 숙정문은 북대문입니다. 정숙하면서 고요한 기운이 전해 옵니다. 숙정문은 가뭄이 심할 때를 제외하고는 늘 닫아 두었다고 합니다. 북쪽에서 '음기'가 들어오는 것을 막기 위해 문을 닫아 두었다는 속설도 전해진다고 합니다. 숙정문의 기운을 받으며 성북동대문 본부원들에게도 올 한 해 좋은 성과 있기를 빌어 봅니다. 장위동 지점 이소정 계장님이 정성껏 준비해 온 도라지청차가 너무 맛있습니다. 본부장 한 모금 주고 싶은 마음에 밤새 고았을 생각을 하니 가슴이 찡합니다. 도성에서 가장 높은 백악마루에서 세상을 향해 포효하는 포즈를 취합니다. 세상이 다 내 것인 듯합니다. 청와대와 경복궁이 발아래 있고 저 멀리 숭례문이 보입니다. 맹자의 호연지기가 느껴집니다. 1등 본부가 되겠다고 다짐도 합니다.

성북동대문영업본부 창의문에서

오늘의 종착지 창의문(彰義門)입니다. 자하문이란 애칭으로 많이 불린 곳이지요. '의로움을 드러낸다'는 뜻의 창의문은 광해군 폭정을 끝내기 위한 인조반정의 길목이기도 합니다. 장위동 지점 강의정 대리님이 창의문 누각에서 성북동대문 영업본부 깃발을 힘차게 흔듭니다.

내 마음의 은행나무

구분	본부장	위험조정영업수익				비이자이익				영업점 KPI 평균달성도				총평점		
		진도율	평점	그룹	전체	진도율	평점	그룹	전체	고객	필수	전략	평점	그룹	전체	총평점
성북동대문	윤석구	95.2	201.2	2	5	93.3	84.8	2	6	9	5	7	290.1	1	3	671.7
강		94.4	196.4	3	8	92.5	82.4	3	9	4	2	2	301.1	2	5	668.7
관악동작		95.2	201.4	1	4	94.3	87.9	1	4	24	1	24	286.1	3	6	668.3
용산		93.8	193.0	4	9	92.1	81.4	4	11	24	15	27	270.9	4	11	640.2
구로금천		93.1	188.4	6	16	90.0	75.1	6	20	20	21	9	275.1	5	17	635.2
광진성동		92.0	181.9	8	26	88.8	74.0	7	22	10	11	3	287.5	6	18	634.5
종로		93.2	189.4	5	15	91.7	80.0	5	15	29	20	22	267.8	7	19	631.4
중부		92.5	184.9	7	23	86.3	72.0	8	32	12	26	22	287.5	8	27	619.1

2018년 가을 어느 달, 1등도 해보고

성루에서 휘날리는 깃발을 보니 가슴이 뭉클합니다. 이 순간은 내 지점 네 지점, 우리 본부 너희 본부가 따로 없습니다. 오직 '우리은행 투게더(Woori Together)'입니다.

성벽을 쌓고 누각을 만들어 한양 도성을 완수하고 봉황을 새기고 용의 눈을 그려 넣어 화룡점정으로 완성된 역사가 스쳐갑니다. 역사도 '투게더'로 만들어갑니다. 김원태 센터장님의 우렁찬 건배사로 지친 발길을 위로하고 선조들의 피와 땀과 열정을 되새겨 봅니다.

저는 성북동대문 영업본부 여러분이 너무 자랑스럽습니다. 우리 모두 해냅시다. 서로 손을 맞잡고 1등 깃발을 휘날려 봅시다. 창의문 정상에서 흔들었던 깃발의 위용을 잊지 맙시다. 2018년 상반기 마감 날에 '우리는 해냈노라'며 축배의 잔을 듭시다. 도전합시다. 이루어 냅시다. 늘 사랑하는 마음뿐입니다. 고맙습니다.

대학로, 전직원 연극 공연 시

꿈의
블루재킷

핵심성과지표(KPI: Key Performance Indicator)는 기업이 전략적 목표를 얼마나 달성했는지를 측정하는 대표적 지표다. IMF 이후 공공 기관이든 민간 기업이든 이 지표에 울고 웃는다. 은행 지점장이나 대리들이 삼삼오오 모이면 약방의 감초로 등장하는 게 KPI다.

"너네 지점 KPI 어때?"

"우리 지점 KPI가 너무 안 좋아."

"우리 지점은 0.1점 차이로 2등하고 있어."

KPI가 술자리를 몇 바퀴 돌고 돈다. 특히 매주 월요일 아침 회의 시간에는 'KPI 스트레스'가 급상승한다. 수치를 들먹이며 부진 회복 방안을 질문하면 등에서 진땀이 흐른다. 지점장, 차장, 대리 그 누구도 KPI 스트레스에서 온전히 해방되지 못한다. 그건 모든 직장인의 아니 은행원의 숙명이다. 1등 지점은 수성하느라, 2등 지점은 1등 따라잡느라, 꼴등 지점은 꼴등 탈출로 똥줄이 탄다. 그 똥줄 타는 스트레스를 저녁 소주 한잔으로 푼다. 그러니 술잔의 절반쯤에는 직장인의 애한이 담겨 있다.

내 마음의 은행나무

어느덧 상반기 마감일이다. 7월 경영전략회의는 셋째 주 토요일. 이 기간 동안 본부의 여러 평가 부서에서는 과목별 성적을 집계해 주관 부서로 점수를 송부한다. 민원 점수, 연수 점수, 소비자 만족도 점수, 연계 과목 점수 등 항목만도 30여 개에 달한다. 공표되기 전까지 점수 예측도 쉽지 않다. 경영전략회의 일주일을 앞두고 전반기 KPI 목표에 대한 결과가 산출 공표된다.

A그룹과 B그룹을 통합해 영광의 대상을 차지한 지점의 지점장은 꿈의 무대인 킨텍스에서 시상대에 올라 'KPI 1등 상'을 받는다. 지점의 영광이자 지점장 최고의 영광스러운 순간이다. 이와 더불어 전국 1000여 개 지점 중 시상 그룹 1등 수상자 30여 명 중에서 Best of Best인 '전국 1등 대상 수상자'를 선발해 영광의 표창과 함께 블루재킷을 입혀 주고 그랜저 자동차를 부상으로 수여한다.

PGA 마스터스 대회에서 유래되었다는 골프의 그린재킷이 있다면 120년 역사의 우리은행에는 영예로운 블루재킷이 있다. 블루재킷을 입는 것은 은행원으로서는 가문의 영광이요, 미래가 보장받는 순간이라고 해도 과언이 아니다. 지점장과 본부장 재직 시에만 수상할 수 있는 KPI 1등 대상 수상과 블루재킷! 그건 은행원이라면 누구나 꿈꾸는 로망 중의 로망이 아닐까 싶다. 상은 열정과 땀에 대한 보상이자 새로운 길을 개척하라는 동기 부여이기도 하다.

자랑 같아 좀 쑥스럽지만 나도 꿈의 킨텍스 단상에 오른 경험이 몇 번 있다. 2009년 말 지점장 발령 후 처음 성적이 꼴찌 수준이어서 단하에서 수상 지점장들에게 박수만 치다가 다행히 영업 우수 사례 파이오니아 콘테스트에서 대상을 받게 되어 김용태 계장과 첫 무대에 올랐다. 2010년 말에는 KPI 최고 점수 전국 3등, 시상 그룹 1등을 수상해 꿈의 무대에 다시 올랐고 2014년에는 상반기 평가그룹 1등으로 베스트 매니저 상을 받았다. 개인적으론 세 번이나 꿈의 무대에 섰으니 먼저 직원들에게 늘 충심으로 감사하며 행운이자 축복인 셈이다. 영업본부장 재직 기간에는 2등만 두 번 하고 박수만 치니 처지가 좀 처량했다. 끝이 없는 게 욕심이라더니, 딱 맞는 말이다. 김훈 작가는 《자전거 여행》에서 오르막길과 내리막길을 합하면 세상이란 큰 땅에서 결국 평지가 된다고 했다. 내가 내려와야 누군가 그 길을 오르지 않겠는가. 그리 생각하며 섭섭함을 털어냈다.

2019년 상반기 KPI 발표 현장에는 내가 없었다. 하지만 멋지고 열정 넘치는 글로벌 사업단 총무 홍정수 지점장이 시상식 동영상을 실시간으로 전송해 줘 손에 땀을 쥐며 축하의 박수를 보냈다.

"1등 대상 기업 부문 조병산 지점장!"

내가 상을 받는 것처럼 기쁘고 자랑스러웠다. 차 과장 시절 함께 손잡고 여의도 자산운용 시장과 테헤란로 구조조정 펀드, 오

늘날 우리은행의 국민연금 주거래 은행의 초석이 되었던 일
임형 펀드 Custody를 위해 두 발 구두창이 너덜나며 그토록
몸부림쳤던 믿음직한 멋진 후배 송윤홍 센터장이 2018년 당
당히 블루재킷을 입은 후 또다시 조 지점장이 대상을 받으니
대리 만족의 희열이 이런 걸까. 영예로운 꿈의 단상에서 전국
1등 대상 수상자로 선정되어 블루재킷을 입고 우리은행 깃발
을 힘차게 휘두르는 조병산 본점기업영업본부 기업지점장. 그의
영업 전략은 '들이대'였다. 그는 들이대고 또 들이댔다. 'DID
전략(Drop in Directly)'이면 다 통한다고 호탕하게 웃던 모습이
생생하다.

킨텍스 경영전략회의 시 대전충청본부 사물놀이팀

대상 수상 축하 맥주
브라보 자리에서 "KPI
수상과 별개로 왕년에
대전충청본부장 재직 시
MZ 직원들과 두 달여간
구슬땀을 훔치며 사물놀

이 연습을 하고 킨텍스 전략회의 무대 공연 부분에서 단체 대상도
받았다"라는 내 무용담에 본부장 승진하면 직원들 더 섬기며 꼭 선
배처럼 하겠다는 조병산 후배의 어깨가 그저 믿음직할 뿐이다.

앗, 그런데 들이대는 것은 내 전매품인데. 하긴 영업에 특
허가 어디 있겠는가. 이전에도 들이댄 선배들이 수두룩했을
테니.

성균관대 명륜당 은행나무

나를
찾아서

3장

오르막이 있으면 내리막이 있는 게 세상의 길이다.
꽃길이 있으면 가시밭길이 있는 게 인생의 길이다.
내가 걸어온 길에도 오르막이 있고 내리막이 있었다.
아마 앞으로 걸어갈 길 또한 그러할 것이다.
3장은 달려온 길에 잠시 쉼표를 찍고, 내가 나를 돌
아보는 얘기다. 제주도에서, 조상의 흔적에서 내가
나를 찾아가는 얘기다.

새벽의
단상(斷想)

회현동 우리은행

2013년 달력도 달랑 한 장 남았습니다. 저는 아침에 눈을 뜨면 핸드폰 네이버 검색창에 '우리은행'을 입력합니다. 반가운 기사가 뜨면 기분이 좋아지고, 아침 햇살도 더 영롱합니다. 언제부터인가 회현동 은행나무 우리은행 입력은 하루를 시작하는 일상이 되었습니다. 우리은행은 저에게 가족입니다. 자나 깨나 '우리' 생각뿐입니다.

얼마 전 농협금융지주 임종룡 회장님께서 인터뷰한 기사를 봤는데 새겨 볼 만한 대목이 많았습니다. "삶에서 가장 중요하게 생각하는 것이 무엇이냐"라는 기자의 질문에 회장님은 "진정성"이라고 답했습니다. 또 회장님은 "인생에서 가장 중요하게 생각하는 단어는 자세"라고 하시면서 "진정성 있는 자세는 어떤 난관도 헤쳐 나갈 수 있다"라고 하셨습니다.

학연과 지연에 매달리는 세상에서 '자세'라는 의미가 가슴에 꽂혔습니다. 저 자신의 학연과 지연이 부실한 탓인지도 모르겠습니다만, 그 위에 자세가 있다는 생각이 들었습니다. 인연이란 게 허망한 것이어서 이익이 갈리면 서로 등을 돌리기

일쑤니까요. 하지만 자세는 내가 내 안에 품고 있는 것이니 이익으로 맺어지고 끊어지는 일은 없겠지요.

운둔근

이른 아침에 삼성 이병철 회장님께서 붓글씨로 즐겨 쓰셨다는 운둔근(運鈍根)의 의미도 가슴에 다시 새겨봅니다. 이 회장님은 사람이 성공하기 위해서는 운이 따라야 하고(運), 둔할 정도로 우직하여야 하고(鈍), 근성이 있어야 한다(根)고 하셨지요. 운은 노력하는 자 옆을 기웃댄다 했으니 우직하고 근성이 있으면 운은 덤으로 절로 따라오지 않나 하는 생각도 해 봅니다. 저는 여기에 더해 혼창통(魂創通), 즉 혼을 담는 열정과 새로운 가치를 구현하는 창의성과 서로의 소통으로 다시 정진하자고 스스로 다짐해 봅니다.

얼마 전 세계 경영인들이 가장 존경하는 경영자 이나모리 가즈오의 《생을 바라보는 안목》이라는 책을 읽었는데 가슴에 와닿는 내용이 많았습니다. 이나모리는 책에서 앞이 보이지 않는 목표를 좇으려면 어둠을 비춰 줄 빛, 즉 신념이 있어야 한다고 했습니다. 신념이 흔들리면 그 자리에 의구심이 차고 들지요. 가능성을 믿고 발을 앞으로 내딛는 자만이 한 걸음씩 진보합니다.

이나모리는 또한 근면을 강조합니다. 근면에서 자칫 '꼰대'의 냄새가 날지 모르지만 그는 최선을 다하는 행위야말로 훌

내 마음의 은행나무

륭한 인간을 만드는 유일한 비결이라고 귀띔합니다. 저는 이 말에 100% 동의합니다. 살면서 근면한데 성품이 비뚤어진 사람을 별로 보지 못했습니다. 고행과 근면은 어쩌면 훌륭한 인간성을 완성하는 부품인지도 모릅니다.

저도 하루하루를 헛되이 보내지 말고 근면하게 최선을 다 해 살아야겠습니다. 인생은 마라톤이라 했으니 단박에 닿지 못해도 꾸준히 걸어 목표에 다가가야겠습니다. 넘어지면 훌 훌 털고 다시 일어서 제 길을 뚜벅뚜벅 걸어가겠습니다. 장애 물이 없으면 인생이란 경기가 너무 싱겁지 않을까 하는 생각 도 해 봅니다.

그러면서 이것 또한 마음에 되새겨야겠지요. 열정이 있고 능력이 뛰어나도 생각이 비뚤면 결과는 완전히 달라진다는 것 말입니다. 간디가 그랬나요. "잘못된 곳으로 속력을 내는 것이 가장 위험하다"고요. IT 시대는 속도가 지배합니다. 누 구나 '더 빨리 더 빨리'를 외칩니다. 하지만 급할수록 '왜?'를 물어봐야 합니다. 왜 높이 올라야 하는지, 왜 돈을 벌어야 하 는지, 왜 책은 읽어야 하는지…. 이런 물음이 삶의 방향을 잡 고 속도를 조절하는 데 도움을 줍니다. 그런 점에서 "애플은 인문과 기술의 교점에 있다"는 스티브 잡스의 말은 두고두고 가슴에 품을 만한 명언입니다. 돈은 있는데 생각이 없으면 명 품을 입어도 남루해 보입니다. 이 아침에 제 품격의 옷차림은 어떤지 거울에 제 안을 비춰 봅니다.

태백산 찍고
백두산으로

태백산

한반도 남과 북을 합해 6대 명산으로 흔히 남한에서는 한라산, 지리산, 설악산을, 북한에서는 백두산, 묘향산, 금강산을 꼽는다. 여기에 남북 합쳐 한 곳을 추가하라면 태백산이 포함될 듯하다.

태백산은 환웅이 무리 3000명을 이끌고 신단수 나무 밑으로 내려와 신시(神市)를 열었다는 산이다. 매년 단군에 제사를 지내는 천제단이 있는, 신령스러운 명산이다.

태백산 애기를 하려니 서두가 길어졌다. 한일은행과 상업은행이 5 대 5로 대등하게 합병해 1998년 7월 31일 현재의

내 마음의 은행나무

우리은행이 탄생했지만 초기에는 기업 문화 차이로 갈등이 많았다. 시시콜콜한 것으로도 자주 다투었다. 합병 후 2대 은행장이신 이덕훈 은행장님께서 조직 문화 통합 차원에서 아이디어를 내셨다. 전 직원을 200명씩 나눠 해남 땅끝마을 부터 2박 3일 릴레이 백두대간 등정을 통해 조직원 간 갈등을 화학적 융합으로 해소하자는 것이었다. 우리은행 백두대간 릴레이 등정은 그렇게 시작되었고, 나는 17구간 민족의 영산인 태백산에 배정되었다.

평상시 운동 한 번 않은 내가 태백산에 오를 수 있을까. 속으로 겁이 났지만 여직원도 참가하는 등정이라 등산가인 척 표정 관리를 했다. 더구나 설악산까지 완전히 등정을 마치면 전 직원 1만 5000명 중 100명을 선발해 전세기 띄워 백두산까지 오르게 해 준다니, 이때가 아니면 언제 백두산에 갈 수 있겠는가. 체력 관리를 잘해서 태백산 완주하고 백두산에도 오르자. 사진으로만 보던 천지를 눈으로 직접 보자. 각오를 다지고 배낭을 꾸렸다. 나는 개성공단에 전자 화폐 시스템을 구축하고자 벤치마킹 겸 출장차 북한 개성공단에 있을 때 일만 이천 봉 금강산을 구경했고, 2007년 평양 방문 당시 천년 고찰 보현사가 있는 묘향산도 가 본 적이 있다. 남쪽의 지리산, 설악산, 한라산은 몇 번씩 갔으니 태백산만 잘 올라 백두산까지 이어지면 한반도 6대 명산 등정 기록 보유자가 된다. 꿈이 부푸니 갑자기 마음이 설렌다. 1%도 안 되는 확률은 운명에 걸자.

백두산 천지를 밟고 싶은 의지를 개인적으로 현수막에 새겼다.

'지리산에서 출발한 1만 5000명의 우리인이여! 설악산 거쳐 철조망 뚫고 백두산으로 가즈아~!'

다른 짐도 무거운데 혹여 비에 젖을까 비닐에 넣은 5kg 대형 현수막까지 배낭에 챙겨 넣었다. 태백산 정상 300m 전방에서 동행조인 박시완 대리(현 우리종금 상무) 등에게 현수막 끝을 잡게 하고 장군봉을 향해 한 걸음 한 걸음 진군했다. 등산 총대장을 맡은 허영호 대장도 선두에서 정상으로 함께 발을 내딛는다. 200m, 100m, 50m, 10m, 5m, 1m…. 드디어 장군봉 천제단 앞이다. 등정 성공!

생각지도 않았는데 그 자리에 우리금융지주 윤병철 회장님이 계셨다. 지난 2개월여 직원들의 노고를 격려하기 위해 사전 예고 없이 오신 것이다. 완전 감동이다. 회장님이 간단한 격려 말씀을 주신다.

"자발적인 참여 의식에 마음이 벅찹니다. 우리는 이제 하나입니다. 더구나 그 무거운 현수막을 개인적으로 만들어 등정한 행원이 있다니 참으로 자랑스럽습니다. 우리 모두 화합해서 일등 은행의 주역이 됩시다."

버스 사고와 일부 직원들의 등산에 대한 불만으로 두어 달 동안 코가 석 자나 빠져 있던 김정한 연수부장이 윤 회장님의 말씀에 고무된 듯 목청을 높인다.

현수막 및 백두산 등정

"맨몸으로도 백두대간 등정이 어려운데 5kg 대형 현수막까지 들고 와 화합과 일등 우리은행의 의지를 표출한 직원은 윤석구 과장입니다. 이 자리에서 17구간의 백두산 등반 한 명에 윤 과장을 선정합니다!"

이런 뜻은 아니었는데…. 암튼 나는 그날 백두산 등반 최초 선발자이자 현장 선정자가 되었다. 비가 억수로 내리던 2000년 한여름의 태백산 등정은 내 가슴에 잊을 수 없는 추억으로 박혀 있다.

나는 산도 좋고 바다도 좋다. 산은 묵직해서 좋고 바다는 품어서 좋다. 요산요수(樂山樂水). 공자는 인자(仁者)는 산을 좋아하고 지자(智者)는 물을 좋아한다고 했다. 인자는 태산처럼 듬직하고 지자는 물처럼 지혜롭게 처신한다는 뜻이 담겼다. 산에서는 내 안을 살피고 바다에서는 내 꿈을 펼친다. 세월이 흐르면서 태백산, 백두산의 기상이 쪼그라든다. 시간을 내어 태백산에 다시 가 봐야겠다. 북한의 천지 물은 언제 다시 먹어 볼 수 있을까.

도산서원
문화답사

성균관대 Pre-CEO 금융리더 과정 연수도 막바지다. 지난여름 최기용 부장 등 인사부의 연수 발령으로 성균관 유생들이 공부했던 600년 전통의 성균관대학교에 발을 담갔다. 지점장들 중 KPI 평가 상위급 20명을 선발해 차기 리더를 키우는 프로그램이다. 어느덧 5개월이 흘렀다. 창문 너머 창덕궁의 푸르렀던 나뭇잎들도, 웅장했던 명륜당 대성전의 고목들도 울긋불긋한 단풍으로 변했다. 찬바람이 몇 번 더 불면 마지막 잎들도 떨어지고 앙상한 가지들만 바람에 나부낄 것이다. 나도 책상을 정리할 시간이 서서히 다가온다.

성균관 대성전

한 달 보름 전, 선배들이 그동안 방문했던 중국여행 대신 국내 문화 답사를 하기로 했다. 마침 첫 강의에서 오원석 교수님이 퇴계 선생과 두향의 사랑 이야기와 지폐에 얽힌 조선시대 석학들의 삶을 조명해 주신 터라 답사 지역이 쉽게 정해졌다. 오 교수님도 흔쾌히 길잡이가 되어 주겠다고 하셨다.

내 마음의 은행나무

학교 측에서는 점심과 저녁 식사 비용을 부담하고 연수팀에서는 버스를 지원해 주겠단다. 뭔가 술술 풀린다.

　T맵으로 방문할 지역 간 이동 시간을 체크하고 안동 지점장과 영주 지점장을 통해 최고의 맛집을 예약했다. 먹는 게 부실하면 뒷말이 생기는 법. 김밥과 삶은 계란, 귤 한 박스, 바나나 등 먹거리를 충분히 챙겨 싣고 새벽 5시 50분에 우리은행 본점을 출발한다. 20여 분 후에

영주 부석사

반포 고속터미널에서 2진이 합류한다.

　단양 휴게소의 상쾌한 아침 공기가 잠을 확 깨운다. 모두 커피를 시키는데 오 교수님만 자판기 커피가 최고라며 1000원짜리 지폐를 기계에 입금시킨다. 올드한 느낌이면서도 정감이 간다. 상쾌한 공기에 커피까지 마시니 눈들이 초롱초롱하다. 내가 먼저 60년 전 도둑이 훔쳐간 고향 집 반호정사(盤湖精舍) 현판을 경매로 구입하여 고이 간직한 후 돌려주신 바 있는 유홍준 전 문화재청장님의 《나의 문화유산답사기》에 나오는 얕은 지식으로 안동의 유래를 설명하고 마이크를 오 교수님께 넘긴다.

　"왕건과 견훤은 927년에 진주, 상주, 고창을 전선으로 경

주를 빼앗기 위해 치열하게 싸웠습니다. 신숭겸의 죽음으로 가까스로 목숨을 건진 왕건은 당시 고창의 부호 세력인 김선평, 권행, 장길의 도움으로 견훤을 물리칩니다. 고창을 손에 넣은 왕건은 '동쪽을 편안하게 한 곳'이라는 뜻인 안동으로 지명을 바꾸고 도움을 준 세 부호에게 안동 시호를 사용하도록 했습니다. 안동 권씨, 안동 장씨, 안동 김씨가 생겨난 연유이지요."

짝짝짝, 여기저기서 박수 소리가 나온다. 오 교수님도 신이 났다. 전공은 무역학이지만 안동에서 태어나 누구보다도 고향에 긍지를 갖고 계시다. 오늘 답사할 하회마을, 도산서원, 부석사, 소수서원에 대해 상세하게 설명해 주신다. 해박한 지식에 모두 깜짝 놀란다.

인생도처유청산(人生到處有靑山). 중국의 시성 소동파는 발길 닿는 곳마다 청산이 있다고 했다. 유 전 문화재청장님은 이를 살짝 비틀어 인생도처유상수(人生到處有上手)라고 했다. 삶의 도처에 숨어 있는 고수들을 만나게 되고 그들을 통해 새로움을 깨닫게 된다는 얘기다. 오늘 오 교수님이 바로 그 고수다. 조금 전 안동 김씨 어쩌고 한 내가 갑자기 민망해진다.

하회마을, 강남교보타워센터 직원들과

하회마을에 도착했다. 조선시대 대유학자 겸암 유운용 선생과 동생 서애 유성룡 선생이 태어난 곳이자 풍산 유씨가 대대로 살아온 전형적인 집성촌

내 마음의 은행나무

이다. 한국 전통 가옥의 아름다운 미가 살아 있는 물 하(河), 돌아올 회(回)의 하회마을이다. 계절을 잊은 듯 노란 개나리꽃이 우리를 반긴다. 500년 된 수호신 느티나무에는 모진 풍파를 이겨낸 까치집이 앉아있다. 저 까치는 왠지 혈통이 좋을 것만 같다. 양진당에서 풍산 유씨 고택의 아름다움을 만끽하고 충효당에 들러 징비록도 살펴본다. 참새 떼가 한 무리 휘몰아간다. 어린 시절 바구니에 새끼줄을 매달아 참새 잡던 추억이 떠오른다.

날씨가 추워진 후에야 잣나무가 늦게까지 푸름을 안다고 했던가. 백사장 위의 노송들에서 선비의 절개를 느낀다. 까치 먹으라고 남겨 놓은 홍시에는 선조의 인심이 달려 있는 듯하다. 여인네 허리를 휘감은 듯한 강 건너 부용대 밑의 옥연정사, 겸암정사의 주인장께서 나룻배 타고 다녀가라고 손짓하는 듯하다. 부용대를 배경으로 기념사진을 찍고 안동 맛집으로 발걸음을 돌렸다. 안동찜닭에 간고등어…. 반주 한잔 슬슬 잘 넘어간다. 도산서원(陶山書院)까지는 55km, 꾸불꾸불 일차선이다. 1시간 20분 동안 선잠을 청한다.

도산서원 내 신기독

왜 '도산'이라 했을까. 도산서원으로 가는 우측 강가에서 오리 떼 수십 마리가 물결을 스치며 하늘로 비상한다. 강 언덕이 내 고향 부여 백마강 옆 삼의당 언덕과 어쩌면 그리 비슷한지. 강가의 절벽, 강 건너 드넓은 평야, 수백 년 된 은행나무와 노송들이 모두 빼다 박았다. 이게 우연인가, 필연인가.

오 교수님에 따르면 도산서원은 퇴계 이황의 학문과 덕행을 추모하기 위해 1574년 퇴계 사후 영남 유림들이 도산서당 뒤편에 창건했고, 1575년에는 선조로부터 한석봉 선생이 쓴 도산 현판, 즉 사액(賜額)을 받았다고 한다. 도산서원 현판 아래 마루에 앉아 마치 줄에 앉은 새들처럼 기념사진을 찍었다. 전시실에 가슴에 새길 퇴계 선생의 현판이 눈길을 끈다.

'신기독(愼其獨)하고 징분질욕(懲忿窒慾)하라.'

군자는 혼자 있을 때 삼가고 분노와 사욕을 다스려 평정심을 유지하라는 뜻이다. 신기독, 이 세 글자를 답사 내내 가슴에 눌러 심는다. 생각해 보니 대학도 군자의 덕목으로 신독(愼獨)을, 율곡 이이도 학문의 출발로 신독을 꼽은 듯하다. 오늘 마음에 새겼으니 오늘부터 몸소 실천하자. 도산서원을 나오는 길에 강 건너로 과거를 보던 경연장 시사단이 보인다. 애초에는 평지에 있었는데 안동댐 건설로 10여 m 단층을 쌓아 올렸다는 말씀을 들으며 부석사로 이동했다.

무량수전

내 마음의 은행나무

부석사, 명사클럽 회원님들과

부석사(浮石寺)는 우리나라 화엄종의 본찰로 신라 문무왕 16년(676년)에 의상이 창건한 것으로 전해진다. 우리나라에서 가장 오래된 목조 건축인 무량수전과 조사당이 있으며 아미타여래좌상, 삼층석탑 등 문화재가 남아 있다. 절에서 주차장 쪽으로 내려오시는 스님이 우리를 반갑게 맞으며 꼭 삼층석탑을 돌면서 소원을 빌라고 말씀하신다.

일주문을 지나고 사천왕문을 지나니 웅장한 목조건물 무량수전이 우리를 반겼다. 이런 순간에 기념사진은 필수다. 무량수전(無量壽殿). 글자에서도 역사의 숨결을 느낀다. 무량수불인 아미타불을 모신 법당이다. 무량은 한계가 없는 완전성을 뜻한다. 부처님의 공덕이 인간의 인식 능력을 벗어나 무한함을 의미한다. 그 앞에서 나는 한없이 작아진다.

전설의 선비화(禪扉花)를 보러 언덕으로 올라갔다. 의상이 자신이 쓰던 지팡이를 사찰에 꽂았는데, 거기서 자란 나무가 바로 선비화란다. 아기를 못 낳는 여인이 선비화 잎을 삶아 그 물을 마시면 아들을 낳는다는 속설이 전해지면서 나뭇잎을 마구 따 가는 바람에 나무가 많이 훼손돼 현재는 철책으로 둘러싸여 보호되고 있다. 귀하신 몸이다. 내가 이곳에 지팡이를 꽂으면 무슨 꽃이 피어날까. 뜬금없는 생각이 순간 스친다. 대사님 영정을 향해 삼배를 드리고 부석사를 내려와 마지막 행선지인 소수서원으로 향한다.

시간이 5시에 가까워지면서 사방이 어둑어둑하다. 소수서원은 풍기 군수 주세붕이 안향 선생을 배향하는 사묘를 모셨다가 1542년 유생 교육을 겸비한 백운동서원으로 설립한 것이 시초다. 뒤에 '이미 무너진 학문을 다시 이어 닦게 하라'라는 의미의 소수서원(紹修書院)으로 이름이 바뀌고 명종으로부터 사액(賜額)을 받아 현재에 이르렀다. 소수서원 입구에 수백 년 역사와 모진 풍상을 이겨 낸 은행나무 두 그루와 노송이 자신의 나이테에 역사를 새기고 있는 듯하다. 그러나 어둠이 깔리면서 마음이 급해졌다. 서원의 교육 방식 등은 추가 공부하기로 하고 영주의 한우 맛집에서 포식하는 것으로 문화 답사를 마무리했다.

나름 유교적 가풍을 배우고 자란 집안이라서 그런지 나는 역사나 문화 탐방을 좋아한다. 역사를 거슬러 오르고 문화를 거슬러 오르면 조상의 혼을 만나는 느낌이다. 그건 나의 뿌리를 찾아가는 일이기도 하다. 먼 훗날 내 후손도 역사를 거슬러 올라 나를 만날 것이다. 그 생각을 하니 도산서원에서 새긴 '신기독(愼其獨)' 세 글자를 더 꼭 품게 된다.

충청오현(忠淸五賢)을 기리며

명사클럽은 우리은행의 자랑스러운 명예지점장 모임이다. 명예지점장은 소속 지점의 신규 고객 유치를 위해 거래처를 소개해 주고 지점 직원들과 봉사 활동도 하는 자리다. 멋진 은행원이 되는 가이드로서 젊은 직원들에게 다양한 경험도 들려준다. 은행 입장에서는 아주 소중한 분이다.

삼고초려(三顧草廬)는 인재를 모시기 위해 정성을 다하고 인내하는 것을 이른다. 유비는 세 번이나 융중(隆中)으로 제갈량을 찾아갔다. 두 번째 방문 때는 한겨울 찬바람이 살을 에는 듯했고, 세 번째 방문 때는 예를 갖추기 위해 제갈량의 초가집에서 반 리나 떨어진 데서부터 말에서 내려 걸었다. '자신의 초가집에 몸소 세 번이나 찾아온(三顧草廬)' 정성에 감동한 제갈량은 재능과 지혜, 마음을 다해 유비를 보좌했다.

훗날 제갈량은 출사표(出師表)에 당시의 심정을 담았다.

"신은 본래 밭갈이하며 구차한 목숨을 보전하려 했을 뿐,

세상에 이름이 알려지기를 바라지 않았습니다. 선제(유비)가 신을 천하다 생각지 않으시고, 황공하옵게도 스스로 몸을 굽히시어 세 번이나 초막을 찾아오셔서 신에게 세상일을 물으시니 이에 감격해 선제를 쫓아다닐 결심을 한 것입니다….”

나도 삼고초려의 심정으로 키다리식품 이명수 회장님을 일미농수산 오영철 회장님에 이어 대전충청본부 명사클럽 지회장님으로 모셨다. 개인 일로도 눈코 뜰 새 없이 바쁘신데도 내 정성에 회장직을 수락하셨다.

IMF 여파로 인한 은행 합병 등으로 어수선해 일부 기업들이 떠나기도 했지만 이 회장님은 변함없이 우리은행 가족으로 남아 주셨다. 늘 감사한 마음이었는데 지회장까지 맡아 주시니 감사가 곱절이다. 키다리식품 회사 정문에는 리처드 바크의 《갈매기의 꿈》에 나오는 문구가 부착되어 있다.

‘가장 높이 나는 새가 가장 멀리 본다.’ ‘더 높이 날아서, 더 멀리 보기 위한 갈매기 조나단같이!’

늘 희망과 꿈을 갖고 그 꿈을 이루기 위해 끊임없이 노력하는 회장님의 뜻이 오롯이 담겨 있다. 회장님이 나에게 제안했다.

(좌로부터) 김왕환 사장님, 이명수 회장님, 남기명 부문장님, 필자

“윤 본부장, 지난해 서울에서 대전까지 내려오신 성균관대 오

내 마음의 은행나무

교수님 모시고 안동 지역을 방문한 것은 평생 잊지 못할 문화 답사였어요. 지회 행사 때마다 골프나 쳤는데 올해도 문화 답사로 멋진 추억 여행을 만들어 봅시다."

"네, 지회장님의 말씀 깊이 받들어 멋진 프로그램 만들어 보겠습니다."

어디가 좋을까. 작년에는 안동 지역으로 좀 멀리 갔으니 올해는 내 고향 충청에서 찾아보자. 백제의 수도인 우리 고장 부여도 있고 공주도 있고 방문할 곳이 얼마나 많은가. 대전 인근부터 찾아보고 작년처럼 명사를 초빙해 강의도 듣자. 명예지점장님들이 저리도 좋아하시는데. 우리은행이 입점해 있는 충남대의 한문학 전문가 이송희 교수님께 뜻을 전달하니 흔쾌히 수락하시며 의견까지 주신다.

"본부장님, 충청오현이신 미촌 윤선거, 동춘당 송준길, 우암 송시열, 초려 이유태, 시남 유계를 아시나요? 이분들이 계신 곳을 방문하면 어떨까요?"

"동춘당과 우암 사당은 대전 시내에 있어 많은 분들이 방문했을 것이고 작년에 소수서원, 도산서원에 갔으니 올해는 돈암서원과 명재고택 그리고 종학당을 방문해 공부하는 게 더 낫지 않을까요?"

문화 답사 코스는 내 생각대로 정해졌다. 근데 날씨가 걱정이다. 기상청에서 내일은 비가 엄청나게 온단다. 새벽까지만 내리고 멈춰 달라고 기도했지만 소원은 이뤄지지 않았다. 명예지점장님 20분과 지점장 25명을 태우고 돈암서원으로 향하는 버스 안에서 교수님의 강의 말씀이 차창을 때리는 빗줄기 소리 때문에 들릴까 말까 한다. 표정들에 근심이 어린다. 기도발이 늦게 먹혔나. 돈암서원에 도착하자마자 거짓말같이 세차던 빗줄기가 이슬비로 바뀐다. 모두 발걸음이 날아간다.

돈암서원은 조선 중기 유학자 김장생 선생의 학문과 덕행을 추모하기 위해 1634년에 창건되었으며 1660년 현종에 의해 사액된 호서 지방(충청도)의 대표적인 서원이다. 흥선대원군의 서원 철폐 후에도 전국에 보존되어 있는 서원 47개 중 하나다. 서원에는 강당, 동재, 서재, 서우, 장편각, 양성당 등 건물 10여 동이 있으며 유경사에는 김장생 선생을 주향으로 그의 아들 김집, 노론의 거두 송시열, 송준길 등이 배향되어 있다.

교수님 설명에 의하면 돈암이란 이름은 서원이 창건된 논산시 연산면 하임리 숲말 산기슭에 있는 바위 이름에서 유래되었단다. 또 김장생 선생은 모든 인간이 어질고 바른 마음으로 서로를 도와가며 함께 살아갈 수 있도록 개개인의 행동 방식을 규정하는 질서가 필요한데, 그것을 '예(禮)'라고 하셨단다. 나는 얼마나 예의를 지키면서 살았는지 반성하며 다음 목적지인 명재고택과 종학당으로 이동한다.

만사를 제쳐 놓고 우리를 기다리고 계셨다는 명재 윤증 할

내 마음의 은행나무

아버지 직계이신 윤완식 종손님이 직접 고택의 유래를 설명해 주셨다.

명재고택 방문

"명재고택은 조선 숙종 때 학자인 소론의 영수 윤증 선생님의 가옥인데 그의 호를 따서 명재고택(明齋故宅)으로 불리고 있습니다. 명재 선생님은 임금이 무려 18번이나 벼슬을 내렸으나 모두 사양할 정도로 성품이 대쪽 같았고 늘 선비의 길만 걸으셨지요. '덕을 밝힌다(明德)'는 신념으로 검소와 나눔을 몸소 실천하며 후대를 가르쳤습니다. 그래서 사람들은 선생님을 백의정승이라 불렀지요. 당시 초라한 집에 기거하자 이를 보다 못한 제자들이 추렴해서 1709년 고택을 지었지만 선생님은 과분하다며 끝내 초가집을 떠나지 않았다고 합니다. 그래서 연고만 있는 집이라 하여 고택의 고자는 다른 고택(古宅)과는 달리 연고 고(故)자를 사용합니다. 명재고택은 여름에는 서늘하고 겨울에는 매서운 북풍을 피할 수 있도록 설계되었습니다. 누마루에 올라 눈을 감고 400년 전 조선의 모습을 그려 보시지요."

잠시 눈을 감고 역사를 거슬러 오른다. 인자하면서도 근엄한 명재 선생님이 일필휘지로 시를 쓴다. 문득 선생님의 '더위(暑)'라는 시가 떠오른다.

'구름은 아득히 멀리 있고 나뭇가지에 바람 한 점 없는 날/ 누가 이 더위를 벗어날 수 있을까/ 더위 식힐 음식도, 피서 도구도 없으니/ 조용히 책을 읽는 게 제일이구나'

'속세를 떠나 은거하면서 나아갈 때를 아는 집' 뜻의 정진석 의원 외조부님께서 쓰신 '이은시사(離隱時舍)' 편액이 붙어 있

종학당 정수루

는 대청마루 맞은편 열녀 공주 이씨의 정려각 문구를 읽으며 마지막 목적지 종학당으로 향했다.

종학당은 충청남도 유형문화재 152호로, 1628년 윤증 선생의 큰아버지인 동토 윤순거 선생이 건립해 파평 윤씨 문중에서 관리해 오던 학당이다. 논산 호암산을 배산으로 앞쪽에 종학당이 자리하고 뒤쪽에는 강학과 학문 토론장인 백록당이 있다. 학문을 논하고 시문을 짓던 정수루와 승방인 정수암도 있다.

나는 인조를 모시고 남한산성에서 척화를 주장하신 문정공 팔송(八松) 윤황 할아버지와 그의 아우님이자 역시 필선으로 왕실 가족을 모시고 오랑캐와 싸우다 강화도에서 순절하신 충헌공 후촌(後村) 윤전 할아버지의 후손으로서 산소를 찾아 추모하곤 했었다.

내 마음의 은행나무

늦게 달려오신 명재학연구소 윤여갑 박사님이 종학당은 창건 이후 42명이나 과거에 급제시킨 충청의 명문 사학 기관이라며 어깨를 으쓱한다. 덤으로 나를 살짝 띄운다.

"여기 윤 본부장의 7대 직계이시며 충청도와 경상도 관찰사 및 예조판서를 지내신 반호 윤광안 선생께서 종학당 재건시 건축 자재와 400여 권의 서책에다 200석의 전답까지 출연해 주셔서 오늘날의 종학당이 있게 되었지요."

속으로는 조상님 덕에 으쓱으쓱하면서 겉으로는 손사래를 쳤다.

"아이고, 부끄러워 고개를 들지 못하겠습니다. 그만하세요."

'향기가 멀리까지 퍼지는데 그 향기가 더욱 맑다'라는 뜻의 학문을 토론하고 시문을 짓던 향원익청(香遠益淸)과 오가백록(吾家白鹿) 현판이 붙어 있는 정수루와 백록당을 배경으로 기념사진 촬영한다. 이로써 명사클럽 명예지점장님들과 상반기 영업을 멋지게 마감하고 고향인 충청에서 유교 문화 답사를 마치니 내가 무슨 조선 시대 사대부 집안의 학자라도 된 듯한 기분이다. 후임 본부장들도 이런 프로그램을 이어 갔으면 하는 욕심도 생긴다. 대전으로 향하는 버스 안은 훈훈했다. 내 마음도 따뜻하다.

고향집 '겸재 정선 임천고암' 삼의당 배경지

올해만은 부모님을 이발해 드리고

이슬이 내리고 가을이 본격적으로 시작된다는 백로(白露)다. 낮은 하루하루 짧아지고 풍년을 기원하는 농부의 마음은 더 간절해진다. 오늘은 일 년에 딱 한 번, 아버지 어머니 머리를 깎아 드리는 날이다. 아침 일찍 서둘러 산소에 계신 부모님 품으로 달려간다.

지난 몇 년간은 벌초를 대행하는 분들에게 돈을 주고 부모님 산소 머리를 깎아 드렸다. 예초기를 짊어지고 7대 조까지 벌초하고 나면 일주일간은 온몸이 쑤셔 드러눕다시피 한다. 형님들도 오가며 길거리에 뿌리는 돈 생각하면 일당 주는 벌초가 경제적으로 낫다며 인부를 쓰자고 했다. 그렇게 우리 형제는 효심보다 실리를 택했다. 귀찮음을 논리적으로 회피하는 시류에 편승한 것이다.

하지만 한 달 전부터 올해만큼은 부모님 산소만은 내가 직접 깎아 드려야겠다는 생각이 들었다. 얼마 전에 올해 탄생한 당신의 증외손녀 우주를 데리고 일가족 모두가 성묘를 드려 마음이 한결 가볍긴 했다. 그래도 자칫 올해가 직장 생활의

내 마음의 은행나무

마지막이 될지도 모른다는 생각에 꼭 내가 손수 깎아 드리고 싶었다. 어쩌면 부모님 음덕으로 직장 생활을 더 했으면 하는 욕심이 있었는지도 모른다.

마침 대행비가 기당 20만 원으로 오른 데다 인부 자체를 구할 수 없다는 전갈이 왔다. 표를 예약하고 행신역에서 KTX 열차를 탔다. 오늘 따라 한강이 더 아름답다. 하늘도 높다. 마음이 산소에 가 있어서 그런지 열차가 더디게 간다. 작년, 재작년 대전에 근무할 때는 틈틈이 성묘를

용운(龍雲)동산

가 부모님 내음새를 맡고는 했지만 연초 서울로 오면서부터는 뜸했다. 거리가 멀어지면 마음도 멀어지는 게 세상 이치다.

'머리 예쁘게 깎아 드릴께유. 조금만 기다리세요. 엄마 아부지!'

그리고 보니 '아부지'는 참으로 오랜만에 불러 본다. 초등 2학년인 1970년 가을 어느 날, 아버지는 괘종시계를 사라고 어머니한테 5000원을 주셨다. 그런데 신발 가게에서 돈을 넣은 포대 지갑을 소매치기 당했다. 어머니는 집에 오셔서도 "그 돈이 어떤 돈인데, 그 돈이 어떤 돈인데" 하시며 발을 동동 구르셨다. 아버지는 장부답게 "다치지 않은 게 다행이지.

괜찮아, 괜찮아."하시고, 그다음 장날 웅장하게 울리는 괘종시계를 사 오셨다. 아직도 생생한 어린 시절의 기억 한 컷이다. 또 아버지는 운반선을 끌고 나가셨다 돌아오시면 "석구야, 석구야" 하고 나를 부르며 배 연결 끈을 강변 나무에 매

백마강 반호(盤湖)

어 달라고 하셨다. 고사리 같은 6~7살 손힘이 도움이 되었는지는 지금도 아리송하다. 하지만 "석구야, 석구야" 하시던 아버지 목소리는 여전히 귓가를 맴돈다. 그런 아버지는 조부님이 돌아가시자 삼년상을 치러야 한다며 수염도 깎지 않고 거의 움막 생활을 하셨다.

"아부지! 아부지!"

오늘은 아들이 아버지를 불러 본다.

창문 너머 들녘은 황금색을 띠어 간다. 한때 짙푸르던 청춘이 누렇게 익어 간다. 그 모습이 아름답다. 나도 저리 이쁘게 익어 갈까. 열차는 서대전을 지나 강경역에 다가갔다. 잠시 후면 부모님 품이다.

무성했던 머리를 이쁘게 이발한다. 아버지 어머니가 자꾸 나를 부른다.

"석구야, 석구야. 고맙다, 고맙다!"

불순(?)한 음덕 욕심이 순간 사라진다.

"아버지 어머니, 내년에도 꼭 머리 깎아 드릴께유!"

내 마음의 은행나무

천상의
어머니께

학사장교 반지

사랑하는 어머니!

어머니와 이별한 지 23년이 흘렀습니다. 천상에서 잘 지내고는 계시는지요. 오늘은 음력 5월 13일, 어머니 생신날입니다. 보리타작하고 벼 심는 계절에 태어나셔서 그러하신지 평생을 일만 하시다 가셨나 봅니다.

제가 학사 장교 임관 때 피앙세라고 농담하며 어머니께 임관 반지를 선물로 끼워 드렸지요. 어머니는 셋째 아들이 준 장교 반지라고 그리도 좋아하시며 단 한 번도 약지에서 빼지 않으셨고요. 논밭일로 부엌일로 반지가 녹도 삭았지만 어머니는 그 반지를 셋째 아들 분신처럼 귀히 품으셨지요. 제가 자식을 키워 보니 어머니의 그 마음을 반쯤은 헤아릴 수 있게 되었습니다.

어머니가 아시는 것은 일이 전부였지요. 자식들 못 먹일까 봐, 자식들 못 입힐까 봐 노심초사하시며 하루하루를 견디셨지요. 배 안에 암덩이를 넣고 계시면서도 아프다 안하시고 논밭에서 신음하셨지요. 자식들에게 폐가 될까 봐 숨기고 또 숨기셨지요. 아버지 일찍 떠나고, 어머니 어깨에 얹힌 육 남매의 무게가 천근만근 얼마나 무거웠을까요.

어머니는 위대하고 거룩하셨습니다. 세상의 어머니가 모두 위대하지만 나의 어머니는 더 위대했습니다. 어머니의 그 위대한 손길로 저희 육 남매가 세상을 당당히 걸어갑니다. 이승에서 아버지와의 인연이 짧았으니 천상에서 두 손 꼭 잡고 꽃구경도 다니십시오.

버들피리 새순 돋는 우어의 계절에는 어머니의 손맛이 더 그리워집니다. 어머니는 우어회를 뜨고 남은 뼈를 잘게 으깨고 바순 뒤 밀가루를 섞어 동그랗게 완자를 만드셨지요. 가마솥에 장작불 붙여 소금과 조선간장을 넣고 두어 시간 고아 낸 그 맛은 동네 누구도 흉내 내지 못했고요.

그리고 언제나 늘 어머니의 손으로 빚은 술은 제사음식에 올려야 한다고 몇날 며칠 정성을 빚으신 동동주,

어머니의 손맛

상수리 도토리 주워 말려 그 한겨울 찬물에 담가 쓴맛 빼고 솥단지 불지펴 하루 종일 고와 만든 그 깊은 묵 맛!

내 마음의 은행나무

저는 어머니가 하늘나라로 떠나신 뒤 그 맛을 어디서도 찾지 못했습니다.

어제 빗길 출근길에 우의를 입고 야쿠르트카를 운전하는 아주머니에게서 어머니 모습을 봤습니다. 우산 없이 달려가 야쿠르트 두어 봉지 담아 직원들에게 나눠 줬습니다. 어머님은 사과밭에서 사과 한 광주리 사서 머리에 이고 "사과 사 주세요, 사과 좀 사 주세요. 자식새끼들 입에 풀칠이라도 하게 사과 좀 사주세요" 하며 이 집 저 집을 다니셨지요. 꼬깃꼬깃한 그 돈으로 명태 두어 마리, 두부 몇 모 사 오셔서 된장 넣고 끓여 자식들 입에 넣어 주시던 그 사랑을 이 자식이 잊지 못합니다. 어머님의 그런 사랑으로 못난 아들이 여기까지 왔습니다. 어머님, 그립고 또 그립습니다. 봄비가 내려도, 햇살이 따뜻해도, 찬바람이 불어도 어머님이 늘 그립습니다.

가끔은 꿈속에서라도 오셔서 어머님 얼굴 좀 보여 주십시오. 쪽머리 어머니 새끼손가락에 이제는 다이아 반지 하나 끼워 드리고 싶습니다. 오늘 밤에 어머님을 기다리겠습니다.

2018년 6월 26일,

어머님 생신날에 불효자식 셋째 드림

6월의
아픈 단상(斷想)

6.25 전사자 철모

고모님은 날개 없는 천사다. 온후한 천성의 할아버지 유전자를 그대로 물려받았다. 하지만 하늘은 천사에게도 시련을 주시는 것일까. 그런 고모가 가장 끔찍한 인고의 세월을 보냈다. 몇 년 전 '67년 만의 귀향'이라는 프로그램을 보며 눈물을 흘린 적이 있다. 국방부 유해 발굴 감식단과 대한민국역사박물관이 6·25 전사자 유해 발굴 특별전 〈67년 만의 귀향〉(Bring Them Home)을 열었는데 그 내용을 바탕으로 만든 프로그램이다. 많은 사연 중에 고모님과 너무나 똑같은 사연이 생각나 현충일을 앞두고 추념의 글을 적는다.

고모님은 열아홉 살이던 1947년 따뜻한 봄날에 결혼식을 올렸다. 신방을 차린 지 얼마 후 6·25 전쟁이 터졌고 고모부는 징집이라는 국가의 부름을 받았다. 개성 넘어 어느 전선으로

내 마음의 은행나무

갔다는 소문은 무성했지만 정확한 싸움터는 누구도 몰랐다.

큰 놋쇠 사발에 한가득 정화수를 담아 장독대에 올리고 무사를 빌고 또 빌어도 남편은 감감무소식이었다. 무소식이 희소식이라지만 이건 사정이 달랐다. 그렇게 1년이 흘렀고, 그 사이 딸이 태어났다. 죽었는지 살았는지 남편의 생사를 알 방도가 없어 두어 달에 한 번 말라 버린 눈꺼풀로 딸아이를 등에 업고 친정집에 와 마루에서 펑펑 울었다.

무심한 게 세월이라, 그동안 딸이 출가해 또 아이를 낳았다. 고모님은 곡절의 세월 어언 35여 년을 남편 생사를 모른 채 살았다. 그 인고의 아픔을 누가 온전히 가늠할까. 그런데 외손녀가 할머니의 아픔을 헤아려 국방일보 독자란에 글을 냈다.

국립묘지

'우리 할머니는 6·25 전투에 참여한 할아버지 생일날에 매년 할아버지 잡수라고 미역국 끓여 올리고 있어요. 하지만 아무리 정성을 다해 생일상을 차려도 잡수실 분이 나타나지 않아요. 누구 혹시 한상세 우리 할아버지 아시는 분 있으면 연락 주세요. 꼭 부탁합니다. 꼭!'

이런 효손이 있을까. 그러나 안타깝게도 답은 싸늘했다.

'안녕하세요. 국방일보 신문 보고 연락드립니다. 저는 제1

국립 대전현충원

보병사단 한 소대원과 함께 ○○전투에 참여한 전우 ○○○ 입니다. 유감스럽게 1950년 8월 아무 날 적들과 치열하게 싸우다 전사하셨고 군번 줄만 챙겨와 현재 국립묘지에 안장되어 있습니다. 혼자만 살아와 한 전우 뵐 면목이 없습니다.'

고모님은 통곡하셨다.

"아! 그래도 조선 땅 어디든 살아는 있을 줄 알고 그 인고의 세월을 버텼는데 홍희 애비 참으로 무심하구려! 참으로 참으로 나쁜 사람이구려. 내가 무얼 그리 잘못했다고 이리도 천벌을 주십니까. 이제는 생일상 대신 제사상 올릴랍니다. 잘계시소. 내도 조만간 찾아 올라가리다!"

운명이 이리 기구한가. 고모님은 신혼살림 100여 일 만에 헤어진 남편과 60년을 넘어 천상에서 재회했다. 삶과 죽음으로 다시 만났다.

내일은 망종이자 현충일이다. 망종에는 보리를 수확하고 벼를 심기 시작하는 망종(芒種)과 생을 마감하는 망종(亡終)도 있다. 공교롭게도 날짜로는 6월 6일 같은 날이다. 매년 현충일이 다가오면 우리 학사 장교 동기 6백 유병희 회장을 비롯한 동기회장단은 대전 국립현충원을 참배하고 먼저 간 동기들을 추념한다.

　　　　　　　　　　내 마음의 은행나무

나는 개인적으로 국립묘지를 자주 찾는다. 강남교보타워센터에 근무할 때 마음이 우울하거나 '은행 발전에 힘을 주십사' 하고 기도를 드리고 싶으면 출근길에 동작동

현충일 태극기 꽂고

국립묘지를 들러 순국선열들께 묵념을 드리곤 했다. 그럼 이 상하게 마음이 평온해진다. 내 마음 안에 고모가 있기 때문인지도 모른다. 대전충청본부 근무 시에는 소모임을 만들어 현충원과 자매결연을 맺고 점심시간을 이용하여 월 1회 비석 닦기와 잡초 뽑기, 소형 태극기 꽂기 등의 자원봉사도 했다.

조금 있으면 무궁화가 만발할 것이다. 무궁화든 국화든 꽃 몇 송이 들고 고모부님 묘소에 헌화하고 묵념의 예라도 갖춰야겠다. 그리고 천사 곁을 왜 그리 모질게 떠나셨느냐고 물어봐야겠다. 분명 '국가의 부름'이라는 대답이 하늘에서 들려오겠지만.

꿈은
사라지고…

아픈 기억일수록 장면이 또렷하다. 2018년 11월 29일 오후 6시 전후다.

당초 일정대로 성북동대문영업본부 비즈니스클럽 송년 행사와 만찬을 마치고 헤어질 즈음 평소 좋아하는 J 후배로부터 톡이 왔다.

"형, 지금 임원들 회의를 소집했고 임원 인사도 한대."

"그래? 일주일이나 남았는데 그렇게 빨리? 진심으로 고마워."

핸드폰 속의 I-Gate를 열어 본다. 두렵고 떨리니 비밀번호 입력이 연속 에러가 난다. 세 번째 만에 접속이 되었다. 그런데 그런데, 아무리 보고 또 봐도 이름이 보이지 않는다.

'아, 부행장 임원 선임이 되지 않았구나! 안 되었구나. 되지 않았구나!'

한 달 전 3년 동안 키운 베란다 녹보수가 그리도 예쁘게 꽃을 피웠다가 일주일도 견디지 못하고 이유도 없이 잎과 줄기

마저 시들어 죽더니, 그 녹보수는 내 운명을 미리 예견이라도
한 것인가.

제주도

본부장 승진 시에는
박근혜 전 대통령님께
서 빈 의자를 가리키
며 "저 자리가 윤 센터
장이 앉을 자리입니다"
라며 손을 잡아 의자에
앉혀 주는 꿈과 Golf장 Par 3 Tee shot이 핀 1m에 착 붙는
꿈을 연달아 꾸었다. 너무 길몽이어서 쭉 잘될 거라는 기대감
이 있었던 것도 사실이다. 한데, 길몽은 본부장까지였다.

다리가 후들거리고 눈물이 나온다. 땅바닥에 주저앉아 버
린다. 왜 되지 못했을까? 우리은행을 이끌어 갈 만한 자격과
함량에 미달한 탓이겠지. 삼류대 출신에 능력이 부족한 게 첫
번째 이유겠지. 스스로를 그리 달래다가도 물음표가 연이어
따라붙는다. 그렇지만 왜? 왜? 왜?

행사장에서 집으로 가려던 발길을 돌려 사무실로 향했다. 당
초 임기가 12월 8일까지이기에 일주일여 시간이 남아 있었다.
동료와 후배들의 전화로 휴대폰에 불이 난다.

"선배님, 명단에 없네요. 응원 많이 했는데, 너무 안타까워요.
그런데 선배님, 혹시 자녀분이 은행 다니나요? 은행 다니는
자녀를 둔 모 선배님도 그런 영향이랍니다."

우리 아이들 둘 다 입행 시험과 면접을 보았다. 면접에서 둘 다 떨어졌고 나는 결단코 그 누구에게도 잘 부탁한다고 입을 뻥끗한 사실조차 없다. 오얏나무 밑에서 갓끈 동여매지 말라고 했던가. 하늘을 우러러 부끄럼 한 점 없지만 이삼 일 전부터 자녀가 은행에 다니면 임원이 안 된다는 소문이 무성했다더니. 혹시나 하는 생각에 마음이 더 무거웠다. 원래 패자는 핑계가 많고 탓도 많은 법이다.

사무실에 도착해 주섬주섬 책상을 정리했다. 원래 월요일부터 정리할까 했는데 선임이 일주일이나 당겨지니 뭐부터 해야 할지 눈앞이 캄캄했다. 짐은 왜 또 그리 많은지. 애지중지 보관하던 30년 동안의 명함집, 필기통, 액자, 연필 한 자루 뭐 하나에도 추억이 박히지 않은 것이 없다. 마음이 안에 없으니 짐 포장도 제대로 되지 않는다. 아이들 때문이라는 그 소문만 머릿속에 꽉 엉켜 있을 뿐이다. 밤 11시 30분, 대충 정리하고 집으로 향했다. 적막한 자동차 안에서 한숨만 나온다.

'내 꿈도 여기서 사라지는구나. 내 열정도 여기서 식는구나.'

30년간 뒷바라지만 한 애들 엄마 얼굴을 볼 면목이 없다. 고개를 들 수가 없다. 들어지지가 않는다.

"지애 엄마, 미안해. 임원이 되지 못해 미안해. 정말 미안해요."

소파에 푹석 주저앉아 눈을 감았다. 하지만 감아도 감은 게 아니다. 소문 내용만큼은 절대 동의할수 없고 내 자존심이 허

내 마음의 은행나무

락하지 않는다.

차라리 능력부족이었다라고 했다면 충분히 납득이 되었겠지만 공정과 상식에 맞지 않고 더구나 내 이름 석자 걸고 결단코 시험 및 면접 이야기를 입밖으로 꺼낸 적이 없기에 심장 박동이 밤새 쿵쾅쿵쾅 요동을 치며 여명의 시간을 맞이했다.

2018년 11월 30일! 30년 동안 나의 직장이자 우리 가족의 울타리였던 우리은행에 마지막으로 출근한 날이다. 뜬눈으로 밤을 새워 얼굴이 상기되고 우수가 가득하다. 노타이로 출근해도 되지만 마지막 출근길에는 열정의 아이콘이었던 붉은 넥타이를 맸다. 우리은행에서 뜨거운 날들을 보냈으니 떠날 때도 뜨겁게 떠나고 싶었다.

돌이켜 보면 내 삶도 굴곡이 많았다. 1980년 8월 18일, 태평로 삼성본관 27층에서 이병철 회장님으로부터 직접 면접을 보고 고졸사원으로 삼성물산에서 사회생활을 시작하면서

삼성본관

대학을 다니고 학사 장교 전역과 동시에 1989년 8월 19일 한일은행 대졸 신입 은행원으로 연을 맺었다. 29년 3개월 11일을 우리은행과 함께했으니 삶의 절반을 이곳에서 보냈다. 회자정리(會者定離). 만나면 헤어지는 게 세상의 이치라지만, 이별하는 가슴은 아프고 발길은 무겁다.

의정부 한빛학교

내 마지막 출근 날
은 연세대 창의공학연
구원 1년 과정을 공부
한 연유로 김우식 전
연세대 총장님의 추천
과 개성공단에서의 근무 이력을 바탕으로 의정부에 있는 한빛
학교에 탈북 학생 대상 기부금을 기증키로 되어 있었다. 실무
를 맡은 김용빈 장한평 센터장이 전달식을 연기하자고 했다.
내 처지를 헤아려 준 마음이 고마웠다. 하지만 기부금 전달식
과 나의 임원 낙방이 무슨 관련이 있는가. 은행 재직 중 마지
막 뜻깊은 봉사로 후배들한테 의연하게 유종의 미를 거두는
모습을 보여 주어야겠다는 마음으로 9시 한빛학교에 도착해
200만 원을 기부하고 열심히 공부해서 대한민국의 자랑스러
운 역군이 되어 달라고 격려한 뒤 사무실로 돌아왔다.

책상에 앉아 컴퓨터를 켰다. 지난 일 년간 꼴등 본부 탈출
하자고 어르며 격려했던 250명 성북동대문영업본부원들한테
작별 편지라도 쓰고 싶었다. 일 년 만에 꼴등 본부에서 최상
위 본부로 등극했으니, 떠나기 전에 그들의 열정에 고마움을
전하고 싶었다.

뭐라고 쓸까. 지점장 부임 후 10여 년간 매월 첫 영업일 아
침에 직원들의 노고에 대한 감사와 다음 달 영업 추진 방향 등
에 관해 장문의 글을 쓰기도 했지만 정작 고마움을 전하려니

가슴만 먹먹할 뿐 손가락이
제대로 움직이질 않는다. 딱
세 줄로 감사의 마음을 적었다.

성북동대문영업본부

"자랑스러운 나의 우리은
행 성북동대문영업본부원
여러분.

사랑합니다. 감사합니다. 그리고 미안합니다."

다른 직장도 비슷하겠지만 통상 우리은행은 발령 당일에
책상을 다 비운다. 그리고 본부장급 이상은 은행 전체 게시판
에 마지막으로 이별의 편지를 쓴다. 살아온 날의 절반을 동고
동락한 우리은행을 떠나려니 마음이 천근만근이다. 구구절절
사연을 은행 게시판에 읊은들 무슨 소용이 있겠는가. 말없이
떠나는 뒷모습이 더 아름답지 않겠는가.

우리은행 이름을 단 마지막 점심시간. 먹히지 않는 밥 두세
숟갈을 겨우 물로 훔쳐 마무리했다. 권진완 전농동지점장이
위로 겸 인사차 왔다. 수년 동안 영업본부 지점 중 유일하게
처음 1등 지점으로 등극한 이성국 장위동지점장한테도 연락
이 온다. 저녁에 간단히 송별 식사라도 하잔다. 내 마음이 돌
처럼 단단한 탓에 위로가 가슴에 스며들지 못한다. 토양이 부
드러워야 씨앗이 움을 틔우는 법이거늘. 그래도 그 마음들은
아직도 내 안에 간직하고 있다.

저녁 6시. 차에 실을 수 있는 대로 짐을 실었다. 우리은행

241

성북동대문영업본부 앞에 서 혼자 셀프 사진도 찍었 다. 추억을 사진으로 남기 고 싶었다. 영원한 우리은 행과 이별의 소주 한잔은

지점장님들을 섬기며

기울여야 되지 않겠나. 직원들과 삼겹살집으로 갔다. 한 잔 한 잔 그간의 노고에 감사드린다는 말을 들으니 가슴이 울컥 한다. 그래도 사내대장부답게 태연히 고맙고 감사하다며 한 명 한 명과 포옹으로 작별 인사를 했다.

9시 30분. 집으로 출발했다. 이제 정말 마지막 퇴근길이다. 길게 보면 38년 3개월 12일, 내 인생 대장정의 1막에 마침표 를 찍는 순간이다. 내가 2막의 무대에 오를지는 나도 모른다.

밤하늘을 올려다본다. 아무것도 보이지 않는 어제와 똑같 은 하늘이다. 달라진 건 내 마음뿐이다. 늦은 밤이지만 우리 은행 위비톡 단톡 PB방, RM방, 부지점장방 등에 작별의 인 사를 올렸다. 회신 문구에 그나마 작은 위로를 받는다. 어쩌 면 인간 가슴 깊이 위로받고 싶은 욕구가 있는지도 모른다.

성신여대를 거쳐 미아리고개를 넘을 즈음 존경하는 황록 사장님의 카톡이 온다. 너무 아쉽다며 시간되면 소주 한잔하 잔다. 진심이 느껴져 온다. 고맙고 감사하다. 효자동으로 차 를 돌렸다. 두번이나 다닌 눈에 익은 성균관대 후문을 스쳐간 다. 언제 이곳에 다시 오려나. 나도 몰래 한숨이 나온다.

내 마음의 은행나무

우리은행 효자동지점에서 차를 멈추고 30여 분을 기다리니 저 멀리 황 사장님이 보인다. 대폿집에 들러 소주 한 병 한 치 두어 마리 시켰다. 측은해하시는 모습이 지금도 눈에 선하다. 내가 많이 배우고, 많이 의지한 분이다. 내 인생의 스승이다. 차로 댁까지 모셔다 드리고 싶었지만 혼자 가신다며 손사래를 치며 내빼신다. 존경하는 사장님 아니 스승님! 그동안 아껴 주심에 보답을 못해 송구하고 또 송구할 뿐입니다.

황록 신용보증기금 이사장님과

관성의 힘이 무섭다. 출근할 직장이 없는데도 12월 1일 토요일 주말에도 평소처럼 새벽 5시에 눈이 떠졌다. 반사적으로 손은 신문을 펼치지만 눈에 글자가 어른거려 읽히지가 않는다. 소파에 길게 누워 다시 눈을 감는다. 긴 한숨만 연거푸 쏟아 내는데 황 사장님께서 이 이른 시간에 문자를 주신다.

'너무 미안하고 또 눈을 뜨니 하루가 시작되네. 어제는 종일 마음이 무거웠네. 길을 걸어도 차창 밖을 보아도 너무 아쉽고 그동안 윤 본부장의 노력한 모습이 반추되었네. 우리 집사람도 너무 아쉽다며 눈물까지 글썽였네. 세상사 새옹지마 아닌가. 힘들겠지만 마음 추스르고 다시 새로운 희망을 추구해 보세. 더 많이 마음 아프실 사모님 잘 위로해 드리고!'

'울 큰형님 이상으로 더 가깝고 존경하는 사장님! 왜 이리 가슴이 시리고 아픈지 눈물만 나옵니다. 보내 주신 말씀에 하염없이 눈물만 쏟아집니다.'

나는 내 심정을 포장하지 않고 황 사장님께 그대로 보여 주었다. 가족 같은 분에게는 숨기고 꾸밀 필요가 없다.

12월 1일은 당초 대전에서 학사 장교 군대 동기들의 송년 모임이 예정되어 있었다. 무거운 마음을 추스르고 참석을 결심했다. 임원이 안 되었다고 늘 참석하던 모임에 빠지면 동기들이 나를 뭐라 하겠는가. 행신역에서 KTX를 탔다. 지난 2년간 대전을 왕복했던 시간들이 주마등처럼 스친다. 우리금융지주회사 상무에 선임된 황규목 입행 동기의 손을 번쩍 들어 동기생들 앞에서 축하의 박수를 유도했다. 함께 기념사진도 찍었다. 지난 29년간 앞서거니 뒤서거니 선의의 경쟁으로 여기까지 왔는데 나도 인간인지라 황 상무의 얼굴을 보니 마음이 더 시리다. 돌아오는 열차 안에서 며칠 전 정주연 장안북지점 차장이 보내 준 이형기 시인의 '낙화'를 꺼내 본다.

'가야 할 때가 언제인가를 분명히 알고 가는 이의 뒷모습은 얼마나 아름다운가/ 봄 한철 격정을 인내한 나의 사랑은 지고 있다/ 분분한 낙화…'

시가 나를 위로하는 듯도 하고, 비웃는 듯도 했다. 꽃도 피지도 못했는데 낙화는 무슨 낙화! 마음이 천국이고 마음이 지옥이라고 했던가. 나는 아직 지옥의 언저리를 맴돌고 있었

내 마음의 은행나무

대학로 핏제리아로 CS 담당 직원들과

다. 누구에게나 찾아오는 죽음을 남의 운명처럼 여기듯이 직장인이라면 누구나 찾아오는 이별을 나 또한 남의 일인 듯 여겼다. 하지만 정해진 운명은 한 치의 오차 없이 우리 앞에 다가온다. 다만 우리가 그걸 받아들이길 거부할 뿐이다.

열차가 집으로 가까워지면서 수차 마음을 다잡았다. 그래, 원망하면 무슨 소용이 있겠나. 또 누굴 원망하겠나. 최선을 다한 직장이면 그걸로 족하지 않은가. 삶은 뒤태로 평가된다 하지 않았나. 만남 끝에는 이별이 매달리지 않는가. 아름답게 떠나자. 아름답게 떠나자.

하지만 다잡은 마음은 금세 달아난다. 그것도 아주 저 멀리로. 끝이 이리 허망할 줄 알았다면 내가 왜 조직을 위해 그리 충성을 했단 말인가. 무엇을 얻고자 야생마처럼 평생을 뛰어다녔는가. 주말을 잃어버린 내 젊은 날은 어디서 찾아야 하나. 내 열정이 부메랑이 되어 내 가슴을 후볐다. 나는 바보 중 바보다!

직장을 잃은 직장인의 하루가 그렇게 갔다. 마음이 하루 수백 번씩 지옥을 오가면서 그렇게 저물었다. 꿈이 진 다음 날의 긴 하루는 그렇게 지나갔다.

마음 지옥
열흘

무심한 게 세월이다. 눈부시게 화려한 날도, 가슴 시리게
아픈 날도 시간은 제 박자에 맞춰 뚜벅뚜벅 갈 길을 간다. 인
간의 시계는 다르다. 기쁜 날은 빨리 가고, 슬픈 날은 더디게
간다. 회현동 은행나무 우리은행과 이별한 뒤의 열흘은 달팽
이처럼 시간이 기어갔다.

12월 2일 일요일. 반쯤 시체다. 목구멍이 포도청이라고 했
던가. 아침 겸 점심을 냉수에 고추장 찍어 풀칠만 한다. 다리
에 힘이 풀려 걷기조차 힘들다. 어제 오늘은 주말이라지만 내
일은 월요일인데 갈 곳이 없다. 갈 곳이 너무 많아 하루 일정
으로 버거운 날들이 엊그제였는데 이제 내가 갈 곳이 없다.

온종일 누워 하루를 죽친다. 저녁 먹으라는 말도 귀찮다.
둘째 아이가 제 언니하고 동생과 만들었다며 퇴직 기념패와
인생 2막 책을 선물로 내민다. 그 와중에도 자식이 링거인가
보다. 반짝 힘이 생긴다. 자식들한테 퇴직 기념패 받은 사람

내 마음의 은행나무

있으면 나와 보라며 동기 밴드방에 자식 자랑을 한다. 내가 생각해도 주책이다. 그래도 마음을 나누는 친구들 아닌가.

'30여 년 직장 생활을 하고 귀가하는 기념패를 저의 분신들에게 받았습니다. 그 누구에게서 받은 선물보다도 소중하고 귀한 선물입니다. 자식 자랑은 팔불출이라고 했지만 왠지 자랑스러운 우리 학사 장교 8기 6백 동기님들한테는 그래도 되겠다 싶었습니다. 우리 동기님들은 전우이니까요. 저의 허한 마음을 자식 자랑으로 채우는 것이려니 하시고 이해해 주십시오.'

195명이 읽고 58명이 댓글을 단다. 마음의 허기가 조금 채워진다. 동기가 이래서 좋구나 하는 생각이 든다.

월요일이다. 누군가는 직장이 싫어서 월요병을 앓는 날이고, 누군가는 직장이 그리워 월요병을 앓는 날이다. 직장이 없으니 갈 데는 없고. 출근하는 둘째 아이를 지하철역까지 태워준 뒤 쫑쫑이와 대장이 강아지 밥도 주고 똥도 치웠다. 내 하루 일상의 전부다. 그래도 몸에 밴 습성 탓인지 5시면 잠이 깨고 6시면 샤워를 한다. 어느 날은 아이를 지하철역 앞에 내려 주고 3년여간 넘나들던 자유로 임진각 방향으로 차를 돌렸다. "나는 문제없어! 윤태규 마이웨이"를 외친다. 순간 속도가 시속 160km를 넘는다. 주인이 방황하니 차도 방황한다. 집에 돌아와 네이버 검색창에 우리은행을 입력한다. 반사적인, 슬픈 손짓이다. 다리에 근육이 풀어지고 며칠 만에 체중이 4kg이나 빠졌다. 작년에 임원에 선임되지 못한 마호웅 선배 말씀이 생각난다. "다른 것이 슬픈 게 아니고 익숙함과의 이별, 그게 슬프고 마음 아프더라고!" 그래, 나도 지금 이별 몸살을 앓고 있는 것이다.

12월 8일은 공식적으로 은행과 본부장 계약이 종료되는 날이다. 자동차에 시동을 걸고 종로를 향한다. 앞으로 내 삶을 그려 보지만 스케치가 안개처럼 희미하다. 생전 처음 처사(處事)를 만났다. 부모덕이 없단다. 물 많은 곳으로 갈 거란다. 팔자에 오늘이 죽는 날이란다. 금전 관리는 철두철미하게 한 것 같단다. 위로가 되는 건 오늘로 삼재가 끝나고 다시 삼운이 들어온다나. 거기에 향후 20년간 대통이라니. 장사가 팔자였는데 지금까지 맞지 않는 옷을 입었단다. 늦지 않았으니 지금부터 장사하란다. 이걸 믿어야 되나, 그냥 웃어야 되나.

녹보수

물 많은 곳은 또 어디인가. 20년 대통이 반의반만 맞아도 좋겠다. 그래도 나름 위로를 받고 집으로 돌아왔다. 간사한 게 사람 마음이다.

역사적인 숫자 12월 12일이다. 며칠간 베란다에서 화려하게 꽃을 피웠다 처참히 죽어 간 녹보수가 주인의 운명을 미리 안 듯해 신세가 처량하고 마음이 쓰리다. 13일은

내 마음의 은행나무

33년 전 아이 엄마를 처음 만난 날이다. 뭐라도 이벤트를 하고 싶지만 몸과 마음이 따라 주지 않는다.

'안 되겠다. 어디로라도 떠나자.' 어디서 혼자 바람이라도 쐬지 않으면 못 견딜 것 같았다. 바다가 보고 싶다. 행주산성 아래 한강에도 가 보았지만 감흥이 없다. 넘

우도를 바라보며

실대는 푸른 파도를 보면 마음이 좀 고요해질까. 속옷 두 벌 배낭에 챙겨 넣고 김포 공항으로 향한다. 제주에 도착해 소형 모닝 렌터카가 굴러가는 대로 돌아다녔다. 이름 모를 등대에서 갈매기를 바라보고, 카페에서 하늘 쳐다보며 커피도 마셨다. 흑돼지 안주 삼아 한라산 소주로 마음을 달랬다. 그런데 마음이 그대로다. 파도는 그냥 파도요, 바다는 그냥 바다일 뿐이다. 갑갑한 마음을 안고서 하룻밤 자고 집으로 왔다. 군대 동기들 서울 모임에 참석했다. 유병희 동기회장이 마음 추스르라고 아침저녁으로 연락을 준다. 그 마음이 참 따뜻하다. 마음이 지옥이니 밤마다 수시로 개꿈을 꾼다. 다시 제주도가 생각난다. 그래, 다시 가 보자. 더도 말고 덜도 말고 한 달만 살아 보자. 마음의 지옥을 제주에서 천국으로 바꿔 보자. 아니, 바꾸지는 못해도 지옥을 벗어나 보자. 나는 그렇게 제주의 유배길 방랑길에 올랐다. 처사님 말씀대로 물 많은 곳으로.

유배길 방랑길
제주 한 바퀴

꿈이 깨지니 마음도 금이 갔다. 그 마음의 틈새로 허허로움
이 스며든다. 아픈 마음을 어찌할 수 없어 다시 제주를 찾았
다. 그건 여행이 아닌 유배길이자 방랑길이었다. 아니, 어쩌
면 유배가 치유가 될지도 모른다는 생각도 스쳤다. 인간은 여
행하며 성장하고 여행하며 아픔을 치유하는 동물 아닌가. 한겨
울 바닷가로 바닷가로 걷고 또 걸었던 제주 한 바퀴 242km
는 고행의 길이면서 깨달음의 길이었다. 차디찬 겨울 바다에
아픈 마음을 씻어 내고 그 자리에 작은 꿈을 심은 재기의 길
이기도 했다. 내 삶에 뜻이 깊은 여행이기에 이야기를 촘촘히
나눠 전한다.

비우고 채우고
제주 함덕 앞바다는 남태평양의 그 어떤 해변보다 아름답
다. 에메랄드 쪽빛의 바닷물이 온 마음을 훔친다. 백사장 한

내 마음의 은행나무

가운데에 있는 델몬드 커피숍은 나그네에겐 더없는 그늘막이다. 한여름 해수욕하다 나온 분들에게는 냉수 한 모금 동냥이 되어 주고 청춘 남녀에게는 사랑의 공간이요, 한겨울 철없는 방랑객에게는 언 가슴을 녹여 주는 따뜻한 커피 한 잔이 있는 곳이다.

이곳에 앉아 지난 시절을 반추하고 앞날도 그려 본다. 커피숍 너머 야트막한 야산이 쓸쓸하게 다가온다. 4월의 노란 유채꽃도 머릿속을 스쳐 간다. 열흘 전 꿈에 나타난 황록 사장님이 "노란 조끼 꼭 잘 입으라"라고 하셨는데, 그 말씀이 혹시 이곳을 암시한 건지. 함덕 해수욕장에는 특별한 추억이 있다. 눈보라가 휘몰아치던 올해 초 제주를 방문해 해수욕장 표지석을 덮은 눈 위에 '1등성동'이라고 썼다. '1등성북동대문영업본부 달성'이라는 뜻을 눈에 새긴 것이다. 햇볕에 녹아 글씨가 금

함덕해수욕장 마을 표지석에

세 사라졌듯 내 꿈도 사라진 듯해 가슴이 시리다. 그래도 제주의 햇살이 아픔을 조금은 거둬 갔는지 시림 속에 초승달만한 온기가 있다.

보름 만에 9시까지 잠을 잤다. 커튼을 쳐서 몰랐는데 눈을

떠 보니 해가 중턱이다. 아이 엄마는 잘 잤는지 목소리도 들어 본다. 어학연수차 이역만리에 있는 아들 여민이 녀석이 화상 전화로 아빠 동태를 살핀다. 그래도 아들은 아들이다. 내가 다시 훌훌 털고 일어서야 하는 이유이기도 하다.

백사장의 바닷물이 쭉 빠져 있다. 이내 몸의 해탈을 암시하는 듯하다. 그래 비우자, 다 비우자! 12시간 후면 저 드넓은 백사장도 바닷물로 출렁대겠지. 앙상한 뼈대만 남은 언덕 너머 저 나무들도 계절이 바뀌면 또다시 푸르름으로 넘실대겠지. 온갖 풍상을 겪으며 그 자리 그대로 버티고 있는 작은 섬들처럼 나도 꿋꿋이 견뎌 내겠지. 일어나는 거야! 그래, 다시 일어나는 거야! 노란 유채꽃이 피기 전까지 당당히 다시 일어나는 거야! 내 인생 앞으로 30년은 남았는데.

그러나 간사한 게 사람 마음이다. '비우자'를 그리 외치고, '일어나자'고 그리 다짐했건만 백사장에 물이 들어오듯 마음에 욕심이 다시 차오른다. 머리가 다시 복잡하다. 눈에 익은 번호로 문자가 뜬다. 인사부 직원이다. 퇴직 절차 안내 메일을 보내겠다고 외부 메일 주소를 알려 달란다. yskwoori@wooribank.com. 우리은행에 빠져 메일 계정도 yskwoori였는데

우리은행 본점

내 마음의 은행나무

퇴직과 동시에 은행 사이트가 차단되었다. 외부 메일 계정 yskwoori@naver.com으로 회신을 한다. 영원한 이별의 시간이 다가온다는 생각에 가슴이 먹먹해지고 눈가에 다시 이슬이 맺힌다. 온전히 비우려면 아직 멀었다.

며칠만 지나면 우리은행의 나이가 120살이다. 환갑을 두 번 맞는 셈이다. 그 성스러운 잔치를 보지 못하고 제대되었다는 생각에 또 마음이 미어진다. 얼른 생각을 바꾼다. 내 삶의 동반자 우리은행, 환갑에 또 환갑 240살까지 무궁히 발전해라. 비우고 채우고 마음이 종일 파도를 친다.

유배살이 길손 나그네

제주시 애월읍 유수암리 1436번지. '물가의 달'이라는 아름다운 이름과 '샘물이 솟는 곳'이라고 명명된 애월 유수암 마을에 방 한 칸 빌려 자칭 귀양살이를 했다. 하루는 귤밭에 가서 땀 뻘뻘 흘리며 6시간 동안 귤 10박스를 따기도 했고 하루는 제주 로컬 버스를 타고 섬 전체를 한 바퀴 돌며 제주도의 일상을 눈에 익히기도 했다.

귀양살이도 곳간에 양식이 있어야 하는 법. 동반 퇴직한 본부장들이 실업 급여 신청하라고 카톡을 날린다. 버스를 두 번 갈아타고 우리은행 신제주지점에 가서 보안 인증을 설치하고 제주 복지고용플러스센터에 들러 실업 급여를 신청했다. 내 모습이 울 밑 봉선화처럼 처량하다. 생각을 털어 내며 급히

253

바닷가 쪽으로 발길을 돌렸다.

문득 '유배'란 단어가 머리에 박힌다. 어쭙잖은 호기심에 네이버를 검색해 보니 '죄인을 먼 변방이나 외딴섬에 보내어 살게 하던 형벌'로 유배를 정의한다. 원말은 귀향(歸鄕)인 바, 죄를 지어 관직에 나갈 수 없는 자들을 귀향하게 한 데서 비롯되었다고 한다.

그건 그렇고, 내가 지금 유배 중이라면 바닷길 멀리 떨어진 섬에 유배시키는 절도안치(絕島安置) 아니겠는가. 문밖을 자유로이 나서니 위리안치(圍籬安置)는 아니고, 제주가 내 고향은 아니니 죄질이 가벼운 사람을 고향에 유폐시키는 본향안치(本鄕安置)도 아닐 테니 말이다.

애월읍 신엄리 앞바다

며칠 전만 해도 화장실에 갈 시간조차 부족할 정도로 바빴는데 뜬금없이 안치(安置) 생각을 하는 걸 보니 실직자가 맞긴 하나 보다. 어쩌면 아픔이 조금씩 녹아내리는 징후인지도 모른다. 나는 지금 유배살이 길손 나그네다. 누가 알겠나. 유배지에서 시간을 낚다 보면 월척 한 마리 걸어 올릴지.

생애 첫 대리운전 기사

직장은 전쟁터이고 직장 밖은 지옥이라고 했다. 39년간 봉

　　　　　　　내 마음의 은행나무

급쟁이로 쪼개고 쪼개 아이들 셋 키우며 살아왔다. 노동의 대가로 집도 사고 아이들 교육도 시켰다. 한데 막상 직장을 제대하고 파도와 한라산을 벗 삼아 탐라국을 유유자적하고 있으니 내게서 백수 냄새가 난다. 뜬금없이 렌트비와 라면값은 자급자족해야 되지 않을까 하는 생각에 머리를 굴린다.

이틀 전 방어 한 접시에 21도 한라산 두어 병 혼술하고 대리운전 기사 불러 렌트 하우스로 오던 중 기사와 나눈 대화가 기억난다.

"대리운전이 돈벌이는 되시나요?"

"하기 나름이죠. 연말이라 15만 원 벌이는 해요."

그래! 밥벌이라도 해 볼까? 아니 경험이라도 해 보자. 이것도 도전 아니겠는가. 유배지에서도 근성이 나온다. 대리 회사로 전화해 두 시간 기초 교육을 받고 입회금으로 20만 원을 내니 애플리케이션을 깔아준다. 오후 6시를 넘으니 '삑삑~' 하고 리얼타임으로 콜이 울린다. 갑자기 자신감이 바람 빠진 풍선처럼 쪼그라든다. 운전도 서툴고 지리도 모르고, 운행 후 다시 돌아올 생각을 하니 엄두가 나지 않는다.

"내가 무슨 대리 운전수야."

5일 동안 콜을 받지 않고 삑삑거리는 소리만 들었다. 안 되겠다 싶어 탈회 신청을 할까 생각하고 있는데 커피 한 잔 나누던 렌트 집 옆방 아저씨가 나를 부추긴다.

"교육도 받고 입회금도 냈으니 돈벌이가 되든 안 되든 한

번쯤은 대리 기사들의 애환이 어떤지 산 경험을 해보는 게 좋지 않겠습니까. 남자가 칼은 뺐으면 호박이라도 찔러야지요."

마음이 약간 흔들리는 내게 옆방 아저씨가 더 혹하는 제안을 한다. 본인 차로 뒤따라가 나를 픽업할 테니 돌아올 걱정은 하지 말란다. 수평적 동반자 영업이 성사되려 하는 순간 공교롭게도 렌트 하우스 동네 입구에서 대리 요청 메시지가 뜬다. 자신이 없어 몸을 사리는데 아저씨가 내 동의도 없이 콜 동의를 눌러 버린다.

어차피 이리 된 거, 운명이다 생각하고 한번 해 보자. 동반자 차를 타고 2.7km 떨어진 곳으로 가니 거나하게 취하신 70세 안팎 어르신이 "추워 죽겠는데 왜 늦게 왔느냐"라며 반말로 짜증이다.

추억의 대리운전

헉, 그런데 이분 차가 2.5톤 트럭 아닌가! 거기다 스틱 트럭! 정말 맙소사다. 길도 잘 모르고 설상가상 스틱이고 한숨만 길게 나온다. 그래도 시도는 해 보자. 면허증을 스틱으로 받았으니 못할 것도 없지 않겠나. 그런데 후진이 되지 않는다. 기어도 제멋대로 들어간다. 2~3m 움직이면 덜커덩 하고 차가 멈춘다. 어르신의 화가 꼭지까지 올랐다.

"야, 이 사람아. 백 기어는 둘째 셋째 손마디로 기어를 위로 들어 올려서 당기는 거여. 지금 아는 거여 모르는 거여? 너 대리기사 맞아? 이 XX, 후진 기어도 못 넣는 놈이 무슨 대리 기사여. 당장 멈춰. 대리 기사 다시 부를 테니."

"아이고 선생님 죄송합니다. 집에 스틱차 있어서 할 줄 알았는데 잘 안 되네요. 잠시만 기다려 주십시오."

서둘러 동반자에게 SOS를 쳤다.

"이 차 스틱이라 도저히 운전 못 하겠어요!"

"아 그래요. 그럼 제 차 운전하세요. 저와 바꾸세요."

천만다행이다. '죄송합니다'를 연발하고 머리를 90도로 숙이고 또 숙인다. 욕먹어도 싸다. 당연히 욕먹을 짓을 했으니. 그런데 처음 배정받은 차가 자가용이 아니고 트럭일 줄 누가 알았겠는가. 트럭도 대리 콜할 줄은 생각이나 해 봤겠는가. 동반자 차를 몰고 트럭 뒤를 졸졸 따라갔다. 하늘에 보름달이 두둥실 떠 있다. 내 마음도 구름처럼 정처 없이 떠도는 것 같다. 목적지에 도착한 어르신은 육두문자로 욕을 두어 바가지 퍼붓고 2만 3000원을 결제했다. 비록 동반자와 협업이지만 제주도에서의 첫 수입이다.

동업자 아저씨 차 안에서 다시 콜 요청을 받았다. 국숫집 앞에서 기다린단다. 30대 중후반으로 보이는데 콧수염을 길렀다. 평소 운전하던 자가용이라 편안히 시동을 건다. 액셀을 밟으니 시원하게 달린다. 집 가는 길에 하나로마트에 잠깐 들러 아기 분유를 사야 한단다. 차를 세우고 기다리는 동안 우리 애들 키운 추억이 새록새록 떠올랐다.

이 고객은 이전 어르신과는 정반대다. 따뜻하고 매너도 좋다. 대리비로 1만 2000원을 청구하니 마트 경유한 값으로 3000원을 더 주겠단다. 아기 분유값에 보태라며 사양해도 그건 도리가 아니란다. 그러면서 한마디를 덧붙인다.

"보아하니 육지에서 오신 점잖으신 분 같은데 힘내세요. 그리고 빨리 가정으로 돌아가세요."

아니, 어떻게 알았지? 내게서 육지 사람 냄새라도 나나? 의아해하는 순간 콜 회사에서 문자가 온다.

'트럭 콜비 2만 3000원에 자가용 콜비 1만 2000원으로 합 3만 5000원입니다. 중계료 8000원을 공제하고 2만 7000원 가상계좌에 입금입니다.'

소중한 경험, 세종대왕 퇴계선생

동반자 아저씨와 정산을 했다.

"아까 경유비 추가로 받은 돈 3000원을 합하면 수익이 3만 원입니다. 저는 소중한 경험으로 생각만 하면 되니 다 드릴게요."

"아닙니다. 절대 아닙니다."

"그러면 기름값 고려해서 동반자님은 1만 7000원 받으시고 저는 1만 3000원. 어떻습니까. 괜찮겠지요?"

　　　　　　　　　　　내 마음의 은행나무

"아닙니다. 똑같이 1만 5000원입니다. 세종대왕님 한 장, 퇴계 선생님 다섯 장씩이요."

정산은 훈훈했고 손에 쥔 1만 5000원은 감개무량했다. 갑자기 내 삶의 터전이었던 회현동 은행나무가 떠올라 회한이 다시 추억을 거슬러 오른다. 혹여 내가 우리은행에 다니며 갑질을 하지 않았나 되돌아도 본다.

귀한 경험이었고 용기 있는 도전이었다. 어쩌면 그 1만 5000원이 쭈그러진 내 삶의 회복 탄력성을 강화하는 마중물이 되지는 않았을까. 1000원짜리 지폐에는 매화꽃이 피어 있다. 내 몸에도 다시 꽃망울이 열리려나. 추위를 견디면 나도 다시 꽃을 피울 수 있을까. 애월언덕에서 상념에 잠기며 대리 애플리케이션을 지운다.

터벅터벅 뚜벅뚜벅

성탄절이다. 단체톡에서 캐럴송이 울려 퍼진다. 울적한 마음은 조금 가시지만 집에 있는 아이 엄마와 아이들한테 미안한 마음은 더하다. '마음의 짐! 육체의 짐! 떨쳐 버리려고 몸부림치니'라는 일기가 가족톡방으로 잘못 전송되어 속마음을 들킨 듯해 부끄럽다. 한편으론 내 마음이 전달되니 조금은 개운하기도 하다.

어제 그제 제주항에서 곽지해변까지 걸었다. 오늘은 3일 차다. 불현듯 이창식 부행장님이 생각난다. 퇴임 후 새해 초

하루 땅끝마을에서 시작해 한 달여간 서울까지 장장 500여 km를 완주하신, 은행 기관담당 부행장과 계열사 우리펀드서비스 사장을 역임하신 분이다. 시작이 반이라고. 어제까지 이틀을 걸었는데 이참에 나도 제주 한 바퀴 걸어 볼까! 그래 그게 좋겠다. 일단 곽지해변에서 출발해 협재 해수욕장을 거쳐 한 20km 걸으려고 마음먹었다. 갈 수 있는 데까지 가 볼 생각이다. 지금까지의 삶이 시곗바늘처럼 오른쪽으로만 돌았다면 이제는 왼쪽으로도 돌아봐야 한다. 그제 어제 올레길과 연결된 해변길이 17코스, 16코스와 이어지듯이 오늘도 15코

터벅터벅 뚜벅뚜벅

스, 14코스로 역방향이다. 검색해 보니 제주를 한 바퀴 돌 때는 공항에서 애월을 거쳐 모슬포-중문-서귀포 방향으로 가는 게 맞다고 한다. 코스 방향은 잘 정했다.

걸어 보자. 지칠 때까지 걸어 보자. 어차피 더 피지 못한 인생. 오른쪽으로도 걷고 왼쪽으로도 걸어 보자. 며칠 지나니 제주의 위치와 방향도 대략 눈에 들어온다.

라면에 밥 두어 주걱 말아 먹고 힘차게 발걸음 내디뎠다. 버스를 타고 곽지해변에서 내려 20km를 걷는다. 니하오, 쩜

내 마음의 은행나무

머양, 신짜이 나리마…. 버스 안에서 귀에 익은 중국말이 들린다. 렌터카 없이 버스로 이동하는 중국 관광객인 듯하다. 중국말을 조금만 더 잘하면 일일 가이드라도 하고 싶었지만 내 발이 천 리 길이다. 곽지해변에서 하차해 걷기 앱을 열고 해변가 마을을 따라 걸음에 시동을 건다. 어제 그제 훈련을 해서인지 발걸음이 가볍다. 가슴의 체중도 한결 내려가는 기분이다.

'서 있는 사람 오시오. 나는 빈 의자!'

제주에서 빼놓을 수 없는 풍경 중 하나가 빈 의자다. 곳곳에 빈 의자가 많다. 귀덕리 어장 입구에 있는 네 개의 의자는 여인네를 모델로 만들었는지 매우 인상적이어서 핸드폰에 찰칵 담았다. 바다에 있는 바람개비 발전기가 강원도 대관령 못지않아 폰의 앵글을 잡아당긴다. 지나가는 방랑객이 뭐 그리도 반갑다고 강아지가 달려와 꼬리를 친다. 밤늦게 귀가해도 주인님 오셨냐고 반갑게 꼬리 치는 우리집 쫑쫑이와 대장이가 눈앞에 아른거렸다.

10km 중반 거리 비양도가 보이는 한림항 포구에는 원양 준비를 마친 배들이 즐비하다. 다리도 조금 쉬어 주고 목도 축여 주려고 어묵카 앞에 발걸음을 멈춘다.

한림포구

어묵 두 개 덥석 먹고 국물 두 컵 후루룩 마시고 2000원을 드

리니 2개는 1500원이고 3개는 2000원이란다. 얼른 하나를
더 먹었다.

"사장님 하루에 3만 원은 버세요?"

"그렇게 팔지 못해요!" "경제가 좋지 않아요"

하루방님, 무슨 생각?

"그럼 3만 원 버시려면 몇
개 팔아야 하나요?"

"80개는 팔아야 3만 원 버
는데 그게 쉽지 않아요!"

"그럼 가격을 올리면 되잖
아요?"

"그게 어디 쉽나요. 이 동네
다들 비슷하게 파는데 내가
가격 올리면 그나마 있는 손님 다 떨어져요."

대화에서 삶의 무게가 느껴진다. 어묵 파는 아저씨의 이마
주름이 더 깊게 보인다. 자고로 경제란 경세제민(經世濟民), 즉
'세상을 잘 다스려 백성을 구한다'는 뜻의 줄임말이다. 아니,
내가 지금 국가 경제를 논하고 어묵 아저씨 형편을 논할 처지
인가. 내 앞가림도 못 하는 주제에.

양배추가 이쁜 얼굴을 뽐내고 철 잊은 개나리가 길손의 발
걸음을 멈추게 한다. 뚜벅뚜벅 타박타박 5시간 발걸음이 시
속 5km에 이른다. 유랑객의 이마에도 구슬땀이 맺힌다. 물

내 마음의 은행나무

있는 곳으로 가라는 처사님의 말이 정말 제주도를 뜻한 거였나 보다 하는 생각이 스친다. 짐이 새털만큼씩 가벼워진다. 오늘 걷고 내일 모레 50km 걸으면 서귀포까지 가겠지. 그러면 제주도 절반을 돈다. 제주 한 바퀴 완주 욕심이 생겼다. 그래 한번 돌아 보자. 후배 조병산 지점장에게서 잘 지내냐고 카톡이 온다. 유배지라서 그런지 톡이 더 반갑다.

20km를 넘게 걸었는데도 잠이 오지 않는다. 초저녁잠이 그렇게 많던 사람이. 흑돼지 삼겹살에 폭탄주 두어 잔을 비운다. 무거운 생각도 한 꺼풀 비운다.

고난의 행군

오늘은 한경면사무소부터다. 대정 모슬포를 거쳐 내일은 서귀포까지 가야 한다. 오락가락 내리는 한두 방울 빗방울이 방랑객의 볼을 적신다. 아침 문안에 아이 엄마는 몸무게 더 많이 빼며 즐기라고 한다. 즐기는 건지 고행인지, 암튼 오늘도 야무지게 걸어 보자. 25km 이상을 걸어야 한다.

오늘은 어제 그제와 달리 바다 해안길에서 400~800m 부근에 있는 해안 일주 도로를 걷기로 한다. 마음 같아서는 해안 도로 전 구역을 밟아 보고 싶었지만 일단 완주에 초점을 맞췄다. 한겨울이라 몸을 사리려는 속내도 숨어 있다.

대정까지 가는 길은 일직선 도로여서 해안선처럼 알록달록

한 맛이 없다. 모슬포까지 그냥 앞으로만 걷는다. 중간중간에 편의점이 있으리라 생각했는데 장장 17km 도로에 물 한 모금 먹을 곳이 없었다. 고통이 점차 몸을 지배한다. 지나가는 차량을 손들어 세우고 물 한 병을 청한다. 물은 없다며 대신 한라봉 한 개를 내민다. 거지 신세에 한라봉이면 감지덕지다. 차량 뒤꼭지에 대고 90도 숙여 감사를 표한다.

두 시간을 걷다 오후 1시 20분쯤에 버스 정류장에서 잠깐 휴식을 취하고 노상방뇨를 하려고 뒤를 살피는데 까치밥으로 남긴 나무 꼭대기 노란 귤이 보였다. 까치가 볼세라 네댓 개 서리해 호주머니에 넣고 줄행랑을 친다. 이제라도 주인에게 용서를 빈다.

까치밥 귤

저 멀리 어렴풋이 보이는 모슬포를 두고서 발걸음은 점점 더디어만 간다. 입술이 바싹바싹 탄다. 그나마 훔친 귤이 보약이다. 내가 왜 이런 고난의 행군을 하고 있는가. 자문을 했지만 자답이 안 나온다. 가는 날이 장날이라고, 모슬포항 단골집은 휴업이었다. 이럴 줄 알았으면 김대건 신부 성당이 있는 차귀도 인근 용수포구에서 요기나 하고 올걸. 여전히 앞길은 알 수가 없다. 얼마 전까지만 해도 임원 승진 꿈에 설레 잠 못 잔 날이 있었으니. 이름 모를 음식점에 들어가 뚝배기 한

내 마음의 은행나무

대정 모슬포를 향하여

그릇 주문한다. 갈치 젓갈이 입맛을 돋운다. 시장이 반찬이니 지금 어디서 먹은들 맛이 없겠나. 방어 한 접시에 막걸리 한 모금 걸치고 싶지만 가는 길이 천 리 길이라 참는다. 참는 것도 수양이다. 뚝배기 한 그릇 입에 넣고 중문 입구로 향한다. 남은 거리는 9km다.

'왜 그리 사서 고생을 하느냐'는 석찬 큰형님의 안부 문자다. 제주도를 완주하고 싶으면 자전거로 두 번 돌란다. 염려해서 하시는 말씀이다. 내가 바로 답장을 보냈다.

'뱃살의 기름기, 정신의 기름기, 마음의 기름기를 다 빼려고 합니다. 지금 아니면 언제 또 이런 기회가 있겠어요. 형님, 솔개는 30년을 살고 자력갱생해서 또 30년 산대요.'

솔개의 자력갱생은 13~14년 전 우리은행 황영기 회장님이 하신 말씀이다. 황 회장님은 부장과 지점장들이 참석하는 조회에서 "40년을 살다 죽는 솔개 중 일부는 고통스러운 갱생의 길을 선택해 30년을 더 산다"라며 "우리도 '제2의 삶'을 사는 솔개에게서 배우자"라고 강조했다. 40세가 된 솔개는 가슴에 닿을 정도로 부리가 길어지고 깃털도 두꺼워져 날 수 없고 발톱도 무뎌져 죽을 날만을 기다리는 게 보통이다. 그러나 일부는 6개월 동안 바위를 쪼아 낡은 부리를 없애고 새 부

리가 돋아나면 발톱과 깃털을 일일이 뽑아 새 솔개로 거듭난
다는 것이다.

이건 지금 내 얘기다. 죽을 날만을 기다릴지, 새 부리로 발
톱과 깃털을 뽑고 거듭 태어날지의 선택지가 내 앞에 턱 버티
고 있다.

오후 5시 가까울 즈음, 저 멀리 산방산이 보인다. 옛날 한
사냥꾼이 한라산에서 사냥을 하다가 활 끝으로 옥황상제의
배꼽을 찌르고 말았다. 화가 난 상제가 한라산 꼭대기를 뽑아
아래로 던져 버렸는데 그때 뽑혀 나간 자리가 백록담이 되었
고, 또 던져 버린 봉우리가 지금의 산방산이 되었단다. 그 얘
기는 믿거나 말거나지만, 오늘 걸을 목표치가 남은 것은 사실
이다. 오늘의 길은 아스팔트 도로를 걷는 고통의 길이다. 큰
꿈은 꺾였지만 제주 한 바퀴 작은 꿈은 꺾지 말자.

아픈 사람들

어젯밤 너무 늦어 자동
차를 타고 2.5km를 왔다.
경기로 치면 반칙이고 퇴
장감이다. 원점에서 다시
출발해야 하나? 양심이 찔
리고 갈등이 생긴다. 오늘
갈 길도 너무 먼데. 죽이

상암동 지점 가족들

내 마음의 은행나무

되든 밥이 되든 서귀포까지 가야 반절은 완주하는데…. 그래, 해안 도로로 그만큼 더 걷자. 양심이 적당히 타협을 한다.

어제에 비하면 오늘은 초원길인데 며칠 무리한 탓인지 벌써 발바닥에 통증이 온다. 걷는 속도가 5.2km에서 4.7km대로 떨어진다. 고통이 심하면 육체의 짐도 고통에 치여 그 무게를 덜 느끼겠지. 뚜벅뚜벅 타박타박 5일 차다.

9시 14분 렌트 하우스에서 출발했다. 서귀포 남단은 풍광이 가장 아름답다. 서울은 영하 10도라지만 제주는 1~2도 내외다. 목도리 감싸개를 머리와 얼굴에 두른다. 거의 중동 여자들이 쓰는 히잡이다. 어제 도착지가 중문 인근이어서 오늘 아침에는 한라산 서부노선인 서귀포 방향 지선 버스를 탔다. 창천리부터 중문 서귀포 섭지코지 방향으로 30km를 걷는 게 목표다. 이 지역은 올레 7코스, 6코스 지역으로 상암동 지점장과 불광동 지점장 시절 1등을 달성하고 전 직원이 함께 온 곳이라 더 뜻이 깊다. 추억의 코스는 추억에 잠기며 걸어야 하는데 일정상 여의치가 않다. 그런데 왜 내가 이렇게 급히 걸어야 하나. 이러려고 제주에 왔나. 살짝 회의감이 들지만 몸에 배인 '목표 달성'이

외돌개 앞, 지친 몸 잠시 눈 붙이고

이내 회의감을 압도한다.

중문 관광단지와 월드컵경기장을 통과할 즈음엔 몸의 에너지가 점점 고갈되고 발바닥에 미세하게 물집이 잡히는 신호가 왔다. 발목도 비틀거린다. 화단의 흙길로 걸으려니 풀들이 아플 것 같아 마음에 걸린다. 이제 조금만 더 가면 오늘 목표

외돌개

의 반절이다. 물 한 모금 적시며 마음을 다잡는다. 중간중간 인증 샷을 찍고 정류장에 걸터앉아 하늘을 올려다봤다. 조용히 눈을 감는다. 갖가지 상념이 밀물처럼 머릿속으로 빨려 온다.

'나는 무엇을 얻고자 이 고난의 행군을 시작했을까? 왜! 왜! 왜! 무엇을 잘못했기에! 무엇을 무엇이 부족해서! 무엇 때문에? 달마대사는 무엇을 얻고자 그 깊은 골짜기로 들어갔을까. 나는 무엇을 버리고 무엇을 얻고자 이 고행의 길을 걷고 있는가.'

아직은 답이 모자란다. 더 고통을 느껴야 답을 찾을지도 모른다. 서귀포 둘레길 7코스의 풍광을 즐기려고 우회 길로 외도했지만 방랑객이 무슨 순례길인가. 남의 대궐로 들어가 길을 잃고 헤매느라 시간만 축냈다. 그래도 3시간을 걸어 땀이 흥건하니 잠시 휴식도 취할 겸 수천만 년을 홀로 바다에 서 있는 외돌개와 얼굴을 마주한다. 늦은 점심은 조촐한 컵라면이다.

내 마음의 은행나무

이제 외돌개부터 서귀포구를 경유해 한 시간 반은 더 걸어야 목표 지점에 닿는데 걸음 속도가 4.2km로 뚝 떨어진다. 바닷바람에 귀가 시리다. 이곳에 올 때 가져온 모자는 어디서 잃어버렸다. 마침 재고 옷을 파는 집이 있어 노란 모자 한 개를 고른다.

"장사 잘되세요? 제주항부터 해안을 따라 걷고 있는 방랑객입니다. 앞으로 뭘 해 먹고 살아야 할지 걱정입니다."

"8년 되었습니다. 완전 거지 쪽박 차고 뭍에서 제주로 내려와 이렇게 헌 옷 장사하고 있습니다. 마음이 많이 아프죠."

세상에 나만 아픈 게 아니다. 나도 아프고 너도 아프다. 살아 있는 모든 것이 아프다.

5000원 달라는 걸 비싸다고 하니 흔쾌히 1000원을 깎아 준다.

풍광이 아름다운 올레길 7코스를 통과하며

1000원의 미학인가. 발걸음이 1000원만큼 가볍다.

목표 30km에 어제처럼 3km 부족하다. 그래도 오늘 걸은 시간만 5시간 35분, 거리는 27.43km다. 나는 지금까지 인생길을 몇 km나 걸었을까. 앞으로 걸어갈 길은 얼마나 남았을까.

그 길이를 가늠할 순 없지만 목욕탕 뜨거운 물에 몸을 담그니 오늘 밤은 푹 잘 거라는 가늠은 된다. 푹 자자. 그리고 내일 또 걷자.

가족의 위문 공연

몸이 한결 가볍다. 어제 서귀포 월드컵 축구장 인근 목욕탕에서 뜨거운 물에 푹 담근 것 때문이지 싶다. 렌트 하우스를 나선다. 새벽녘에 걷기에는 부담되지 않을 정도의 눈이 내렸다. 마을 개들은 신이 나 꼬리를 흔들며 내 발걸음을 반긴다. 좋은 소식이라도 있을는지.

함께 제대한 본부장들이 이구동성으로 하는 말은 "언제 연락 준대?", "글쎄 무소식이 희소식이니 그냥들 기다려!"다. 퇴직 본부장들을 계열사에 자리 배치하는 인사를 기다리는 것이다. 한때는 계열사 자체 직원들이 승진해야 업무 효율이 높아진다는 주장들도 했는데 이제는 그 인사를 손꼽아 기다리니 세상사 새옹지마다. 아, 그리고 보니 오늘은 우리금융지주 출범을 위한 주주 총회가 열리는 날이다. 예정대로 내년 1월 11일 멋진 출범을 기원한다. 목이 꺾여도 늘 우리은행 생각뿐인 나는 평생 '우리맨'이다.

간발의 차이로 버스를 놓쳤다. 오늘도 갈 길이 꽤 먼데 20분을 기다려야 했다. 오늘 성산 일출봉까지만 가면 제주섬의 3분의 2는 돌기에 중도에 멈추는 일은 없을 터다. 오늘이 고

비다. 서귀포로 인근에는 롯데스카이, CJ나인브릿지, 우리들 CC 등 명품 골프장이 많다. 나도 한때는 굿샷 굿샷을 외치며 홀인원의 꿈에 부풀었는데. 이제 그 똥품의 거품도 빼야 한다. 아, 처량한 방랑자여!

오늘은 쇠소깍 입구에서 출발한다. 쇠소깍은 서귀포시 하효동과 남원읍 하례리 사이에 흐르는 효돈천 하구를 가리킨다. 제주 현무암 지하를 흐르는 물이 분출하여 바닷물과 만나 깊은 웅덩이를 형성한 곳이다. 죽이 되든 밥이 되든 여기서부터 남원을 거쳐 성산 일출봉 언저리까지는 가야 한다. 눈보라가 사선으로 얼굴을 때린다. 어제 산 노란 모자가 효자 노릇을 한다.

눈보라 표선해수욕장

눈발이 점점 거세진다. 앞을 보지 못할 정도다. 하지만 온도는 영상이어서 추위는 견딜 만했다. 오히려 찬바람에 가슴의 응어리가 조금씩 씻기고 머리가 맑아지는 느낌이다. 그래, 더 휘몰아쳐라. 갑자기 '굳세어라 금순아'의 가사를 개사해 흥얼거려 본다.

"눈보라가 휘날리는 바람 찬 제주 바다에 목을 놓아 울어 본다. 걷고 또 걷는다. 석구야 어디로 가노. 어이 그리 헤매고 있노? 피눈물 흘리면서 정처 없이 나 홀로 간다."

회한이 다시 밀려온다. 톡을 열어 초등학교 4학년 때의 담임이신 김윤희 선생님이 주신 문자를 다시 읽어 본다.

'상처를 애써 덮지 말게. 안으로 선혈이 낭자할 텐데. 자책 그만하고. 그게 다 독이 된단다. 세끼 밥은 꼭 챙겨 먹고. 그래야 다시 일어서지 않겠니. 난 울 석구를 믿는다.'

난 마음으로 또 답장을 썼다. 그래요, 선생님. 이 제자 씩씩합니다. 염려하지 마세요. 오뚝이처럼 다시 벌떡 일어나겠습니다.

남원포구의 눈발은 더 심해진다. 포구의 한 식당에서 해물 뚝배기 한 그릇을 시킨다. 맛이 없어도 너무 없었다. 손님이 없는 데는 음식에 이유가 있다. 밥을 먹고 나오니 3시에 가까워진다. 해가 짧아 5시 30분까지는 걸음을 멈춰야 했다. 오늘 어떻게든 성산까지는 가야 하는데 걸음이 자꾸 느려진다.

아침에 강아지가 꼬리 흔든 게 길조였는지 아들과 아이 엄마가 위문차 제주에 내려온단다. 이틀 전 아들이 살짝 뜻을 비쳤을 때 괜찮다 하면서도 내심 제주에서 가족 얼굴을 봤으면 했다. 누가 뭐래도 세상 최고의 위로는 가족 아닌가. 그 소식과 함께 그토록 매섭던 눈바람도 가라앉기 시작한다. 눈을 맞은 동백의 자

한 떨기 동백꽃

태는 더 곱다. 붉은 꽃잎에 백설을 입에 문 한 떨기 동백송이! 내가 찍었지만 이건 거의 예술이었다.

표선 해수욕장을 뒤로하고 성산을 향해 걷는다. 발목의 통증이 심해져도 눈 먹은 조경수들은 환상적이었다. 방랑의 길인지, 고행의 길인지, 사진을 찍는 길인지 순간 헷갈린다. 그래, 오늘은 맘껏 웃자. 우리은행 한새 여자농구 서포터즈 대표로 활동할때 주말 경기마다 3년여간 함께 손잡고 응원해 준 서포터즈 총무 김기만 지점장의 카톡이 온다. 윤 선배가 가장 멋진 롤모델이라나 어쨌다나 하면서 나를 애써 위로한다. 답례로 조금 전에 찍은 예술 사진 하나를 보너스로 보냈다.

서귀포시를 벗어나니 이제부터는 성산길이다. 성산까지는 13km다. 이 고비만 넘기자. 그럼 완주 포기는 없다. 그 어려운 개성공단 근무도 오기로 버텼는데 여기서 주저앉을 수는 없다. 발걸음 속도를 높인다. 오늘 성산까지 못 간다 해도 조금이라도 더 걸어 내일 거리를 짧게 해야 한다.

성산 광치기 해변 유채밭

'아빠! 지금 어디쯤?'

'서귀포에서 성산으로 가는 중. 표선으로 내비게이션 치고 와!'

'알쎄, 아빠! 잠시 후에 만나!'

가족 상봉 생각에 발걸음이 날 듯 가볍다. 아들과는 12일 만에 상봉이다. 아이 엄마는 측은지심으로 목소리가 잠겨 있었다. 오랜만에 가족들과 흑돼지 목살에 소폭 서너 잔으로 목을 축이니 응어리가 절반쯤 풀어진다. 가족의 힘은 바다보다 훨씬 세다. 오늘 걸은 거리 27.88km, 5시간 44분. 동백꽃에 이쁘게 기록한다.

그놈의 목표가 뭐라고

위문 온 아들 렌터카에 몸을 실어 어제 종착지였던 성산 방향으로 향한다. 어제 내린 눈으로 도로가 빙판처럼 미끄럽다. 서귀포 터미널에서 성산행 급행버스를 타야 한다. 아이 엄마와 아들한테 무척 미안했다. 알아서 집으로 잘 돌아가라 하고 내 목적지로 줄행랑치니 세상에 저게 무슨 남편이냐고 할 거다. 욕을 바가지로 먹어도 싸다.

하지만 어쩔 수가 없다. 올해 안에 성산, 김녕, 함덕, 조천, 제주항까지 가려면 한시가 급하다. 마라톤 선수라면 하루 만에도 가겠지만 육체의 짐이 가득한 나에게는 하루 25km 걷는 것만도 대단한 일이다. 고난의 행군일수록 먹을 것을 챙겨야 하는 법. 서귀포 터미널 뚜레쥬르에서 아침 대용으로 빵 세 개와 우유 한 개를 산다.

버스 안에서 배꼽시계가 괘종을 울린다. 크림빵과 우유를 맛있게 먹었다. 아침인데도 꿀맛이다. 어젯밤 먹은 생고기 칼

내 마음의 은행나무

로리도 남아 있을 테니 이 정도 식사면 충분하다 싶다. 서귀포 먼 앞바다로 반사되는 태양이 곱고 찬란하다. 어제 본의 아니게 또 3km를 빼먹어 마음이 불편하다. 해안로를 걷든 섭지코지를 걷든 부족한 거리만큼은 정직하게 더 걸을 생각이다.

지금 시간은 10시 39분. 오늘도 새로운 날, 새로운 시작이다. 오늘은 함덕 해수욕장 언저리까지는 가야 한다. 그 전에 3km 정도를 더 걷더라도 섭지코지에 있는 교회에 잠깐 들러 새롭게 출범하는 우리금융지주의 무궁한 발전을 위해 기도드리고 싶었다. 그런데 2년 전에 분명히 있었던 교회가 보이질 않는다. 어쩔 수 없이 태평양을 바라보며 경건한 마음으로만 기원하고 발길을 돌렸다.

이제 성산까지 7km. 1시간 20분 내외면 도착하는 거리다. 속도를 올린다. 그리 보면 나는 제주의 고행길에서 조금씩 힐링을 하고 있는지 모른다. 고행으로 나를 다스리는지도 모른다. 섭지코지 입구에서 광치기까지 걸으니 배가 슬슬 고프다. 아침에 빵을 먹어서인지 점심은 짭짤한 음식이 당긴다. 허름한 앞집에 고등어 쌈밥 간판이 보이는데 차들이 줄을 서 있다. 맛있다는 증표다.

보글보글 묵은지 끓는 냄새가 식욕을 더 자극한다. 고등어 맛이 기가 막힌다. 김창완님의 '고등어' 가사가 입가에 맴돈다. '한밤중에 목이 말라 냉장고를 열어 보니 한 귀퉁이에 고등

어가 소금에 절여져 있네…'

갑자기 고향 집이 스치고 어머님 얼굴이 오버랩된다. 게 눈 감추듯 점심을 먹고 명함도 챙긴다. 식후경이라 했으니 이제 금강산을 보러 가야 한다. 고지가 멀지 않았다. 지치지 말고 걷자. 그래도 좌우로 만발한 유채꽃을 못 본 체할 수는 없으니 찰칵 사진 몇 방은 찍고. 오늘 남은 거리는 12km.

고행속죄(苦行贖罪)라 했거늘, 고행의 길을 걷는 발걸음 하나하나가 다 참회의 걸음이다. 영업상 불가피한 지점장의 정보를 토스했던 일이 떠오른다. 이것이 나의 죄목일까. 아니라면 무엇이 나의 죄였을까. 무능함인가 게으름인가. 남들처럼 부탁 한번 하지 않은 순진함인가. 그런 어리석음인가. 생각이 너무 깊으면 비관론자가 된다는 건 맞는 말이다. 생각이 꼬리를 무니 그 사이로 고통과 회한이 스며든다.

세화성당

내 탓으로 돌리자. 내 탓으로 돌리자. 걷는 길목에 청강사와 세화성당이 있어 두 곳 모두 들러 참회하고 또 참회하며 합장하고 기도드렸다. 오늘 기록 27.74km, 5시간 32분. 이제 남은 거리는 35km다. 두 발아, 고맙다.

내 마음의 은행나무

필생즉사 필사즉생(必生卽死 必死卽生)

오랜만에 7시 반까지 잠을 잤다. 일주일여간 제주도 해안 도로 5분의 4를 돌았으니 몸도 지칠 만하다. 오늘 출발지까지는 숙소 애월에서 50km. 차로도 한 시간 반은 가야 하기에 아침시간이 빠듯하다. 한데 휴대폰이 발목을 잡는다. 어제 너무 피곤해 핸드폰 충전을 깜빡해 버렸다. 핸드폰이 없으면 오후 4시 이후에는 길을 찾기 어려워진다. 소중한 등대이니 잠깐이라도 충전하자. 그 사이 라면이라도 끓여 먹자. 어제 씻지도 않은 냄비에 물을 붓는다. 라면 끓는 사이에 메모해 둔 글을 읽는다.

'말 못 하는 아기한테도 자주 말을 걸어 주어야 한다. 아기는 부모가 하는 말을 이해하려고 무의식적으로 노력한다. 부모가 다정하게 말을 걸어 줄 때 아기의 뇌에서는 행복한 비상사태가 일어난다.'

아! 나는 그동안 아이 셋을 위해 얼마나 말을 걸어 주었고 얼마나 말동무가 되어 주었던가. 업무 핑계 삼아 맨날 막걸리에 소주에 고스톱까지, 지 할 짓 다 했으니 나는 빵점짜리 아빠다. 그래도 비

터벅터벅 뚜벅뚜벅

뚤지 않고 바르게 자라 준 아이들이 고맙다. 지애 지은 여민

을 잘 키워 준 아이 엄마에게도 늘 고맙고 미안하다.

　상념에 잠긴 동안 라면은 국물 하나 없는 짜장면이 되어 버렸다. 그래도 먹는다. 인생사 결국 밥심 아닌가. 염분을 보충한다고 생각하자. 9시 7분 대문을 나선다. 어제 도착지인 조천 옆 세화성당 부근까지 가야 한다. 황구가 잘 다녀오라고 애교를 떤다. 사람이고 짐승이고 정이 있어야 한다.

　버스 타는 길목에 눈이 곱게 쌓인 빈 의자가 덩그러니 홀로 놓여 있다. 누군가를 애타게 기다리는 듯하다. 저 의자의 주인은 누구일까. 우리은행에 내게 맞는 의자는 이제 없는가. 혹시 어디선가 나를 기다리는 빈 의자가 있을까.

김녕 앞바다 풍력발전기

　밤사이 조금씩 내린 눈으로 애월언덕은 순백의 겨울 동산이다. 물가에 지는 달, 애월이라는 이름이 조금 애처롭다. 제주버스터미널에서 9시 50분 동쪽 해안 일주 도로를 경유하는 버스를 타고 오늘의 출발지로 향한다. 오늘은 길거리에 버리는 시간 없이 딱딱 스케줄이 맞는다. 제주 어느 곳이든 눈 감고 다닐 정도로 도로 사정에도 밝아졌다. 드디어 오늘 출발지인 세화리 환승 주차장이다. 제주항까지 남은 최종 거리는 이제 32km. 무리가 따르지만 오늘 완주 임무를 끝내고 싶은 마음이다.

　　　　　　　　　내 마음의 은행나무

굴레를 벗으려고 몸부림치며 지난 일주일여간 바닷길, 자갈길, 흙길, 아스팔트길로 약 200km를 걸었다. 이제 그 끝이 보인다. 그래도 '백 리를 가는 자는 구십 리를 절반으로 친다' 했으니 마음을 모아 멋진 마무리를 해야 한다. 갑자기 가슴이 먹먹하고 울화가 치민다. 걷기는 했지만 길에서 도(道)를 닦지는 못한 모양이다. 하기야 득도가 그리 쉽겠는가. 어찌 보면 내가 부질없는 걸음걸이를 하고 있는지도 모른다. 부질없더라도 한 바퀴는 돌자. 그건 내가 내게 한 약속이고 사내의 자존심이다.

그러나 욕심 탓인가. 첫걸음부터 다리에 통증이 왔다. 아침에 물파스를 바르고 나왔지만 효능이 없나 보다. 이 상태로 완주가 가능할까? 그래, 죽기 살기로 가 보자. 필생즉사 필사즉생(必生卽死 必死卽生)! 이순신 장군이 말하지 않았나. "살고자 하면 반드시 죽고, 죽고자 하면 반드시 산다"라고.

1차 목적지 김녕 앞바다까지는 10km. 바람개비가 돈다. 대형 풍력 발전기다. 돌고 도는 게 바람개비의 운명이다. 나는 오늘 걷는 게 운명이다. 마을 이름이 당근마을이다. 인근에 행원마을도 있다. 입술이 마르고 물도 떨어져 조그만 무 한 개를 슬쩍했다. 그래도 양심은 있어 무밭의 무를 뽑지 않고 무밭 경계 돌담 밖에 자란 무를 뽑았다.

10km면 딱 두 시간이다. 눈앞에 김녕교회 십자가가 보인다. 잠시 발목도 보호할 겸 교회에 들어가 모자를 벗고 의자에 앉

는다. 주일이라 교인들이 많다. 개성공단 이후 처음으로 하나님을 불러 본다. '하나님, 이 나약한 유랑자, 방랑자, 유배자를 거두어 주시옵소서.'

발걸음을 함덕으로 돌린다. 4·3사태 학살 현장이라는 기념탑도 보인다. 잠시 묵념으로 예를 갖춘다.

내가 좋아하는 함덕 해수욕장까지는 전방 3km. 하지만 핸드폰 배터리가 수명을 다해 간다. 5%면 거의 죽은 목숨이다. 오후 늦게 핸드폰이 꺼지면 걷기도 스톱이다. 일단 배부터 채우자. 먹고 생각하자.

드디어 한 바퀴!

"줄을 타며 좋아했지. 춤을 추면 신이 났지. 손풍금을 울리면서 사랑 노래 불렀었지. 울어 봐도 소용없고 후회해도 소용없는 어릿광대의 서글픈 사랑….."

박경애의 '곡예사의 첫사랑'에 나오는 노랫말이다. 내가 지금 꼭 어릿광대 신세다. 임원 되지 못했다고 울어 봐도 소용없고 후회해도 소용없는 처지다. 그래도 제주의 고지는 바로 저기다. 그 고지만은 오늘 꼭 밟고 싶다. 핸드폰을 충전하고 지친 걸음에 휴식을 줄 겸 갤럭시8이 충전되는 식당을 찾는다. 횟집이다. 매운탕 한 그릇 시키고 전복 두 마리를 추가한다. 고지 점령을 위한 마지막 영양 보충을 했다.

5시가 넘으니 사방이 어둑해진다. 핸드폰 40% 충전. 좀 불

내 마음의 은행나무

안하지만 더 지체할 수가
없다. 자, 다시 출발하자.
40%로 완주 종착지 제주항
까지 가 보자. 이제 15km
남았다. 3시간만 맘먹고 걸
으면 된다. 발목 통증이 완
주는 내일로 미루라고 꼬드
겨도 일단 참고 걸어 본다.

12월 30일 (일) 오전 11:02 - 오후 3:29

18.3 km

3 시간 46 분   4.8 km/h

최종 목적지까지 10km를
남기고 끝까지 갈까 여기서
멈출까, 마음이 요동을 친
다. 오기가 발동한다. 그런
데 몸이 말을 듣지 않는다.
걸음 속도가 2km 아래로까
지 떨어졌다. 희망은 먼발

12월 30일 (일) 오후 5:02 - 오후 8:22

14.56 km

2 시간 58 분   4.8 km/h

2018. 12. 23~12. 30. 8일간 총 242km
제주 한 바퀴를 완주하며

치에 보이는 제주항이다. 희망이 보이면 발걸음이 가벼워진
다.

6시 34분, 삼양파출소 앞을 통과한다. 목이 타 식혜 두어
모금을 마신다. 7시 4분, 남은 거리는 4.7km. 걸음을 서두르
면 47분 후 도착이다. 7시 57분, 1.7km 남았다. 명문 제주
여상을 통과한다. 눈에 익은 동문시장도 보인다. 남은 거리

우리은행 제주금융센터

는 불과 1km. 아, 저 멀리 그 자랑스러운 이름 넉 자 우리은행이 보인다. 우람한 우리은행 제주금융센터 간판이다. 돌고 돌아 우리은행과 맞부딪치니 이건 또 무슨 운명인가. 가슴이 미어지고 눈가가 촉촉해진다. 아니, 줄줄 흐른다. 무엇을 얻고자, 그 무엇을 얻고자! 모자 벗고 단추 채우고 쓴 미소를 지으며 우리은행을 배경으로 가슴에 손을 얹고 인증 사진을 찍는다. 그리 비우고자 했지만 나는 우리은행 울타리조차 벗어나지 못했다.

처음 출발한 방파제까지 남은 거리는 750m. 이제 마침표만 찍으면 된다. 삶은 엔드(end)가 아니라 앤드(and)라 했으니. 종지부가 무슨 의미가 있겠냐만 그래도 종지부를 찍어야 새 문장을 쓰지 않겠나. 그래, 마지막 방점을 찍자!

500m, 300m, 100, 50, 30, 10, 7, 5, 3m, 2m, 1m, 0.
8시 21분, 드디어 방랑길 고행길 종점에 선다. 고생했다. 무얼 얻었는지, 무엇을 깨달았는지는 솔직히 잘 모른다. 그래도 암튼 고생했다. 장하다, 윤석구!
사방은 칠흑이다. 내일 해가 뜨면 어둠은 슬며시 사라질 것

내 마음의 은행나무

이다. 지금은 칠흑이지만 나의 내일에도 해가 뜰 것이다. 나를 돌아보며 걷고 걸었던 제주 바다길 242km! 그 길이 너무 고맙다. 언젠가 유배길이 아닌 순례길로 다시 제주를 찾을 것이다. 그때는 더 둘러보며 웃는 얼굴로 천천히 걸을 것이다. 오늘 밤이 지나면 기해년 2019년이다. 새해에는 새로운 해가 뜰 것이다.

순례길로
다시 찾은 제주

제주 바다가 그리워 배낭 하나 달랑 메고 한숨에 달려왔습니다. 유배길로 제주도를 찾은 지 1년 4개월 만입니다. 이제는 유배길도 방랑길도 아닙니다. 풍광도 즐기고 나를 고요히 내려다보는 순례길이라고나 할까요.

코로나19로 비행기 편수가 크게 줄었는데도 빈 좌석이 많습니다. 큰딸아이가 다니는 항공사이다 보니 마음이 더 착잡합니다. 얼마 전 동종 회사를 인수한다는 뉴스에 박수를 쳤는데 지금은 인수는커녕 유동성조차 부족할까 걱정입니다. 부모는 언제나 자식 걱정에서 온전히 해방될 수 있을까요. 코로나가 빨리 물러가고 경제도 회복되기를 바라는 마음입니다.

2018년 연말의 제주 유배길이 유념유상(有念有想)이라면 오늘 제주길은 무념무상(無念無想)입니다. 일체의 상념을 버린, 빈 듯이 담담한 마음입니다. 제주 공항에서 내려 애월의 서쪽 방향으로 걷습니다. 굳이 얼마를 걷겠다는 목표치도 없습니다.

내 마음의 은행나무

춘래불사춘(春來不似春). 봄
의 문턱을 넘었지만 바람
은 차갑습니다. 내 마음에
도 활짝 꽃핀 봄은 아직 오
지 않았습니다. 늦은 아침

목마 등대

대용으로 사과 서너 조각 먹고 제주 공항 동편 담 도로를
거쳐 우두봉으로 향합니다. 주말인데도 음식점 문이 거의
닫혀 있습니다. 항구는 꽉 묶인 배들로 가득합니다. 불현
듯 코로나로 바다의 물고기들은 행복하겠구나 하는 생각
이 스칩니다. 사실 인간이 자기 잘 먹자고 얼마나 많은 생
명을 해쳤습니까. 버젓이 '만물의 영장'이라는 완장을 두
르고 말입니다. 다른 생명을 죽여 자기 생명을 연장하는
게 인간 아닌가 하는 엉뚱한 생각이 듭니다.

우두봉 등대를 뒤로하고 이호테우 쪽으로 발길을 옮깁
니다. 길가에 복숭아꽃이 그다지 이쁘지 않습니다. 다산
선생은 "곱게 보면 꽃이 아닌 풀이 없고 밉게 보면 잡초가
아닌 풀이 없다"라고 했는데, 제 마음이 아직 곱지만은 않
은 듯합니다. 봄을 먼저 맞은 동백의 붉은 꽃도 시들어 갑
니다. 푸름도 붉음도 세월에는 어찌할 수 없나 봅니다. 홀
로 서 있는 벚나무 한 그루가 꽃망울을 터뜨립니다. 지는
꽃은 애잔하고 피는 꽃은 설렙니다. 우리네 삶도 꽃처럼
피고 지겠지요.

제주도 유배길에서 바닷가로 바닷가로 뚜벅뚜벅 타박타박 장장 8일간 242km 한 바퀴를 걸은 덕에 이제는 눈 감아도 제주 해변이 훤히 보입니다. 애월에 가면 뭐가 있고 한림의 풍경은 어떤지 금세 기억이 되살아납니다. 풍광의 추억, 맛의 추억, 생각의 추억, 유랑의 추억…. 오늘은 제가 추억의 시간을 걷습니다. 한데 제 마음은 아직도 잘 보이지 않습니다.

해변가의 목마 한 쌍이 서로를 바라봅니다. 언제 손잡을 수 있을지 기약이 없으니 애처롭습니다. 협재 해수욕장 백사장 한가운데에는 옹달샘이 있습니다. 그곳을 지나며 물방울이 바다가 되는 이치를 새겨봅니다. 카페에 들러 커피 한 잔을 마십니다. 누군가 카페를 '혼자 있고 싶으면서도 옆에 친구가 필요한 곳'으로 정의했는데, 나도 누군가 옆에 있었으면 하는 생각이 듭니다. 그 누군가는 누구일까 잠시 머리를 굴려 봅니다. 노자는 비워서 채우라고 했습니다.

비움은 허(虛)가 아닙니다. 불필요한 잡것을 미련 없이 떨쳐 내는 일입니다. 물질의 잡것, 생각의 잡것을 덜어 내는 일입니다. 제가 무념무상으로 제주에 왔다고 했지만 솔직히 무념무상인지 무념유상인지 헷갈립니다. 사람의 마음이 그리 쉽게 다스려지겠습니까. 다만, 재작년 유배길에 비하면 무념무상인 게 분명합니다. 1년 동안 많은 것을 내려놓았습니

내 마음의 은행나무

다. 오늘 제주를 다시 찾은 것은 어쩌면 회귀본능(回歸本能) 때문인지도 모릅니다. 아픈 상처의 절반쯤을 치유해 준 제주가 그리웠나 봅니다.

내가 내게로 돌아오는 길이 제주 한 바퀴보다 더 멉니다. 이제 제주의 기운을 담아 집으로 돌아가면 내가 내게로 돌아오는 길을 찾아보겠습니다. 내 길을 찾으면 다시 제주로 와 그 길을 일러 줄 겁니다. 그때는 진짜 무념무상으로 제주를 더 즐길 수 있겠지요. 그날이 빨리 오기를 소망하며 김포 공항행 비행기에 몸을 싣습니다.

고향집 반호정사 삼의당 은행나무

다시
꿈을 꾸며

4장

세르반테스는 돈키호테의 입을 빌려 운명의 수레바퀴
는 방앗간의 물수레보다 회전이 빠르다고 했다. 낮았다
높아지고 높았다 낮아지는 게 삶이다. 누구나 몇 번은
인생길에서 주저앉는다. 주저앉아만 있으면 패배자가
되지만 다시 일어나 길을 가면 도전자가 된다. 4장은 피
우지 못한 꽃봉오리가 다시 꽃을 피우려는 몸짓에 관한
이야기다.

꿈이 진
자리에

2019년 4월 1일, 만우절이다. 은행연합회 홍재문 전무님 한테서 카톡이 온다.

'미국인 청년 여행객 13명이 설악산 흔들바위를 흔들어서 바위가 산 아래로 굴러떨어졌대!'

둔한 나도 그 정도 눈치는 있다. 만우절에 또 흔들바위가 굴렀구나 하고 속으로 웃으면서도 '정말요?' 하며 놀란 척 답장을 보냈다. 이럴 땐 적당히 속아주는 게 센스다.

한데, 이건 참말이다. 나는 그날 우리금융 계열사인 우리종합금융에 첫 출근했다. 4개월의 방랑을 마치고 새 직장에 나가려니 상념이 눈처럼 쌓여 평소보다 일찍 잠이 깬다. 장롱에 밀쳐 둔 흰색 셔츠를 입고 넥타이도 맨다. 만 4개월 만의 출근길이 설레면서도 허전한 이유는 뭘까. 큰 꽃이 진 자리 옆에 소담하게 피어난 꽃을 보러 가는 마음이어서일까.

우리종합금융은 유서 깊은 명동 한복판에 있다. 나는 명동과 인연이 깊다. 1980년대 초반 삼성물산 자금부에서 근무할 때 회사가 발행한 어음을 들고 명동 단자사나 은행으로 이리 뛰고 저리 뛰었다. 1995년도 한일은행 을지로지점에 근무할 때 육사 21기 김복희 지점장님의 사랑을 받으며 명동성당 교회운영자금 입출금을 위해 아침저녁으로 파출 수납을 다닌 곳도 명동이다. 당시 김수환 추기경님을 서너 발자국 앞에서 뵈면 "그래 윤 군, 노고가 많아요" 하며 인자한 미소로 격려해 주시던 모습이 생생하다. 1997년 외환 위기 당시 우리은행 전신인 상업은행과 한일은행의 합병을 반대하기 위해 밤새도록 데모한 추억이 있는 곳 역시 명동이다.

우리종합금융

내 삶의 추억이 있는 곳으로, 본당(本堂) 임원의 꿈이 진 자리에 피어난 우리종합금융으로 새로운 발길을 내딛는다. 무수히 오간 자유로를 거쳐 광화문을 통과한다. 광화문 우리카드 건물 너머로 햇살이 눈부시다. 쭈그러든 꿈에, 말라 가는 희망에 조금 생기가 도는 느낌이다. 조계사에서 차를 멈춘다. 무슨 미련이 있다고 대웅전을 향하는지. 이리도 간사한 내 마음이 서글프다. 부처님 하나님 다 필요 없고 부처가 나고 하나님이 나라고 제주 바닷가에서 중얼거린 것이

내 마음의 은행나무

엊그제인데 법당에 엎드려 부처님께 삼배를 드렸다.

은행연합회 건물에 주차를 한다. 지하 샤워장에서 몸을 다시 정갈히 한다. 새벽부터 서둘러서 아직 8시다. 30분은 여유가 있다. 부처님께 삼배를 드렸으니 성모님도 찾아뵙자. 발길을 재촉해 명동성당으로 가 두 손을 모은다.

'전지전능하신 하나님! 지난 4개월 시린 가슴을 벗으며 이제 새로운 일터 초당(草堂)에서 근무합니다. 무탈하게 성과를 내어 회사 발전에 조금이라도 기여할 수 있도록 도와주소서.'

제행무상(諸行無常). 만물은 늘 변하여 한 모양으로 머무르지 않는다고 했다. 40년 전 첫 사회생활을 한 남대문 명동에서 내가 또 다른 모습으로 일을 하게 되었다. 돌고 도는 게 인생사라지만 돌고 돌아 다시 명동에 오니 감개가 무량하다. 명동의 추억이 파노라마처럼 한 컷 한 컷 스쳐 간다.

그래, 잘해 보자. 꽃이 진 자리면 어떤가. 우리종합금융 업무 중 기업 금융 업무는 은행 재직 시 단기금융부장으로 맛을 봤고 40년 전 단자사 찾아다니며 유사 업무 경험을 했으니 초보도 아니지 않은가. 열심히 뛰자. 꽃이 진 자리에서 더 화려한 꽃을 피우자.

우리 가족
내 희망

"아빠, 꼭 가보고 싶어."

둘째 딸 지은이의 신혼여행 버킷 리스트 1위는 아이슬란드 오로라다. 태양의 영혼이 지구의 기슭에 다가와서 손짓하는 곳이라 하니 얼마나 장관이겠는가. 한데, 지은이의 꿈이 답답한 상자 안에 갇혔다. 코로나19라는 무자비한 놈이 둘째 딸 꿈을 상자에 감금했다. 상자가 언제 열릴지는 나도, 지은이도, 세상도 잘 모른다. 그저 흉악한 놈과 맞서 싸울 뿐이다.

오로라를 보는 것이 평생 꿈이라며 2020년 초에 결혼하고 싶다는 딸아이를 조금이라도 더 데리고 싶은 아버지 욕심에 가을로 미룬 것이 화근이었다. 아이슬란드 항공권과 신혼여행 경비 일체를 부담하겠다는 부정(父情)의 간청을 지은이가 받아들여 결혼식은 추석 일주일 전인 9월 26일로 결정됐다. 연초였으면 많은 지인의 축하를 받으며 딸 결혼식을 치렀을 텐데. 하지만 이미 엎질러진 물이었다. 설상가상으로 상황은 더 악화되었다. 코로나 감염자가 늘어나면서 하객을 49명으로 제한한다 하니, 11월 15일로 다시 두 달 가까이 결혼식을 연기할 수밖에 없었다.

방역을 완벽히 한다지만 하객들 마음은 얼마나 불안할지, 뷔페 대신 도시락을 제공해야 한다는데 잔칫집에 먹을 것 없다고 말씀을 하지는 않으실지, 도시락 대신 답례품을 한다면 무엇을 준비해야 할지…. 날이 다가올수록 하루하루 속이 탄다. 이제는 식이라도 무사히 치렀으면 하는 마음뿐이다.

결혼식 10일 전쯤 새벽 4시에 잠이 깼다. 30여 년 전 셋째 아들 결혼시킨다고 심신이 고단하셨을 어머님이 떠오른다. 자식을 통해 부모님을 보니 나도 이제 진짜 아버지가 되었나 보다. 천장에 어머니를 그려 본다.

'어머니, 셋째 아들 둘째 손녀 지은이가 시집을 갑니다. 몹쓸 바이러스로 마음이 뒤숭숭해지니 어머니 생각이 더욱 간절합니다. 남편도 없이 홀로 흙손으로 키운 자식이 장가를 간다 하니 그 심정이 어떠셨을까요. 한 푼 없는 살림살이에 속은 또 얼마나 태우셨을까요. 그래도 어머님은 자식이 좋은 가정 꾸리고 행복하게 살기만을 기도하셨겠지요. 어머니 사랑으로 화목한 가정을 일궈 딸을 시집보냅니다. '정직하고 부지런하고 따뜻하라'는 어머니의 가르침을 제 자식들한테도 물려주었습니다. 그러니 지은이도 할머니의 말씀을 따라 어여

쁘게 잘 살 겁니다. 어머니, 머리 숙여 감사 또 감사드립니다.'

눈물이 주룩 흐른다. 가슴이 아리다. 어머니가 보고 싶다. 할머니가 손녀에게 들려주는 덕담이 귀에 은은하다.

'사랑하는 이쁜 손녀딸아!

지애 큰손녀에 이어 결혼식을 올리는 회현동 우리은행 터는 정승이 12분이나 나온 예로부터 어질고 마음씨 착한 이 할미 성인 동래 정(東萊 鄭)씨 사람들이 모여 살았다지. 이런 좋은 곳에서 우리 예쁜 손녀가 결혼식을 올린다니 이 할미는 천상에서도 큰 복을 받는구나. 서로 양보하고 배려하는 어진

회현동 우리은행
은행나무 그늘 아래

부부가 되거라. 500여 년 동안 마주 보고 선 두 그루 은행나무처럼 서로 의지하고 지탱하는 부부가 되거라. 부모님께 효도하고 가족 간에 우애 넘치는 부부가 되거라. 할미의 마음이 이리 기쁠 수가 없구나. 건강하고 행복해라. 할미가 늘 응원하고 사랑한다. 축하한다. 우리 이쁜 마음씨 착한 손녀딸 지은아.'

바람이 불어도 꽃은 핀다. 바이러스의 기세가 잠시 멈추면서 하객 친지분들의 축복 속에 결혼식은 무사히 잘 치렀다.

　　　　　　　　　내 마음의 은행나무

모두에게 고맙고 감사했다. 딸아이도, 사위도 축복해 주신 마음을 품고 행복한 세상을 살아갈 것이다.

어느 부자가 금은보화는 버리고 갓난아기만을 안고 피란길에 올랐다. 의아하게 여긴 사람이 이유를 물었다.

"피란길에는 금은보화만큼 요긴한 게 없고 갓난아기만큼 거추장스러운 게 없습니다. 금은보화를 버리신 까닭은 무엇인지요."

부자가 답했다.

"이익으로 맺어진 것은 이익이 사라지면 인연도 끊어지지요. 하지만 혈육으로 맺어진 것은 어려울수록 더 보듬습니다. 둘의 차이가 아주 크지요."

가족은 흔들리는 나를 잡아 주고, 주저앉으려는 나를 일으켜 주었다. 내게 가족은 세상 최고의 응원가다. 여기까지 오는 길이 순탄치만은 않았다. 가시밭길도 있었고 굴곡도 많았다. 그래도 가족이 있기에 희망을 놓지 않았다. 내가 지금 서 있는 길이 꽃길은 아니다. 하지만 세상 모든 꽃이 찬바람, 비바람을 견디며 핀다 했으니 나도 견디며 다시 꽃을 피울 것이다. 가족이 있는 한 희망도 늘 내 옆에 있다.

내 삶의
등불

∴

　오늘은 스승의 날입니다. 며칠 전 고향을 방문할 일이 있어 모교 담벼락을 스치는데 감회가 새로웠습니다. 제가 이만큼이라도 세상에서 밥벌이를 하며 살아온 것도, 비틀거리고 주저앉고 싶을 때마다 중심을 잡고 다시 일어선 것도 내 삶에 스승님들이 계셨기 때문이라는 생각이 들었습니다.

　삶의 길목마다 등불이 되어 주셨던 스승님들이 생각나는 것은 제가 이제 철이 좀 들어서일까요. 벼가 익으면 고개를 숙인다 했는데 제 삶이 익어서일까요. 아니면 세월이 흘러 검은 머리가 희게 물들어 가서일까요. 고향의 백마강 물줄기에서 세월의 덧없음을 느끼면서 오늘의 저로 키워 주신 스승님들을 추억합니다.

김윤희 선생님!

　선생님은 제가 제 고향 백마강변에서 3학년 말 외가 근처

　　　　　　　　　　　내 마음의 은행나무

학교로 전학 와서 이방인으로 떠돌 때 각별히 보듬어 주셨습니다. 타향 외톨이의 마음을 헤아리셨기 때문이겠지요. 특히 신학기 반장으로 저를 지명해 주신 그 뜻을 늘 가슴에 새기고 있습니다. 기죽지 말라는 격려와 친구들과 잘 어울리라는 응원이셨던 것 압니다. 10년 전 선생님은 정년 퇴임식에 저를 교직 첫 애제자라고 소개하고 축사를 부탁했습니다. 제 삶에 그런 영광이 어디 있을까요. 제가 살면서 열정이 남달리 뜨거운 것도 초등학교 시절에 선생님이 그 씨앗을 심어 주신 덕입니다. 고전 등 책 읽는 습관을 길러 주시고 음악, 무용, 예술 등 타고난 저마다의 개성을 발굴해 주신 분도 바로 선생님이셨습니다. 무엇을 하든 1등이 되겠다고 마음먹으라는 선생님의 가르침을 가슴에 새기며 살아왔습니다. 선생님의 사랑으로 제가 여기까지 무탈하게 왔습니다. 그립고 감사드립니다.

참, 퇴임 2~3년 전 제자 몇 명이 찾아가 인사를 드린 다음 날 선생님이 보내 주신 메일은 아직도 간직하고 있습니다.

2011년 11월 24일 오후 4시 7분이 추억으로 박혀 있는, 제자 사랑이 가득한 선생님의 메일입니다.

'너희들이 다녀가서 나는 눈물겹도록 좋았다. 어쩜 그렇게 이쁘게들 성장했니. 각자의 삶으로 뒤돌아볼 여유도 없을 텐데 하루를 내준 것이 너무 고맙다. 언제 다시 만나 아랫목에 발 묻고 밤새도록 못다 한 이야기를 나누고 싶구나. 짧은 만

남으로 너희들에게 못다 들은 얘기가 아쉽기도 하고 또 다른 애들은 어떻게 사는지 궁금하기도 하구나. 내 교직 생활 41년의 보람을 너희들에게서 찾는다 싶구나. 더 잘해 주었어야 하는데. 혹시 상처 준 건 없는지 너희들만이라도 마주 보고 쓸어 주고 싶었단다. 우리 마주 보고 웃을 날을 다시 기다려 보자. 그때쯤은 내게도 또 다른 출발이 있겠지. 부디 건강해라. 그래야 다시 만나지. 많이 고맙고 미안하고, 그리고 사랑한다. 안녕. 내 이쁜 사람들.'

김병국 선생님!

선생님은 늘 정성으로 가르치셨습니다. 이심전심(以心傳心). 부처님께서 불경보다 몸소 행함으로 제자들을 깨우치셨듯 선생님도 몸소 모범을 행하심으로 제자들을 반듯하게 하셨습니다. 특히 가정 형편이 어려운 제자들을 품으시고 사랑해 주신 그 마음을 제 가슴에 고이 간직하고 있습니다. 선생님은 공부 잘하는 학생보다 바른 어린이가 되라고 하셨지요. 천국에서도 학생들을 모아놓고 '바르게 자라라' 가르치시는지요. 초등학교 6학년 때 저를 학교 전체 반장으로 뽑아 주신 덕에 기죽지 않고 사회에 나와 선생님의 가르침을 앞서 실천하는 역할도 맡았습니다. 제 필체가 좋다고 칭찬받는 것도 선생님이 글을 정성껏 써야 한다고 강조하며 살펴 주셨기 때문입니다. 돌이켜 보면 선생님의 보살핌으로 제가 기 펴고 세상을 걸어올 수 있었습니다. 선생님, 보고 싶습니다.

김동순 선생님!

선생님은 중학교 2학년 제 담임을 맡으셨습니다. 엄격하면서도 자애로우셨습니다. 시간이 흘러 되돌아보니 엄격과 자애는 둘이 아닌 하나였습니다. 제자들을 아끼기에 엄격하셨던 거지요. 제가 그걸 조금 늦게 깨달았습니다. 선생님은 매일 아침 다른 반보다 30분 먼저 등교시켜 한자를 가르치셨습니다. 하루 한자 5개를 숙제로 내시고 다음 날 아침 칠판에 백묵으로 쓰게 하셨지요. 선생님은 한자를 알아야만 국어 실력이 늘고 좋은 인성도 키울 수 있다고 강조하셨습니다. 동녘 동(東)을 제대로 못 써 회초리를 맞은 기억이 생생합니다. 선생님의 사랑의 회초리 덕에 제법 한자를 아는 취급을 받고 한자가 섞인 고전도 잘 읽고 있습니다. 제자들을 위해 30분씩 일찍 학교에 오신 선생님, 저도 그 마음을 닮으며 살아가겠습니다. 선생님, 고맙습니다.

민병완 선생님!

선생님은 제가 고2 때 담임이셨습니다. 저는 선생님에게 의리와 도전을 배웠습니다. 선생님은 맹자의 인의예지(仁義禮智) 중에서 특히 의(義)를 강조하셨습니다. 사람이 살면서 옳고 그름을 제대로 분별할 줄 알아야 짐승과 구별된다고 하셨지요.

모교. 입지대성(立志大成)

저도 선생님의 가르침대로 세상을 살면서 이 길이 의로운지를 가끔 돌아봤습니다. 선생님은 저희에게 우물에서 벗어나라고, 독서를 통해 다양한 각도에서 사물을 볼 줄 아는 혜안을 키우라고도 하셨지요. 선생님은 한 자리에 머무르지 않고 늘 한 발짝씩 앞으로 나아가셨습니다. 저희에게 진보하는 삶을 몸소 실천하신 거지요. 살면서 게을러진다 싶을 땐 선생님을 떠올립니다. 그럼 다시 힘이 납니다. 대전에서 그러셨지요. "내가 이렇게 많은 은행 지점장님들과 삼겹살에 소주 마실 수 있겠어. 다 잘난 제자 윤 군 덕분이지" 하며 소탈하게 웃으시던 모습이 선합니다. 선생님, 제가 덕분입니다. 제가 선생님 덕분입니다.

오원석 교수님!

교수님은 성균관대 경영대학원에서 후학을 양성하고 계십니다. 저는 교수님에게서 경영이 아닌 인문을 배웁니다. 교수님의 인품을 배웁니다. 교수님은 안동이 고향으로 유학의 대가이십니다. 리더의 덕목 중 으뜸은 인문학적 소양이라고 강조하십니다. 교수님을 통해 고전과 공맹(孔孟)의 의미를 조금이나마 깨우치고 인간 존엄을 배웠습니다. 그리 보니 인문이

명륜당 은행나무

경영과 분리된 것이 아니라는 생각도 듭니다. 경영이란 게 결국 세상을 다스리고 인간을 다스리는 거니까요. 교수님을 뵈면 발길에 힘이 생깁니다. 성균관 명륜당 대성전 뜰 은행나무 네 그루를 볼 땐 저의 선조 윤탁 할아버지께서 1519년에 심어 500년의 역사가 흐른다며 저를 치켜세워 주셨지요. 그때마다 감사하고 조상에 누가 되지 않는 후손이 되어야겠다고 다짐합니다. 교수님과 함께한 인문학 투어의 향기는 오래오래 남아 있을 것입니다. 교수님을 만난 건 큰 영광입니다.

군사부일체(君師父一體). 소학(小學)은 "임금과 스승과 아버지의 은혜는 같다"라고 했습니다. 낳아 주신 은혜와 가르쳐 주신 은혜가 같다는 것이지요. 스승님이 가르쳐 주시고, 그늘이 되어 주시고, 이정표가 되어 주셨기에 길을 잃지 않고 제가 여기까지 왔습니다.

스승님은 저의 등대이자 횃불이며 나침반입니다. 나이가 들면 꿈에도 주름이 생깁니다. 하지만 삶의 골목마다 등불이 되어 주시는 스승님들이 계시기에 저는 나이보다 10년쯤 젊은 꿈을 꿉니다. 꽃 몇 송이 땅으로 졌지만 화사한 만개를 기다리는 꽃봉오리는 아직 많습니다.

은인을
찾습니다

1985년 초가을. 대학 4학년 때까지 입대를 연기시켜 놓고 입영시기를 고민하고 있었다. 그러던 어느 날 우연히 신문 한 귀퉁이에서 당시 단기 사관, 즉 육군 학사장교 모집 공지를 보았다. 눈이 번쩍이고 머리가 쭈뼛해졌다. 그래, 저게 나의 길이다. 빨리 지원하자. 어릴 적부터 꿈이었던 장교의 길로! 전국 상대 출신들의 지원 병과는 병참 또는 보병이다. 나도 무역학을 전공했기에 당연히 병참으로 지원했다.

한 달쯤 지났을까. 오매불망 기다린 1차 장교 입대 서류 전형 합격 통지서가 군사 우편을 통해 손안에 들어왔다. 꿈의 절반은 이룬 것 같은 희열로 심장이 벌렁거렸다. 김칫국부터 마신다고, 논산 훈련소에서 훈련병을 지휘하는 다이아몬드 두 개의 소대장이 된 듯한 느낌마저 들었다. 하지만 들뜬 기분도 잠시였다. 문제는 최종 합격의 관문을 어떻게 뚫느냐인데, 묘책은 없고 고민만 머리를 가득 채웠다. '어머님, 힘이

내 마음의 은행나무

되어 주시옵소서!' 나 자신도 모르게 언제나 그립고 그리운 나의 어머니한테 두 손 모아 기도드렸다. 당시 나에겐 장교의 꿈이 그만큼 절실했다.

수십만 평의 영천 3사관학교 연병장에 도착해 각종 체력 테스트를 했다. 100m 달리기와 윗몸 일으키기, 턱걸이 등 다양한 테스트에서 젖 먹던 힘을 다했다. 한나라 군사를 이끈 한신이 스스로의 퇴로를 막은 배수지진(背水之陣)으로 조나라 20만 군대를 격퇴한 결사항전의 심정이 이랬을까. 암튼, 진인사(盡人事)했으니 이제는 대천명(待天命)이다.

합격일까, 떨어졌을까. 6개월처럼 느껴진 2~3주가 흘렀다. 장교 면접 대상자로 선정되었으니 영천 3사관학교로 2차 면접에 모일 모시까지 오라는 통지가 날아왔다. 꿈에 거의 다가간 기분이었

합격통지서

다. '어머니, 두 단계 통과했습니다. 다음 면접까지 통과해 다이아몬드 빛나는 대한민국 육군 장교가 되도록 힘을 보태 주옵소서. 사랑하는 어머니!'

"수험번호 11117번 지원자 면접 대기하시오!"

양어깨가 늠름하고 잘생긴 진행 요원 대위의 호명이 우렁

찼다.

"네, 11117번 수험생 윤석구입니다. 대한민국 육군 단기 사관후보생이 되면 조국 수호의 간성으로 국방의 의무인 국토 수호를 위해 혼신의 힘을 다하겠습니다!"

머릿속으로 달달 외운 답변을 힘차게 외쳤다. 주저하지 않고 소신 있게 답했다. 하지만 여기저기서 지원 동기생들이 "병참 지원율은 53 대 1이고 보병은 17 대 1이라 병참 합격이 하늘의 별 따기"라고 쑤군대니 두 다리의 힘이 쫙 빠졌다. 그토록 염원한 장교의 길이 마지막에서 막히나! 어머니, 그 무슨 길이 없을까요?

어머님이 내 소원을 들으셨을까. 면접이 끝날 즈음 저 멀리서 장교 한 분이 나보고 잠깐 따라오란다. '왜 보자고 할까?' 심장이 두근대고 겁도 난다. 남들 시선이 뜸한 모퉁이에서 "면접은 잘 보았냐", "병참 지원 비율이 매우 높던데!"라며 고향과 학교까지 묻는다. 참 이상한 일이다. 그걸 왜 물을까. 고향 분인가? 아니면 동문 선배라도 되시나?

아무튼 면접 진행 요원 되시는 분이 이리저리 아는 체를 해 주시니 마음이 편해지고 왠지 좋은 일이 생길 것 같은 예감이 들었다. 느낌은 적중했다. 얼마 후 나는 보병 장교 최종 합격 통지서를 손에 쥐었다. 구름 위를 나는 기분이었다. 그때의 기쁨은 어떤 형용사로도 부족하다. 합격 일성으로 어머니에게 외쳤다.

내 마음의 은행나무

"엄마 아들이 장교 합격증 먹었어요. 제가 장교로 가게 되었어요!"

학사장교 임관식

지난 5년 6개월 동안 삼성물산에서 주경야독하던 시간들이 주마등처럼 뇌리를 스쳐 갔다. 당시 나는 장교 후보생 합격을 인생에 비치는 서광으로 여겼고, 그 순간은 평생 잊지 못한다.

육군 학사 장교로 복무를 마치고 우리은행 전신인 한일은행에 대졸 신입 행원으로 입사해 10년, 20년의 세월이 흘러 하늘의 명을 안다는 지천명(知天命)쯤에 이르니 나를 불러 준 그 장교님이 자주 떠오르곤 했다. 자꾸 그분의 응원으로 내가 합격되지 않았을까 하는 생각이 들면서 삶의 은인처럼 느껴졌다.

'그래, 그 장교님을 찾아보자. 찾아서 감사 인사라도 드리자.'

하지만 이름도 모르고 성도 모르니 어떻게 찾나. 아는 건 단지 잘생긴 외모와 반짝이는 다이아몬드 3개 그리고 꾹 눌러쓴 모자뿐인데. 그것도 30년이나 지난 일을. 고향과 학교를 물은 것을 실마리로 동문회, 군면민회 등을 모두 수소문했지만 아직까지 찾지 못했다.

감사함이 깊어지니 보고 싶은 마음도 간절하다. 누가 제 길을 밝혀 준 은인을 아시는지요.

멋진 장교님은 아직도 행방이 묘연하지만 제 삶의 주춧돌
이 되어 주신 한국상업은행 남대문지점 제예금계 이종옥 대
리님은 찾았다. 사연인즉 이러하다.

나는 강경상고 3학년 여름 방학 때 이병철 회장님 앞에서
면접을 보고 연수 성적이 좋은 덕인지는 모르지만 삼성물산
관리본부 자금부로 발령을 받았다. 낮에는 일하면서 밤에는
잠을 줄여 가며 공부한 결과 자칭 꼴등으로 대학에 합격했다.
하지만 등록금 걱정이 태산이었다. 등록 날짜는 다가오고 발
만 동동 굴렀다. 사정을 아신 자금부 주무 가재산 선배님이
상업은행 남대문지점 이종옥 대리님께 SOS를 치신 모양이다.
1회 2만 원 매월 불입 재형저축을 가입하면 담보 대출을 해
줄 테니 인감 증명서를 발급해 오란다. 부랴부랴 등록 마감
하루 전에 시골 읍사무소에서 인감 증명 발급을 신청하려는
데 호적상 20세가 되지 않아 후견인이 필요하다며 부모님을
모셔 와야 한다는 거다. 땀 뻘뻘 흘리며 일하시는 어머님 등
을 밀었다.

"왜 인감이 필요하대?"

"회사 신원 조회용이에요."

끝까지 대학 등록금 이야기는 숨겼다. 아마 어머니 마음을
조금이라도 편하게 해 드리고 싶은 생각 아니었을까 싶다. 등

내 마음의 은행나무

록 마감 두 시간을 남겨 놓고 인감 증명을 대출계에 제출하니 역시 미성년자라고 대출이 되지 않는단다. 이제 달리 방법이 없다. 포기밖에. 그때였다. 이 대리님이 "윤 군, 윤 군!" 부르시며 상업은행 남대문지점 가계 수표 55만 원짜리를 즉시 발행해 "지금 빨리 뛰어가 등록부터 하라"라고 외치셨다.

나를 일으켜 세워 준 그 은인을 삶이 바쁘다는 핑계로 잊고 살았다. 그러다 나이 오십쯤에 귀한 인연들을 한 분 한 분 깊이 돌아볼 시간이 생겼다. 2012년

상업은행 남대문 가계수표카드

12월 13일 내 일기장에는 이렇게 적혀 있었다.

'제 인생에 큰 힘이 되어 주신 대선배님을 찾고자 합니다. 지금부터 30여 년 전 1981년 11월에서 12월 전후로 태평로 삼성본관 건물 1층 상업은행 남대문지점에서 제예금계 업무를 담당하신 당시 대리님입니다. 키는 173cm 전후로 깔끔하시고 단정하시고 인품이 매우 온후하시며 다정다감하신 것으로 기억됩니다. 너무도 큰 은혜를 입었기에 꼭 찾아뵙고 인사드리고 싶습니다.'

간절함이 응답을 받았는지 1997년 IMF 사태 당시 명예퇴직하시고 수원에 계신 이 대리님을 인사부 인사기록 카드로

찾게 되었다. 그 이후 10년 동안 명절에는 잊지 않고 고마움의 뜻을 전하고 있다.

나는 열정적으로 살았다. 게으름에도 지지 않았다. 생각해 보면 나의 그런 삶도 고마운 분들이 주춧돌을 놓아 주신 덕분이다. 나도 누군가에게 단단한 주춧돌이 되어 주자고 다짐한다. 인연의 세월이 흐른 뒤 이름 모를 장교님과 대리님의 고마움을 기억하며 은행의 특성화고 출신 모집 요강을 모교에 보내줬다. 면접 요령도 덧붙여 후배들의 합격을 응원했다. '가을이'와 '세아.' 이쁜 후배들을 볼 때면 조금은 마음의 위안이 된다. 기회가 되는 대로 이 가슴에 품은 은혜를 더더욱 갚아 나갈 생각이다.

내 마음의 은행나무

힘들어도
괜찮아!

얼마 전 윤석열 대통령님과 김건희 여사님께서 바이네르 구두를 구매했다는 뉴스가 화제가 된 바 있습니다. 아무래도 김원길 사장님의 삶과 투철한 봉사에 이미 감동하는 마음을 간직하고 계셨을 것 같습니다.

공교롭게도 저는 3년 전 바이네르 김 사장님이 쓰신 《힘들어도 괜찮아》라는 책을 도서출판 행복에너지 권선복 대표로부터 추천받아 감명 깊게 읽었습니다. '영혼을 담아 최선을 다할 때 명작이 된다'는 부제가 가슴을 울렸습니다.

힘들어도 괜찮아

읽다 보니 김 사장님과 저의 어린 시절은 곳곳에서 맞닿아 있었습니다. 저도 어려서 호롱불 밑에서 새끼를 꼬고 가마니를 치기도 했습니다. 초중등 시절 논두렁 풀을 베면서 다친 낫 자국 흉터는 왼손가락 마디마다 젊은 날의 훈장처럼 새겨져 있습니다. 배가 고파 물 한 바가지 벌컥 마시고 잠을 청한 적도 많았지요. 저와 김 사장님의 삶이 서로 닮아서인지 세 시간 만에 빨간 줄 여기저기 그으며 단숨에 읽었습니다. 하기야 60년대 중후반 시골의 모습이란 게 오십 보 백 보로 대동소이했지요. 저자님이 저하고 중학교 졸업 연도가 같은 것으로 보아 우리는 동갑인 듯싶습니다.

세상은 바다에서 난 용보다는 개천에서 난 용을 더 우러러봅니다. 어려운 처지를 딛고 일어선 자가 진정한 영웅이지요. 그러니 개천에서 난 용에게는 더 뜨거운 기립 박수를 보냅니다. 환경이란 혹독한 고난을 인내라는 DNA로 극복한 것을 알기 때문이지요. 그러한 까닭에 산전수전 다 겪으시고 세계 구두 시장에 바이네르라는 브랜드를 알린 사장님이야말로 진정한 영웅이십니다.

사장님의 성공 키워드가 '들이대'라는 것을 읽고 깜짝 놀라면서도 반가웠습니다. 저도 마케팅을 하면서 수없이 '들이대'를 다녀왔거든요. 제가 후배들에게 강조한 것도 바로 '들이대'여서 너무 공감이 갔습니다. 아무나 들이대지 못합니다. 용기가 있어야 하고, 열정이 있어야 하고, 자신감이 있어야 합니다. 들이대다 보면 가끔 주변으로부터 건방을 떤다고 오해를 받는 경우도 있지만 진정성이 있으면 답이 보이고 길도 보입니다. 사장님은 '들이대'로 세계로 뻗어가는 길을 여셨습니다.

젊은이들에게도 사장님 책을 읽어 보라고 했습니다. 안 된다 포기하지 말고 여기저기 들이대 보라고 했습니다. 용기를 내 보라고 했습니다. 세상의 문을 두드려 보라고 했습니다.

　　　　　　　　　　　　내 마음의 은행나무

책을 읽으며 사장님에게서 천사의 향기를 맡았습니다. 배고파 봤기에 내 것을 악착같이 챙기는 사람도 있고, 배고파 봤기에 이웃과 나누는 사람도 있습니다. 저도 상암동지점장 시절 삼동소년촌 소년원생과 손잡고 농구 경기장을 찾으며 위로와 격려를 하고 북한 이탈 가족 자녀들에게 장학금을 전달했습니다. 용산 다시서기센터에서 숙식하며 재활을 꿈꾸시는 분들을 위해 자원봉사도 했습니다만 사장님에 비하면 조족지혈(鳥足之血), 새 발의 피이지요.

머릿속에 《레미제라블》을 쓴 프랑스 낭만파 작가 빅토르 위고가 한 말이 스칩니다. "미래는 여러 가지 이름을 가지고 있다. 약한 자들에게는 불가능이고, 겁 많은 자들에게는 미지(未知)이며, 용기 있는 자들에게는 기회다." 미래의 이름은 오늘 내가 지을 터인데, 그 이름은 무엇일까 자문해 봅니다. 미래는 예나 지금이나 닦아도 금세 흐려지는 유리처럼 불투명한 것입니다. 저의 미래도 새벽안개처럼 어둑하고 흐릿합니다. 하지만 용기를 낼까 합니다. 용기를 내서 저의 미래에 '기회'라는 이름을 달아 주려고 합니다. 제 인생이니 이름은 제가 지어야겠지요.

사장님, 저는 가끔 저에게 주문을 겁니다.

"그래, 석구야. 힘들어도 괜찮아. 지금 좀 어려워도 괜찮아."

주문이 마법처럼 제게 힘을 줍니다. 오늘도 뚜벅뚜벅 앞으로 발을 내디딥니다.

배우고
익히며

나는 공자를 잘 모른다. 공자가 제자 자공에게 "너도 미워하는 사람이 있느냐"고 물으니 "스승님, 저는 길에서 주워들은 것을 자기 것인 양 떠벌리고 만용을 용기로 생각하고 고자질을 정직으로 여기는 사람을 미워합니다"라고 했다는데 내 인문학은 딱 주워들은 수준이다. 그래도 《논어》의 첫 구절 '배우고 때로 익히면 이 또한 기쁘지 아니한가(學而時習之 不亦說乎)'라는 문구는 늘 가슴에 새기고 산다.

2019년 4월 우리종금으로 출근하게 되었지만 일이 낯설었다. 회현동의 거목 은행나무 그늘을 벗어나 투자 은행에서 부동산 Project Financing 관련 업무를 맡게 됐으나 경험이 부족하니 일이 서툴고 답답했다. 금융이란 공통점이 있으니 곧 적응할 거라고 생각해 보려 해도 일의 성격이 달랐다. 산업이란 공통점이 있지만 자동차와 핸드폰의 생산 프로세스가 다른 것과 같은 이치였다.

은행의 경우 단지 아파트 등 일반 부동산 담보 대출이나 신용 대출을 각종 비율 등으로 고정화한 프로그램에 입력하면 자동으로 대출 금액이 산출되었다. 하지만 투자 은행(IB) PF 시장에서는 시행사, 시공사, 설계사, 분양사, 건설사, 신탁사, 토지 주인 등이 얽히고설켜 챙기고 알아야 할 게 너무 많았다.

김재용, 이정수, 박헌택 부장 등 젊은 직원들은 뚝딱뚝딱 두세 번 도마질 치면 미사리에 지식산업센터 빌딩이 들어서고 일산 풍동에 몇십 동짜리 아파트 기공식을 하는데, 도대체 그 노하우는 어디서 나오는지 궁금했다. '금융 30년쟁이'라는 완장을 차고 있으면서 수주 한 건 제대로 못 하는 내 자신이 한심하다는 생각도 들었다. 은행 지점장이나 본부장으로 있을 때 다양한 마케팅으로 성과를 내어 때론 우쭐한 기분으로 집에 오던 기억이 까마득히 멀게만 느껴졌다. 그때와 달리 우리종금 퇴근길은 터벅터벅 발걸음이 무겁기만 했다. 그래도 시간은 흘러갔다.

난 체질적으로 조직에 누가 되는 것을 싫어한다. 떠나는 사람에 대한 배려로 앉혀 놓은 자리니 적당히 2년쯤 안주하다 '우리'와 영원히 이별할 수도 있었다. 하지만 나는 생각을 바꿨다. 1년 가까이 월급이나 축낸 나를 바꿔 보기로 했다.

'그래, 이참에 새로운 일을 제대로 배워 보자. 훗날 내 삶에도 크게 도움이 되지 않겠나.'

살 날 중에서는 지금이 가장 젊은 날이다. 부끄럽다고 안 배우면 평생이 부끄럽다. 막히면 뚫고 걸림돌이 있으면 치우면서 가자. 그래서 회사에 이익을 내주고 떳떳이 떠나자.

인터넷으로 부동산 관련 공부방을 열심히 찾아보니 몇 곳이 잡혔다. 그중 서울대학교공과대학 건설산업 최고전략과정(ACPMP)과 한국부동산개발협회 창조도시 부동산융합 최고위과정(KODA-ARP)이 특히 눈길을 끌었다. 그래, 이곳이다. 2020년 연초 모집 공고를 보고 바로 원서를 냈다.

설마 했는데 두 곳 모두 낙방했다. 실망이 컸다. 1금융권 출신이라 뽑아 주지 않은 건가. 아니면 내게 문제가 있는 건가. 그것도 아니면 두 과정의 문턱이 그리 높은 건가. 마음이 답답해 2020년까지 한국부동산개발협회장님을 지내시면서 ARP 과정을 만들어 관련 전문가들을 키워 낸 문주현 회장님을 찾아갔다. 들이대 정신이 발동한 것이다.

좌로부터 문명렬 처장님. 문주현 회장님.
김주영 회장님. 김민수 전무님. 필자

"회장님, 제가 꼭 KODA-ARP 6기 과정에 등록해 공부하고 싶습니다. 우리은행에서 종금으로 왔는데 업무 지식이 부족해 책상만 지키고 있습니다. 자릿값 좀 하게 도와주십시오. 열심히 공부해 모범생이 되겠습니다."

문 회장님이 차를 권하며 나를 격려했다.

"불합격하고 저를 찾아와 공부하고 싶다고 호소한 사람을 지금까지 만나 본 적이 없습니다. 그 열정을 높이 삽니다. 지

내 마음의 은행나무

금은 정원이 찼으니 뭐라 말씀드리기 곤란하지만 등록 이후 통상 부득이한 사정으로 한두 명 포기자가 생깁니다. 우선적으로 동그라미 합격 그리도록 하겠습니다."

들이대 전략이 성공하는 순간인가. 포기자가 생기라고 기도라도 해야 되는 건가. 암튼 호랑이를 잡으려면 호랑이 굴에 들어가라 했는데 그 전략은 일단 주효한 듯했다. 문 회장님이 손수 차를 따라 주며 지난 삶 얘기를 들려주신다.

"저는 열등감이 많은 사람입니다. 전남 장흥의 작은 시골 바닷가 마을에서 김을 양식하고 미역 줄기를 낫질하던 소년이었지요. 그렇게는 살 수 없다는 생각이 들어 중학교 2학년 때 도회지로 나와 산전수전 다 겪으며 검정고시로 근근이 공부했습니다. 군대를 제대하고 1983년 스물일곱 살에 늦깎이 대학생이 되어 서른한 살, 졸업과 함께 취업했습니다. 늦깎이 대학생을 받아 준 회사가 너무 고마워 진짜 죽기 살기로 일했습니다. 그 성실성을 인정받아 입사 6년 만에 최연소 임원이 되었습니다.

하지만 호사다마라고나 할까요. IMF라는 외환위기를 피할 수 없었고 회사는 부도가 났습니다. 방황의 시간을 보내다 절치부심 끝에 1998년도 서초동에 한 칸짜리 원룸에 5000만 원 자본금으로 MDM(MOON Development & Marketing)이라는 회사를 창업해 오늘날에 이르게 되었습니다. 이제는 업계에 꽤 이름이 알려졌지요."

호사다마 절치부심이 내 가슴에 꽂힌다. 절치부심, 나도 이를 갈면서 다시 일어나야겠다는 결의를 다졌다. 기도가 약효가 있었는지 결원이 생겨 KODA-ARP에서 열심히 앎의 갈증을 채웠다. 운 좋게 ACPMP에서도 추가 합격 통보서를 받아 두 과정을 1년 동안 월요일 화요일 저녁 번갈아가며 열심히 공부했다.

ACPMP 17기 원우 관악산 등산

공부하면서 앎과 인맥이라는 두 마리 토끼를 잡았다. 공자는 셋이 길을 가면 그중 반드시 나의 스승이 있다고 했다. 나는 강사님에게도 배우고 동기님들에게도 배웠다. ARP에서 늘 도전과 혁신으로 새로운 사업에 도전하는 디벨로퍼들로 '리비아 대수로 공사의 주역 하동규 회장님, 무에서 유를 창조하신 안경회 이상호 이상용 사장님, 맨주먹으로 일어선 강석봉 채영식 대표님' 그리고 ACPMP에서 '섬섬옥수 마이다스의 손 ㈜ 다옴 세레니티CC 김주영 회장님을 비롯한 건물에너지시험연구원 김영동 사장님, 차세대 리더 백진혁 전무님 삼표 손호균 상무님 등' 모두 지인이면서 나의 스승이다.

그래, 노랫말처럼 꽃보다 아름다운 게 사람이다. 인향만리(人香萬里)라 했던가. 좋은 인연은 꽃보다 아름답고 향기가 수십 리, 수만 리를 간다. 공부하면서 쌓은 인맥은 험한 세상을 살아가는 데 든든한 지원군이 될 것이다.

내 마음의 은행나무

다시
저 멀리로

나는 기업가 정신을 좋아한다. 도전, 의지, 개척, 열정, 창조는 내가 좋아하는 단어다. 나는 기업가 정신이 있기에 세상이 진보한다고 믿는다. 기업가 정신은 기업에만 한정되지 않는다. 콜럼버스가 신대륙을 발견한 것도, 암스트롱이 달나라를 밟은 것도 그 바탕엔 위험을 무릅쓰는 기업가 정신이 있다고 생각한다. 이런 연유에서인지 나는 기업인들을 좋아한다. 고(故) 이병철 회장도 존경하고 고(故) 정주영 회장도 존경한다. 그분들의 책도 많이 읽었고 일화도 많이 들었다. 가까이하면 닮는다고 했는데 내가 분수 모르고 그분들을 닮고자 했는지도 모른다.

인턴십 채용형 면접을 진행하면서 느낀 소감문을 개인 블로그 '개성의 봄은 언제 오려나'에 올리며 말미에 '무한추구(無限追求)' 네 글자로 마무리한 적이 있다. 한번 일을 시작하면 끝장을 보자는 의미이면서 끝없이 추구하자는 뜻을 담으려 했다. 면접을 본 젊은이들을 응원하는 마음도 있었던 듯하다.

안양CC 무한추구(無限追球) 표지석

그런데 글을 올리면서 첨부한 글귀 사진이 도마에 올랐다. 호암 이병철 회장님께서 쓰신 무한추구(無限追球)

문구가 안양CC에 있길래 핸드폰으로 찍어 같이 올렸는데 예리한 매의 눈을 가진 학사 장교 동기 김관형에게서 이런 톡이 온 것이다.

'호암 선생님께서는 붓글씨도 아주 잘 쓰셨네. 그런데 왜 무한추구의 구(求)자를 공 구(球)로 쓰셨지?'

순간 나도 아차 했다. 사진 찍을 때 구(球) 자가 조금 이상하다 싶었지만 무심코 넘어간 거라 동기 질문에 답이 막힌다. 그 연유를 찾기 위해 《호암자전(湖巖自傳)》을 다시 펼쳐 보니 72쪽에 무한탐구 문구가 보인다.

"무한탐구(無限探求) 무한정진(無限精進)을 추구하는 데는 기업가도 예술가도 다름없다. 무한한 정진은 문명의 원동력이다. 그런데 기업가들의 정진하려는 의지를 번번이 꺾으려고만 한다. 인간에게 정진이라는 높은 의지가 없었더라면 예술이나 기업은 물론 문명 자체가 소멸되고 말았으리라. 이렇게 염원하면서 제일제당 설탕과 함께 60년대 당시의 시대적 요청이었던 수입대체 산업으로 제일모직 설립을 구상한 것이다."

한데 여기에도 구(求) 자로 적혀 있다. 네이버를 검색해도

내 마음의 은행나무

추구(追求)로 나온다. 궁금증이 목까지 차오른다. 의문을 제기한 동기는 톡에 나름의 해석을 붙여 보내왔다.

'아마도 호암 선생님께서 사업가의 시각으로 지구 전체를 아우르겠다는 야망을 구(球) 자로 새겨놓은 것인지도 몰라. 그 덕분에 세계의 삼성이 되었겠지.'

꿈보다 해몽이라고. 읽고 보니 그럴듯하다. 해몽이 맞는지가 궁금하다. 이 회장님을 가장 가까이에서 오랫동안 모셨으며 성균인문동양학 과정에서 함께 공부한 김&장 정준명 회장님께 공 구(球) 자의 의미를 문자로 정중히 여쭤봤지만 해가 넘어갈 때까지 답변이 없으시다. 바쁘신 건지 모르시는 건지. 여기저기를 뒤지다 보니 '골무'라는 닉네임을 쓰시는 블로그 이웃친구 최상진 사장님의 글에 그 답이 나온다. 최 사장님은 삼성 출신이시니 분명 정답일 거다.

"전반 9홀을 마치고 아쉬움을 달래노라면 큰 정원석에 호암의 친필로 새겨진 무한추구(無限追球) 네 글자가 눈에 들어오는데 해석은 이러하다. '골프는 하나의 공을 쫓아 울고 웃고, 산 넘고 물 건너 칠전팔기하는 인생의 축소판이다. 자연과 더불어 처음부터 끝까지 공 하나에 몰입하는 것이 골프 삼매경이기에 구할 구(求)를 공 구(球)로 바꾸게 된 것이다.' 호암의 마지막 친필 당부는 지성통천(至誠通天), '지극한 정성은 하늘과도 통한다'였다."

이제야 궁금증이 해소된다. 동기의 해몽도 절반쯤은 적중했다. 석양을 바라보며 자유로를 타고 집으로 돌아오는 길에 정 회장님의 톡이 온다.

"선대 이병철 회장님은 골프를 즐기셨는데 홀인원도 네 번인가 하셨습니다. 늘 골프는 신사의 스포츠로 자기와의 싸움이라 하셨고 매너를 중시하셨습니다. 골프처럼 뜻한 대로, 마음처럼 되지 않는 것도 없다고 하셨지요. 칠순이 되시고부터 정하건 선생님에게서 매주 붓글씨를 배우셨는데 자녀들에게 맞춤형 사자성어를 써서 나눠 주셨습니다. 기술원에는 무한추구(無限追究)를 써 주셨는데, 안양 골프장에는 공을 잘 보고 제대로 추구(追求)하라는 뜻에서 공 구(球)로 써 주셨습니다. 멋지지 않습니까?"

그래, 멋지다. 기업가에게서 풍류가 느껴지니 더 멋지다. 1980년 5월 중순 삼성본관 27층에서 뵌 호암 이병철 회장님께서 '윤 군의 구(九)에는 완결의 의미와 열매의 의미가 있으니 무한히 추구하고 탐구

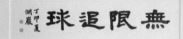

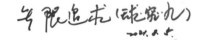

무한추구(無限追求, 球, 究, 九)

하라'고 속으로 말씀하셨을 것 같다는 생각이 든다. 회장님이 살아 계신다면 한지 한 장 들고 달려가 "무한추구 한 점 써주세요" 하고 부탁드리고 싶다. 구할 구(求)도, 연구 구(究)도 아니고 공 구(球)도 아닌 아홉 구(九)의 무한추구(無限追九)로.

호암 선생님은 아홉이 완결이자 열매라고 하셨는데 나는 내 이름값을 하고 살았는지 되돌아본다. 욕심이 과해서일까. 아직은 내 이름값에 못 미치는 듯싶다. 세상을 향한 무한추구에는 턱없이 부족하다. 중국 속담에 '느린 것이 아니라 멈춰 있는 것을 경계하라'고 했다. 그렇다면 멈춰 서지 말고 한 발짝 앞으로 나아가자. 먼발치의 꿈이 지척이 될 때까지 한 발두 발 앞으로 걷자.

우리금융
동량(棟樑)들

"200~300년 전에는 10만~20만 명이 군주와 왕족을 먹여 살렸지만 21세기는 탁월한 한 명이 10만~20만 명을 먹여 살린다"는 말은 인재를 강조할 때 흔히 인용되는 문구다.

우리은행이 국내의 대표급 은행으로 자리매김한 것도 우수한 인재들이 초석을 놓았기에 가능한 일이다. 우리은행 글로벌 사업단 중간책임자로 근무할 때 국내에 체류하는 외국인 유학생을 대상으로 글로벌 인턴십을 진행한 적이 있다. 미국, 중국, 베트남, 일본 등 각국의 유학생들이 방학 기간에 은행 본부부서와 지점에 배치되어 한국의 금융 시스템을 배우고 그중 일부는 본국으로 돌아가 모국의 지점에서 근무까지 하게 하는 프로그램이었다. 황록 사장님께서 글로벌단장으로 계실 때 토대를 닦으셨는데 입소문이 나면서 해가 갈수록 인기가 좋아 대학 입시만큼이나 경쟁률이 높았다.

글로벌 인턴십 프로그램에 참가한 외국인 유학생 중 정식

내 마음의 은행나무

으로 우리은행 신입 행원으로 채용된 세 명의 이름이 기억난다. 종웨이와 이종화 유학생은 우리은행 중국 법인 직원이 되었고, 한양대에서 회계학을 공부하며 인턴십을 했던 단문 유학생은 졸업 후 귀국해 중국 청도 한국영사관에서 근무했다. 참으로 훌륭한 학생으로 기억되어 직접 이메일로 은행의 채용 공고문을 보내 주었

다. 시험과 면접을 거쳐 최종 합격을 한 뒤에는 경희대학교 앞 회기동지점 경희대

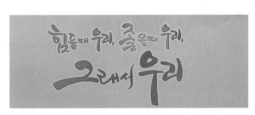

그래서 우리

출장소에서 주로 중국인 유학생을 대상으로 한 업무를 맡아 이름을 날렸다. 삼성전자 다니는 분과 결혼을 하고 행복한 가정을 꾸려 가슴 뿌듯했던 기억이 선하다.

해가 지나 우리종금 임원으로 근무하면서 다시 한번 채용형 인턴십을 진행하게 되었다. 경쟁률이 높다 보니 선발 과정도 공정해야 하고 면접도 제법 까다롭다. 1차 서류 전형을 통과하면 2차 실무진 면접과 임원 면접을 거쳐 최종 합격자가 결정된다.

면접관인 나로서도 준비할 게 많다. 지원자의 자기소개서를 두세 번 읽고 질문을 위한 메모도 해야 한다. MZ세대 가

치관, 메타버스, 모험자본, ESG경영 등 시사 상식도 한번 들춰 봐야 한다. 회사의 재무제표와 ROE, ROA, CP, CMA 등 기본 용어도 머리에 넣어야 한다.

지원자들은 거의 아들딸 또래다. 동아리 활동 이력도 많고 영어 등 외국어 능력도 뛰어나다. 신용분석사, 펀드증권투자 판매인 같은 자격증 서너 개는 기본이다. 격세지감을 느끼면서도 청춘의 꿈이 취업에만 매달리는 듯해 안타까운 생각도 든다. 100군데 이상 지원서를 냈다는 말에선 취업 문턱이 얼마나 높은지도 실감한다.

한 지원서가 눈길을 끈다. 대학 4년간 23차례 받은 장학금이 ₩42,973,700원으로 기재되었기에 "어떻게 끝자리까지 적었느냐"라고 했더니 답변이 걸작이다.

"금융 지망생은 숫자가 생명 아닙니까."

순발력에 속으로 박수를 쳤다. 직장에서 월급을 받으면 누군가에게 그만큼 베풀면 좋겠다고 인생 선배로서 조언도 살짝 던졌다. 숫자를 생명으로 안다는 그는 지금 숫자를 맞추며 열심히 삶을 살아가고 있을 것이다. 받은 것의 곱절로 베풀며 인생을 살아갈지도 모른다.

함께 면접관으로 참여했던 김종득 대표님은 면접장으로 들어서는 응시생들에게 모두 기립하여 정중히 맞이하자는 말씀으로 그들을 반겼다. CP에 대한 질문에 제대로 설명을 못 한 응시생에게는 하나라도 더 배우고 익히라며 CP 개요를 상세히 설명해 주셨다. 누군가를 평가하는 자리지만 내게는 본받음의 자리이기도 했다.

우리의 인사를 받으며 면접장을 떠난 이들 모두가 우리종금 인턴생으로 꿈을 펼칠 수 있다면 좋으련만. 현실은 허용된 범위 내에서 합격을 통지할 수밖에 없다. 설레는 마음, 아쉬운 마음, 기대되는 마음. 응시생이나 면접관이나 위치는 달라도 동병상련이다. 그래서 외쳐 본다. 우리의 동량님들, 끝까지 포기하지 않고 끝장을 볼 때까지 파이팅, 파이팅, 파이팅하자고!

인재 이야기를 하니까 다산 정약용 선생의 《목민심서》 이전 (吏典) 편에 나오는 글귀가 떠오른다.

"군·현 등 작은 행정 단위라도 사람 쓰는 것은 한 나라를 다스릴 때와 다를 게 없다. 목민관의 보좌진은 고을에서 인망이 두터운 사람을 뽑고, 능력 면에서 적임자가 없으면 자리는 채우되 일을 맡기지 말고 또한 재주가 많은 사람보다 아첨하지 않고 거침없이 쓴소리하는 사람을 찾아야 한다."

'자리는 채우되 일을 맡기지 않는다'라는 말이 가슴에 꽂힌다. 지금은 내가 면접관이지만 언젠가 다른 누군가가 내 인생 2막의 면접관이 될 것이다. 혹여 내가 자리는 채우되 일을 맡기지 않는 사람이 될까 살짝 두렵다. 하지만 나는 '일을 맡기지 않는 자리'는 사양할 것이다. 나는 살면서 자릿값은 했다고 생각한다. 살아갈 날에 또 다른 일자리가 생길 것이고, 그럼 나는 열정을 갖고 당당히 새롭게 맡은 일을 해낼 것이다.

열정동행,
쭉 내자!

논산 노성 명재고택 방문

이종휘 은행장님은 2010년에 '움직일 때는 질풍처럼 날쌔게 하고, 나아가지 않을 때는 숲처럼 고요하게 있고, 적을 치고 빼앗을 때는 불이 번지듯이 맹렬하게 하고, 적의 공격으로부터 지킬 때는 산처럼 묵직하게 움직이지 않아야 한다'라는 풍림화산(風林火山)을 강조하셨다. 또 이듬해에는 "경쟁 은행을 압도하는 선제영업으로 우리나라 1등 은행의 위상을 확실히 자리매김하는 한 해가 되도록 하자"라며 '선발제인(先發制人)'을 당부하셨는데, 특히 지점장 초창기여서 기억이 많이 남아 있다. 이처럼 사자성어는 한 해의 경영 방향을 제시하는 측면에서 큰 공감대를 형성했고 지점의 워크숍이나 회식 등에서 건배 시 선창 제시어가 되곤 했다.

내 마음의 은행나무

나는 관리자로 영업을 선두에서 지휘하면서 매년 영업 목표 및 환경에 맞는 슬로건을 직접 구상하고 때로는 공모를 통해 선정하기도 했다. '개성공업지구 발전 우리은행이 함께합니다'라는 문구

선발제인 (先發制人)

로 북한 땅에서 우리은행을 강하게 홍보하였고 첫 지점장 발령지인 상암동지점에서는 유명 서예가로부터 받은 '고객섬김 열정동행 일등상암 계속S'라고 쓴 붓글씨 표구를 걸어놓고 1등상암 결의를 다졌다. 불광동지점에서는 부처님 서기가 있는 지명과 연관시켜 부처님을 모시는 지극정성, 즉 '불(佛) 타는 열정 광(光)명의 명품 1등지점 달성' '고객섬김 열정동행 S1 5014달성!'을 슬로건으로 정했다. 2014년도 여수신 총량 5000억 달성과 슈퍼 1등에 등극하자는 의지의 표시였다. 대전충청본부장 재직 시에는 충청도 양반 출신들이라 '에헴' 모습을 빗대고 은행 설립 117주년을 응용하여 '거침없는 강한 大淸, 열정동행 117成'이라는 슬로건을 만들었다. 설립 117주년 해에 1등 영업본부 달성, 예금·대출·카드·펀드·방카 등 그 무수한 은행 상품 중 전 직원 각자가 하루 상품 1개, 지점별 17개 이상을 열정을 다해 판매하자는 의미였다. 슬로건을 만들다 보니 대전충청영업본부의 축약인 '대충(대전충청)본부'가

매우 어색하게 발음되어 불편했는데 갑천변을 걷다가 '대청 (大淸)'이라는 신선한 축약어가 떠올랐다. 너무 마음에 들어 전 직원에 보내는 두 번째 편지에 '사랑하는 대청본부 여러분'으로 호칭했더니 모두들 좋단다. 특히 남기명 부문장께서 영업본부 방문 시 그동안 대충본부가 어색했는데 이름 참 좋다고 몇 번이나 칭찬해 주셔서 어깨가 으쓱했다.

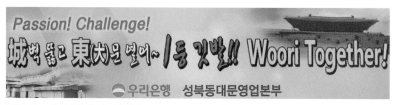

城벽 뚫고 東(大)門 열어 1등깃발, Woori Together

마지막 본부장으로 재직했던 성북동대문본부의 경우 성북은 한양 도성 성곽 북쪽을 의미한다. 영업본부가 성북구 보문동에 있었고 한양 도성 밖에 소재한 점을 감안하고 도성을 쌓기 위해 그 한겨울 평안도, 함경도 등에서 차출된 민초 도공들이 돌을 나르고 깨고 성을 쌓을 때의 심정으로 영업에 임하자는 뜻과 동대문을 활짝 열어 도성내로 들어가면 생기 넘치는 동대문시장이 있는 바, '성(城)벽 뚫고 동(東)문 열어 1등깃발 Woori Together'로 슬로건을 정했다. 큰 비전을 세우고 직원들이 한마음으로 목표를 달성하자는 의지를 담았다. 특히 4년에 한 번씩 입찰하는 서울시 산하 성북구 및 동대문구의 구청 구금고 은행 선정 재입찰에 성벽을 뚫고 한양 도성 석축을 쌓

내 마음의 은행나무

는 심정의 한없는 정성으로 유치에 성공한 성북구청 이대열 지점장, 동대문구청 최야수 지점장과 직원들에게 늘 고마운 마음이다. 슬로건은 회식 시 즐거운 건배사의 선창 역할도 한다.

연초 경영 목표인 사자성어에 이은 이종휘 은행장님의 "1만 5천 우리가족과 1천 7백만 우리고객과 1등은행 우리은행

(좌측부터) 필자, 황록 이사장님, 조용흥 부행장님, 이종휘 은행장님, 최칠암 부행장님, 금기조 부행장님, 최창영 수석전무님, 류동렬 전무님

을 위하여! (다함께) 위하여! 위하여! 우리를 위하여!"의 건배사는 지금도 귀에 생생하다. 기관고객본부 이창식 부행장님은 남편의 성공을 위한 헌신적인 사랑 또는 지고의 노력을 보여주는 아내의 덕을 기리기 위해 한자로 안사람을 뜻하는 '내자(內子)'를 이용한 건배사 선창을 즐겨 사용했다. "우리 남편들의 성공을 위해 불철주야 헌신적으로 고생하는 우리 안사람들의 건강과 행운으로 '사모님 之德!(다함께) 사모님 之德!'" 직원들의 마음을 품으며 아끼는 술자리인 만큼 '화향백리(花香百里), 주향천리(酒香千里), 인향만리(人香萬里)'도 가끔은 활용했다. 꽃보다 술향기보다 더 아름답고 마음씨 고우며 늘 혼신을 다하는 대전충청의 조선주 지점장님과 정지은 계장님 또한 오

직 조직의 사랑과 발전을 위한 마음으로 그 어느곳에 근무하던 최선의 역량을 발휘하는 영업의 달인들인 우리자산신탁의 이창재 대표님과 우리종합금융의 한미숙전무님의 인향만리! 개성공단에서 익힌 북한식 건배사 '쭉 내자', 즉 '잔을 비우자'도 기억에 남는 추억의 건배사다. 코로나로 인한 거리 두기 해제로 송년 모임이 밀물처럼 많아진다. 건체강심(健體康心)이 필요한 계절이다. 큰형님이 "동생, 늘 석 잔만"을 당부하시니, 동생 건강을 염려하는 큰형님 마음을 받들어 오늘은 딱 석 잔만 '쭉 내자!'

인생 2막의
꿈

애벌레는 탈피(脫皮)를 해야 하늘을 날고, 매미도 허물을 벗어야 다른 세상을 본다. 삶도 변화를 거듭하며 다른 땅, 다른 세상으로 발을 내디딘다. 나도 두세 번 허물을 벗으며 여기까지 왔다. 이게 내 삶의 끝은 아닐 터이니, 나는 다시 허물을 벗고 다른 공간에서 새로운 꿈을 꿀 것이다.

덧없는 게 인생이라지만 나는 내 삶이 덧없다 생각하지 않는다. 길다면 긴 33년 회현동의 우리은행 은행나무 울타리와 맞은편 우리금융디지털타워 우리종금에서 인생 1막을 무탈하게 마무리하고 아이 셋 키우며 여기까지 온 것도 '우리'라는 든든한 담이 나를 보호해준 덕이다. 그 모든 게 감사하고 고마운 마음이다. 나에게 '우리'는 영원한 친정이다. 친정에서 기쁜 소식이 들려오면 볼륨을 높이고 박수를 보낸다. 내가 인생 2막에서 어떤 역을 맡을지는 나도 아직 잘 모른다. 하지만 다음 어느 위치에 있더라도 서더라도 회현동 은행나무를 잊지 않을 것이다. 1막이 있기에 2막이 있지 않은가.

지난 시간을 돌아보면 희로애락이 돌고 돈다. 북한 개성공단에도 기개 있게 도전했고 우리은행 지점장과 영업본부장 시절에는 직원들과 손잡고 열정적이고 나름 창의성 있는 마케팅으로 꼴찌 수준의 평가를 톱으로 끌어올리기도 했다. 우리은행 경쟁 그룹이 부러워하는 상도 직원들 덕분에 받았고, 우리종금에서도 부지런히 배우고 익혀 월급값은 하고 나왔다고 생각된다. 3년 재직 기간 동안 자산 부채 5조 원이 10조 원이 되고, 당기 순이익은 200억 원에서 1000억 원으로 급증했다. 우리종금이 일취월장 성장한 기간이라고 자부한다. 물론 나는 매우 미약하게나마 조금 힘을 보탰고 직원들이 한마음으로 분발한 덕이다.

제행무상 諸行無常. 블루마운틴

하지만 내가 바란 꽃은 피우지 못했다. 활짝 피워 보지 못하고 꽃봉오리만 맺힌 채 땅으로 떨어졌다. 누군가는 "그 정도면 활짝 핀 것 아니냐"라며 위로하지만 내 욕심이 너무 큰 탓인지 위로가 가슴에 닿지 않았다. 아마 내 마음 그릇이 작은 탓도 있으리라.

돌이켜 보면 4년 전 '물 있는 곳으로 간다'는 종로처사님의 예언은 적중했다. 처사님의 말대로 그해 한겨울 나는 휘몰아

　　　　　　　　　　내 마음의 은행나무

치는 눈보라를 맞으며 242km 제주 한 바퀴를 걸어서 완주했고 다음해 틈틈이 한 번 더 완주를 했다. 당시 그건 유배길이자 고행길이면서도 내 안을 살펴보는 순례길이기도 했다. 아프면서도 나를 성숙시킨 길이었다. 터벅터벅 뚜벅뚜벅. 아직도 내 발자국 소리가 내 귀에 선명하다.

지금도 마음이 어두워지면 서귀포의 외돌개나 성산의 일출봉, 함덕의 모래사장을 떠올린다. 그럼 출렁대는 푸른 바닷물이 마음의 어둠을 거둬 간다. 그리 보면 제주는 나의 또 다른 친정이다. 힘들다고 칭얼대

성산일출봉 해변가

면 소리 없이 받아 주는 친정어머니처럼 제주는 나의 하소연을 온전히 품어 준다. 제주는 내 꿈이 시들어 땅에 떨어지려 할 때 다시 물을 주고 빛을 주었다. 넘실대는 바다는 구부러진 용수철에 회복 탄력성을 심어 주었다. 그러고 보니 제주에 진 빚이 적지가 않다.

나는 중국 은나라 시조 탕 임금이 스스로의 게으름을 경계하기 위해 대야에 새겼다는 일신일신우일신(日新日新又日新)이란 문구를 좋아한다. 살아 있다는 것은 하루하루 날마다 새로운 꿈을 꾸는 일이다. 타인을 공감하는 법, 누군가를 설득하는 법, 팀을 이뤄 성과를 크게 내는 법, 직원의 사기를 올려주는 법,

335

위로하고 위로받는 법…. 직장을 다닐 동안 배웠던 삶의 노하우를 계속 갈고닦으며 나는 인생 2막을 꿈꾸고자 한다.

이 시간 이후에 전개될 인생 스토리는 아직 잘 모른다. 분명한 건 그 스토리를 내가 직접 써야 하고 내가 직접 그 무대에 올라야 한다는 사실이다. 개성공단 근무 경험과 금융 지식을 바탕으로 북한 이탈 주민들에게 경제 이야기를 들려주거나 그늘진 곳에서 자그마한 봉사를 하고 싶은 소박한 꿈도

있다. 대원군 때 철폐된 선조님들을 제향한 논산시 연산면 소재 구산서원을 복원하고 반호 할아버지께서 책 읽기 좋고 낚시하기 좋고 밭 갈기 좋다고 하신 백마강변 삼의당도 원래 모습을 찾아 주고 싶다.

또한 가끔은 탐라국에 내려가 꿈을 다 이루

고향집 반호정사 삼의당

지 못해 배낭 한개 둘러메고 터벅터벅 뚜벅뚜벅 파도를 벗삼아 제주 한 바퀴 걷는 또 다른 방랑객 유배객이 있다면 커피 한잔 함께 마시는 길동무가 되어도 주고 싶기도 하고 내 고향 대전 충청에 은행이 설립된다면 고향땅에서 근무했던 경험

내 마음의 은행나무

등을 토대로 기여하고 싶은 조금 큰 꿈도 있다.

어떤 길을 걸을지는 흐릿하지만 나는 인생 2막이 두렵지 않다. 우공이산(愚公移山). 90세 노인이 믿음 하나로 태산을 옮겼다는 뜻이다. 태산을 옮기는 건 불가능하겠지만 나도 믿음으로 다음 무대에 당당히 오를 것이다. 한 손에는 용기를 쥐고 또 한 손에는 그동안 배우고 익힌 노하우를 쥐고 의연히 걸어갈 것이다.

나는 오늘도 부동산 금융에 관심 있는 분들과 조그마한 공부방을 만들어 토론하면서 꿈을 키워 간다. 귀염둥이 반려견 대장이와 쫑쫑이하고 산책만 하기에는 내 꿈이 아직 푸르다. 한강이 유유히 흐른다. 서강대교 선착장에서 띄운 쪽배가 아직은 양화대교에도 닿지 못했지만 봄날 꽃들이 화사하게 피면 임진강 강화포구를 거쳐 망망대해 서해로 진군할 것이다. 내 꿈도 그 쪽배에 살짝 싣는다.

다섯 그루의 은행나무

옛 선현들은 강릉 경포대에는 다섯 개의 달이 있다 하였습니다. 휘영청 하늘에 둥글게 떠 있는 달, 경포 앞바다와 경포호수에 내려앉은 달, 이런 풍경에 취해 주고받는 술잔에 뜬 달, 마주앉은 사랑하는 님의 눈동자에 비친 달이라 했습니다.

경포대의 고요한 달빛이 어둑한 제 마음에 스며드는 듯합니다. 둥근 보름달이 저러로 세상의 아픈 모서리를 보듬으라 소곤대는 듯합니다.

졸필 〈내 마음의 은행나무〉에도 다섯 그루의 은행나무가 있습니다.

고향 언덕 백마강변 반호정사(盤湖精舍)를 꿋꿋하게 지켜주는 삼의당(三宜堂) 앞 은행나무가 첫 번째이고, 개성공단 송악산 아래 개성 성균관 즉 고려박물관 앞마당에 있는 은행나무가 두 번째입니다. 세 번째는 성균관대 명륜당과 대성전에 우뚝 서 있는 네 그루 은행나무요, 네 번째는 어진 사람들이 모여 사는 마을 회현동 우리은행 정문 앞 은행나무입니다.

마지막 다섯 번째는 '내 마음의 은행나무'입니다.

33년간 동고동락하며 아시아를 넘어 글로벌 초일류 우리은행의 꿈을 향해 한마음 한뜻으로 이끌고 밀어주신 선배님과 동료님, 그리고 후배님들이 제 마음의 영원한 은행나무입니다. '우리'의 희로애락을 온몸으로 품고 있는 회현동 은행나무는 일 년 사계절 언제나 제 마음에 푸르게 서 있을 것입니다.

〈내 마음의 은행나무〉가 더 많은 분들의 이야기를 담지 못해 송구한 마음입니다. 올리지 못한 이야기는 지금까지 살아오면서 인연을 맺은 한 분 한 분께 진심으로 감사하다는 인사로 대신하겠습니다.

고맙습니다.

회현동 은행나무 그늘 아래

회현동 은행나무 그늘 아래. 이 구절은 저자가 책의 제목인 '내 마음의 은행나무'와 함께 고민했던 제목 후보입니다. 30여 년간 '우리'라는 울타리 안에서 치열하게 살아온 저자의 생을 함축해주는 말이지요. 철 따라 새순이 돋고 이파리가 피고 낙엽이 지며 떨어지는 나무 아래서, 그 나무가 뿌리내린 이 땅 위에서 저자의 꿈과 인생도 피고 지길 반복했습니다. 이 책은 그런 애틋하고도 찬란한 계절들을 담은 책입니다.

저자에겐 아주 특별한 경력이 있습니다. 여전히 함부로 건널 수 없는 북녘땅, 그곳에 개설된 우리은행 지점에서 3년간 근무를 했던 것입니다. 황량했던 가지가 초록으로 채워지는 봄처럼, 꽃 핀 자리에 과실이 영글기 시작하는 여름처럼 저자는 개성에서 남북경협의 선구자로서 자신의 꿈을 펼쳤습니다. 이 책의 1장은 그때의 경험으로 빼곡하게 채워져 있습니다. 그리고 2장으로 넘어가면 우리는 저자가 어떤 사람인지 확실히 깨닫게 됩니다. 그는 도전 정신뿐만 아니라 열정으로 가득 찬 사람입니다. 주어진 일에 안주하지 않고 이곳저곳 들이대며 기회를 잡기 위해 노력합니다. '평생직장'이란 단어 대신 '조용한 사직'이 자리 잡은 오늘날이지만 자신의 목표를 이루고자 하는 모든 사람들에게 저자의 열정은 본받을 만한 것입니다. 그러나 성공으로 반짝였던 삶에도 추위는 찾아오고 계절은 변화합니다. 꿈의 문턱에서 좌절을 겪은 저자는 스스로 유배길에 오릅니다. 원망과 후회, 절망, 두려움. 그 모든 감정들을 한 걸음, 한 걸음에 꾹꾹 눌러 담아 제주 한 바퀴를 돕니다. 저자는 이를 '유배길'이라 칭했지만 오히려 다가올 봄을 준비하는 것처럼 보입니다. 또 다른 삶을 일굴 수 있게 땅을 갈고 다지는 것처럼요.

혹독하기만 한 겨울도 결국에는 끝이 납니다. 따스한 봄기운이 언 땅을 녹이면 새로운 꿈이 움트고 나무는 더욱 단단해지겠지요. 저자는 그렇게 인생의 1막을 정리하고 2막을 시작하려 합니다. 그가 이 책을 통해 뿌린 도전의 씨앗, 열정의 씨앗, 창의의 씨앗도 여러분의 마음에 심어져 피어나기만을 기다리고 있을 겁니다.

독자 여러분에게 기운찬 행복에너지가 선한 영향력으로 승화되어 이 세상에 빛과 소금이 되어 건강다복 만사대길 하시길 기원드리며 행복이 샘솟는 책 에너지가 넘치는 책이 될 수 있기를 기원드리겠습니다.

도서출판 행복에너지
대표이사 권선복

MEMO

MEMO

'행복에너지'의 해피 대한민국 프로젝트!

〈모교 책 보내기 운동〉 〈군부대 책 보내기 운동〉

한 권의 책은 한 사람의 인생을 바꾸는 힘을 가지고 있습니다. 한 사람의 인생이 바뀌면 한 나라의 국운이 바뀝니다. 그럼에도 불구하고 많은 학교의 도서관이 가난하며 나라를 지키는 군인들은 사회와 단절되어 자기계발을 하기 어렵습니다. 저희 행복에너지에서는 베스트셀러와 각종 기관에서 우수도서로 선정된 도서를 중심으로 〈모교 책 보내기 운동〉과 〈군부대 책 보내기 운동〉을 펼치고 있습니다. 책을 제공해 주시면 수요기관에서 감사장과 함께 기부금 영수증을 받을 수 있어 좋은 일에 따르는 적절한 세액 공제의 혜택도 뒤따르게 됩니다. 대한민국의 미래, 젊은이들에게 좋은 책을 보내주십시오. 독자 여러분의 자랑스러운 모교와 군부대에 보내진 한 권의 책은 더 크게 성장할 대한민국의 발판이 될 것입니다.

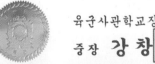